日本アパッチ族

角川文庫
22830

目次

尊敬するＫ・Ｈに——
この話をいつも喜んできいてくれた
妻と弟妹に——
その他、めったやたらの人々に——

まえがき

さる一日——私は大阪城のはずれにたたずんで、黄昏《たそがれ》の東区《ひがし》杉山町《すぎやまちょう》の風景を眺めていた。

私の眼下には、工場の屋根がたちならび、右手、すなわち南のほうには、数年前にできあがった美しい公園があった。——眼前の高架を、大阪環状線——もとの城東線《じょうとう》の電車が、通勤帰りの人々をぎっしり積んで走りかい、街の上にはネオンが輝きはじめ、生駒《いこま》の連山ははやくも東の夜空にとけこもうとしている。——それはまったく平和な、大都会の一画の夕景だった。

だが——

ここはかつて、大阪最大の、しかしもっともすさまじい「廃墟《はいきょ》」であった。

戦前、ここには陸軍砲兵工廠《こうしょう》があり、それが戦時中くりかえし爆撃を受け、ついに見わたすかぎり巨大なコンクリートと鉄骨の、瓦礫《がれき》の山と化した。くずれた塀や、ねじまがった鉄骨の残骸《ざんがい》は視界をはばみ、足の踏み場のないほど煉瓦《れんが》やコンクリートの塊りが積みかさなり――やがて終戦とともに高さ三メートルもある雑草がおいしげって、飢えた野犬が徘徊《はいかい》し、一度足を踏みいれたら、生きて帰ってこれないとさえいわれる魔所と化した。――事実、この中で命をおとした人もいるらしく、あとになって、真新しい白骨で幾体か発見されたという。売笑婦や強盗が、その周辺に出没するとも伝えきいた。――だが、この巨大な、牙《きば》をむく廃墟へ向かって敢然と挑んだ、おそるべきエネルギーに満ちた人がいた。

これこそ、あの有名な屑鉄《くずてつ》泥棒――通称「アパッチ族」だったのである！

彼らは神出鬼没、官憲の取締まりをものともせず、警備の目をかすめ、ときにははなばなしい乱闘を演じ、あくことなくこの廃墟を襲った。いや、彼らは廃墟からそのアナーキイなエネルギーを吸収し、廃墟とともに生きていたのである。

一方、大阪の街はどんどん復興した。焼け跡はかたづけられ、高層ビルが建ち、新しい道路ができ、自動車が氾濫《はんらん》した。もはや戦後ではないと人々は高らかに叫んだ。――しかし、喧騒《けんそう》に満ちた繁栄を続けるこの大都会の中で、この「廃墟」だけはもっとも頑強に反抗し、人間の手を拒み、十年たってもまだ生きつづけていた。そして、「アパッチ」たちも――。

だが、今はついにこの廃墟もほろびた。あの瓦礫の山はすっかりかたづけられ、廃墟のあとに工場が建った。それとともに、あの「アパッチ」たちの姿も消えた。――あのすさまじい彼らのエネルギーは、どこへ消えていったのだろうか？　この煤《すす》けた大阪の空に、雲散霧消していったのだろうか？

大阪城のはずれにたたずみながら、そんなことを考えているとき、ふと私は、その風景の中に、まだ廃墟の姿が残っているのに気づいた。いや――風景のほうにではなく、私の心の中に廃墟がいきいきと生きつづけているのに気づいたのである。あの手のつけられない無秩序と、ほとばしり出るエネルギー、そして無限の可能性――戦後十九年たったにもかかわらず、まだ私の中に、あの廃墟が生きながらえているのを見いだしたとき、私は一抹のなつかしさとともに、激しい驚きを感じた。

こうして、私は「アパッチ」の物語を書こうと思いたった。それはもはやあの屑鉄泥棒のことではなく、無秩序なエネルギーに満ちた、「廃墟」そのものの物語である。同時にそれは、この小奇麗に整理された今日の廃墟の姿ではなく、廃墟自身のもう一つの未来、もう一つの可能性なのかもしれない。――この荒唐無稽《こうとうむけい》な、架空の物語は、私の中になおも頑強に生きつづけている「戦後」なのである。

第一章　追放

1　失業罪

装甲キャディラックに乗せられて府警を出たのは午前十一時だった。今、ダッシュボードの時計をのぞいてみると、十二時半だから、一時間半も市内をうろつきまわっていたことになる。

市内の見おさめにという親切ごかしからでなく、これが、最近府条例で決まった「ひきまわしの刑」だった。クリーム色の車の横には、私の顔のでっかい写真がはりつけられ、「この者失業罪につき所払い」と書いてあった。これを両側につけて、屋根の上には四〇ミリカノン砲塔、前の助手席には、二〇ミリ機関砲をにょっきりつきだしているのだから――なんのことはない、まるで一昔前のソースの宣伝車だ。――最近ではパトカーは全部、装甲武装した。みんな交通違反の罰金でやったことだ。

失業罪などという罪ができたのも、憲法改正のおかげだ。改正に反対しきれなかったのは、革新勢力が反対にばかり熱をいれ、しかも反対運動の足並みがそろわなかったからだ。「――いまさら言っても愚痴みたいだし、私自身、何もしなかったのだから大きなことは言えないが、いったい革新勢力は、保守勢力側の改正案に対して、なぜ、自分たちの改正案で戦わなかったのだろう？――戦後憲法の、行きすぎ是正の行きすぎを是正するためには、そうするのがいちばんよかったのではあるまいか？――まあ、できてしまったことをいまさらどうこう言ってもはじまらない。革新勢力というのは、長い長い間、「反対」することに慣れていた。なんでも反対していれば、それはそれで意義がある時代もあったのである。しかしそのうち、それではいかんという反省も起こってきて、今度は反対しないで積極的に賛成しようということになり、それでは与党とおんなじじゃないかという反批判が出てきて、全面的反対派は部分的賛成派を右翼日和見と呼び、その逆は左翼小児病と呼ばれ、最右翼から最左翼まで何段階にも分かれてけんかした。しまいにはだれがだれの右にいて、どいつがどいつの左にいるのか、中にいる連中にもわけがわからなくなった。あげくのはてが、革新勢力の中に右も左もなくなり、ただ上と下だけがあるような状態になった。上の連中は勲章をもらい、下の連中に批判されては、右になったり左になったり、時勢におくれたり、時勢を追い越したりしていた。インテリは、こんなことじゃだめだと言ったが、彼ら自身は、結局何もしなかった。しようとすれば、たいていこの渦にまきこまれた。

　こんなわけで、結局、改正のための国民投票反対のゼネストは打てなかった。悪いことに、ひとところおとなたちが、戦争中のノスタルジーにふけった時代があり、その時代に少年雑誌やテレビや映画で、見る戦争のおもしろさを教えこまれた若い連中が、みんな有権者になっていた。――新聞は例によって、絶対公平かつ客観的な立場をとった。やつら――どんなやつらだか知らないが、とにかく、やつらもバカではない。じっくり気長に待っていた。金があればこそ、待つこともできたのだ。

改正が決まると、第九条だけでなく、烏を鷺《さぎ》と言いくるめて、ついでのカマに、旧憲法の基本的人権を、新憲法においては秩序の名のもとに大幅に制限した。新しい時代なのだ――とエライさんは言った。人類文明の飛躍的発展の時期にあたって、われわれは優秀国民の自覚のもとに、きびしい義務にたえねばならない。――そりゃあ、まあそうだろう。だけど、それだからといって、なにも失業を罪にしなくてもよさそうなものだ。旧憲法の「権利」という言葉の八〇パーセントが「義務」とかわったおかげで、失業は刑法上の罪になった。組織からクビを言いわたされたものは、三か月の猶予期間内――この間は失業保険が支給される――に、どんなことをしてでも、次の職を見つけなければならない。もし見つけられない場合は、社会的能力のないものとして「保護」――つまり強制労働に従事させられ、それが社会的に危険な傾向があると見なされる場合は、「追放」される。失業するということは、この時代ではきわめて重い罪なのだ。そして、私の場合は……。

――ああ！ 私の場合、なんというばかなことをしたものだろう。実をいえば、ほんのちょっとした気まぐれだった。だけど課長の鼻をぐいとひっぱったときは、ほんとうにすばらしい気持ちがした。気まぐれというものは真に美しいものだ。だけど、真に美しいものなら人生とひきかえていいと書いていた詩人があったが、あいつは嘘を書いている。美しいものだって、そりゃほしいけれど、あすのおまんまとねぐらもやっぱりほしい。両方なければ、まともな人生とはいえやしない。――それを知っていながら、一瞬の気まぐれと人生とを交換してしまった私は、なんというバカだったろう。失業したとき――あなたは失業したことがあるだろうか？――懲戒免職の通知を持って、会社のビルの玄関を出たときの感じは、なんと言ったらいいだろう？　失業した人間にとって、空ははてしなく青く、大地ははてしなく広く、街は活気に満ちた悪夢であり、時間は透明で、湖のように動かなかった。私は、思いがけなく新鮮な世界を前にして、呆然《ぼうぜん》とし途方に暮れていた。そして――呆然としているうちに三か月はまたたくまにたった。三か月目――逮捕された私の前で、裁判所の扉が二度開かれた。一度は「追放」の判決をくだすために、二度目は私を追放地に向かって送り出すために……。

車は大阪市内を、北のほうからぐるっとまわっていった。天満《てんま》から曾根崎《そねざき》、福島《ふくしま》とまわり、港《みなと》、大正《たいしょう》区を経て西成《にしなり》、南《みなみ》、東とまわった。窓をあけはなす規則になっているので、カー・クーラーはきかず、スローで走るので中はむし風呂《ぶろ》みたいだった。通りすがりに、ガキどもがやいやい言うので、こっちはちょっとしたスター気どりで、手錠の手をさしあげて振ってやると、隣りにすわっていた警官にどやされた。今宮《いまみや》、玉造《たまつくり》――森《もり》ノ宮《のみや》から、またバックして、内久宝寺《うちきゅうほうじ》を法円寺《ほうえんじ》坂《ざか》のところまで来ると、私がむかし大好きだったウドン屋が、昔ながらの小さなのれんを出していた。

（ケツネが食いたいな）

ウドンの出汁《だしじる》のにおいに陶然としながら、私はふとそう思った。朝食った食事――刑執行の朝食は赤飯の一膳《ぜん》山盛り、汁かけ飯に箸《はし》をつきたてたもの、それにタクアン三きれという古式ゆたかなものだったが――は、あらかたこなれてしまっていた。上本町《うえほんまち》一丁目を北へ折れたとき、私はきいた。

「なあ、おっさん……」

「なんや」とお巡りは答えた。

「もう一度、警察へもどるんけ？」

「アホぬかせ、追放されるんやぞ」

「どこで？」

「すぐそこや」とお巡りは大阪城の裏手を指さした。――してみると、砲兵工廠《こうしょう》の焼け跡あたりだ。

「なんや、紀州《きしゅう》の山の中にでも捨てられるんかと思うたら――」私はほっとして思わず笑った。

「あんな市内のど真ん中かいな。それやったら昼飯は府庁の地下で食うわ」

「そんなことできやせんわい」とお巡りは言った。

「なんでや、歩いたかて知れてるやないか」

「おまえアホとちがうか、アーと言ってみい」

「アー」

「知能程度アホじゃ」

——それきり問答は終わった。

それでも、私の腹は猛烈にへってきて、やたらにグゥグゥ鳴った。私は気をしずめるために、生唾《なまつば》をのみこみ、じっと自分の手を見つめた。なんだかむかし、そうすることをすすめた歌人があったような気がしたからだ。手を見れば、いやおうなしに手錠が目につく——そのとき私はふいに奇妙な感覚におそわれた。一瞬私は、自分の頭がおかしくなったのかと思った。

その冷たい、鋼鉄の輪を見て、突然それがうまそうだと思ったのだ。

なぜ、突然そんな奇妙な考え——考えというよりも嗜好《しこう》が、自分の中からわき上がってきたのかわからない。しかし、何か異様な食欲が私の心の奥の思いもかけない深部から、ガリガリと爪をたてて猛烈に這《は》いのぼろうとしていた。ちょっとの間、私は自分の目が見つめているものと、自分の中でまきおこってくる嗜好とを、むすびつけることができず、ぼんやりしていた。それから自分でも、何をしているのかわからないままに、おずおずと手を持ちあげ、手錠にそっと舌を触れた。——私には、自分のしていることが信じられなかった。だが、私の舌が、鉄の肌のすばやくひろがる堅い酸味をとらえたとき、突然一つのインスピレーションのようなものがひらめいた。なんとなくそれが食えそうな気がしたのである。私はそれに歯をたてようとした――。

横合いからの視線にはっと驚いて顔をあげると、お巡りが妙な目つきで、私の動作を見つめていた。視線が合うと、彼は狼狽《ろうばい》して目をそらし、しきりに咳払《せきばら》いした。――あの妙ちきりんな感覚は、現われたときと同じようにすばやく消え去った。しかし、私はその奇妙な体験を、そっとかみしめてみた――何かが起こり、それがかすかに満たされたのだ。

今まで私が、全然感じもしなかった、ある種の猛烈な飢餓が……。

2 街中《まちなか》の追放地

運転していた若い警官が、クラクションを三度鳴らした。正面には左右に蜿蜒《えんえん》と続く、高さ三メートルの有棘《ゆうし》鉄線の囲いがあり、鉄柵《てっさく》門のかたわらには、ベトンでかためたトーチカがあって、中から完全武装の兵士が出てきて、お巡りと敬礼をかわした。

「追放け?」兵士は酸素吸入マスクをはずして言った。

「そうや――赤木《あかぎ》巡査はどうした?」

「飯食いに行っとる」

「この暑いのに、たいへんじゃのう」お巡りは宇宙人みたいなごてごてした服装の兵士を見て、つくづく言った。

「意味ないわな、アホくさい。規則やいうけど、お陽さんが照る中で、原子野戦用完全装備させせられたらたまらんで。見てみい、アセモだらけや」

兵士はヘルメットをはずして汗を拭《ふ》いた。グラスウールとプラスチックで織られた服で、胸には夜戦用双眼鏡とナパーム手榴弾《パイナップル》、背中には跳躍用のロケットを背負い、トミーガンを持った姿は漫画じみたかっこうだった。――例によってアメリカ製なので、全体にひどくだぶだぶしている。

「この服はあんた、ペントミックスの歩兵第一種武装やで。これ全部つけて二百二十万円もするんや」兵士は言った。

「アホくさ」お巡りは、ちょっとうらやましそうにつぶやいた。「一人で背広百着、着てるようなもんやないか」

二人が話をしている間、私はじりじり焦げる炎天の下に、無帽で立って、ぼんやりあたりを見まわしていた。――正面のトーチカの横には「帝国陸軍近畿《きんき》師団歩兵第八連隊」「近畿財務局」「大阪府警察本部」「近畿法務局」「大阪高等裁判所」その他、ずらりとお役所の名札が並び、下のほうに「以上共同管理」と書かれてあった。いったい、なぜ追放地をこんなにたくさんのお役所が寄ってたかって管理しなければならないのか、さっぱりわからなかったが、要するに縄張り争いの結果だろうか？――たしか、郵政省まで一枚嚙《か》んでいたと思う。その名札にまた、一枚一枚英語で翻訳がついている。なにも英語で書く必要はなさそうに思ったが、あとできけば、ここが市内観光コースの一つになっているからということだった。——まことに観光ニッポンである。

ゲートの上には、「法務省指定近畿地区追放地B号門」の額がかかり、立入り禁止の赤札とともに、小さな鉄板に、あの有名な文句が刻まれているのが見えた。

「われをすぎて悲しみの邑《むら》に入る……

われをすぎて永久の苦悩に入る

……この門を過ぎるもの、

すべての希望を捨てよ……」

有棘鉄線はわずかに湾曲しながら東西にのびていた。西のほうには大阪城の石垣の一部が見え、東には国鉄《こくてつ》環状線の高架が走り、そして地平全体は、真夏の大阪の、暑い、赤ちゃけた煤煙《ばいえん》でおおわれていた。西南の小高い丘の向こうには、今はふたたび戦国の昔に返り咲き、原爆にも大丈夫という厚いベトンでかためられた、大阪城の天守閣が見えた。歩兵第八連隊管轄下の要塞《ようさい》となったこの城は、白壁とたたなわる甍《いらか》はそのままに、ただ頂きの鯱鉾《しゃちほこ》の上には、レーダー用のアンテナが、夏の陽を受けて、きらりと光りながら旋回していた。

ゲートの向こう——有棘鉄線の内側には、約三十メートル幅の帯状の空地をおいて、さらにもう一つの有棘鉄線の柵があり、その向こうには、赤茶色の巨大な瓦礫《がれき》の丘陵がのびていた。あちこちに三メートルもある夏草がおいしげり、赤さびのぎらぎら浮いた水溜《みずた》まりが散在している——そこが、これから、さき一生、私が生きていかねばならない土地だった。

「あれは出よるか?」車を運転していた若いポリが、こっちへ近づきながら声をかけた。

「あまり、このごろ姿を見せへん」兵士は答えた。「この間、あそこらへんにちょっと顔をのぞかせたけどな」

「野犬とちゃうけ?」

「野犬やないやろ。一発ぶっぱなしたけど——だいたい昼はめったに姿を見せんのや」

若いポリは、にやっと笑った。その大きな白い歯が、陽焼けして脂ぎった顔の中で動物的に光った。

「あれってなんや」と私はきいた。若いポリはくるりと私のほうを向くと、まるく開いた口に、掌《てのひら》をパタパタとたたきつけて、鳥のような声を出した。

「なんやねン?」私はもう一度きいた。

「あれや……。アパッチや」

「アパッチ?」

若いポリはいじわるそうに、にやにや笑った。そのとき私はもう一人のお巡りが、自分のピストルをぬいて、ぼんやり見つめているのに気がついた。その目は妙にうつろな輝きをおびていた。そしてその銃身をおずおずと鼻先に持っていき、においを嗅《か》いでいたが、ちょっと舌を出して、それをなめようとした。その姿勢のまま、彼はものの二、三秒間もじっとしていた。——だが、結局彼はなめなかった。首を振ってピストルをしまうと、腕時計を見て、「まだ五分ある」とぶつぶつ言った。

「アパッチが出よるんや」と若いポリはうれしそうに言った。「おれたち、いまに討伐に行くんやぞ。馬に乗ってな。おまえなんか頭の皮はがれるぞ」

「屑鉄《くずてつ》泥棒のことや」と兵士は言った。「こん中はもと砲兵工廠《こうしょう》やったからな。屑鉄はごまんとある。追放されたやつや、ルンペンどもが屑鉄を取りに来るんや」

「ほんとうにいるんやろか？」とお巡りは言った。「ここを囲う前には、いたっちゅうことやが——それももうあんた、だいぶ前のことやないか」

「はっきり見たやつはあらへん」と兵士は言った。「そやけどおれは、狼煙《のろし》があがってるのを見たことがある。第三監視哨《しょう》では、ほんまにやつらを見たと言うとる」

「やつら、いったいどこから屑鉄を持ちだしよるんや」お巡りは顎《あご》を鉄条網のほうへしゃくって言った。「あれには三千三百ボルトが通ってるっちゅうのに、さわったらイチコロでヤキトリになるで……」

「どこか穴があるんやな。——もっとも、持ちだすのを見たやつはないけんど……」

そのときサイレンが鳴りだした。一時だった。ジープが一台走ってきて、そこから眼鏡をかけた巡査が口をチュッチュッとせせりながら降りてきた。下唇に飯粒が一つくっつき、口は脂にまみれていた。またもや腹が猛烈に鳴った。お巡りたちは敬礼をかわすと、書類の交換をした。

「こいつか」と眼鏡は言った。「木田福一《きだふくいち》やな。七月四日十三時B号門より追放……と。

よっしゃ」そう言って彼は私のそばに来てじろじろ見まわした。「おまえ、なにしたんや、ええ？　会社の仕事でもサボったんやろ」

「課長の鼻ひっぱりよったんや」とお巡りは言った。

「あほんだらめが、なんちゅうことさらすねン。おまえアカとちがうか？　アカやろ」

そう言いながら、眼鏡はトーチカのほうへ行った。「多田《ただ》はん。たのんまっせ。門あけてんか」

兵士はうなずくと、トーチカの中へはいって、スイッチを三つ入れ、それからブザーを押した。

「司令所。司令所。こちらB号門……。囚人一名追放します。電流お願いします……」

「了解……」とスピーカーの奥のピイピイ声が言った。続いて同じピイピイ声が叫んでいるのが聞こえた。「A号門、C号門、全監視哨警戒。B号門開放……。ただいまより五分間有棘鉄線の電流を切る。全監視哨警戒……」

「A号門警戒よし」と別の声が言った。「C号門よし」「第三監視哨よし……」と声が続いた。

トーチカの入口のところにあるグラフィック・パネル（操作盤）の上に次々に緑のランプがついていった。声が消えるとブザーの音が鳴りわたり、それが終わると配電盤の上の「断」の赤ランプがパッとついた。兵士は大きなハンドルをガチャリと入れた。モーターがブーンと音をたてて唸《うな》りだした。私は生まれてはじめて見る追放地の大げさな警戒ぶりがおもしろくてたまらず、夢中になって、その仕組みに見とれていた。

「さあ」と眼鏡は言った。私はのぞいていたトーチカの入口から、ひき離された。若いポリは二挺拳銃《にちょうけんじゅう》をかまえて、薄笑いを浮かべていた。――このチンピラだけがちょっとこわかった。兵士はカービン銃の安全装置をはずしてわきにかかまえた。眼鏡は紙をかまえて、

「木田福一……ムニャムニャ」と読み、それから顎で門《ゲート》をさした。鉄柵《てっさく》門はギイギイ鳴りながら八文字にあき、お巡りは私の肩を押した。

太陽は容赦なく五人の上にじりじり照りつけ、みんな汗みずくだった。手錠をはめられていたので、私は両手をあげて服の袖《そで》で顔の汗を拭いた。目に汗がはいってひりひり痛んだ。頭の上ではトーチカの上にとりつけられた自動カメラが砲弾のような唸りをたてていた。トーチカからはカノン砲と機銃がとびだして、柵の向こうをにらんでいた。兵士を含めてわれわれ五人は歩きだした。ゲートをくぐり、草一本ない警戒地帯《ガード・ゾーン》を越え、内側の鉄条網のほうへ。

そのとき、はじめて恐怖が私をとらえた。四人の権力ある武装した男たちにとりまかれ、手錠をはめられ、後ろから拳銃と自動小銃を擬せられて……、ひょっとするとこのまま殺されるのではないか、とふと思ったのだった。とくに若造はまったく気にくわない顔をしていた。私があの内側の柵の中に放されるやいなや、背後から熱い弾丸が背骨

にめりこむのではないだろうか？——だが、そのことを思うひまはなかった。時間は五分、ガード・ゾーンの幅は三十メートルしかない。私は歩いた。前へ進むよりしかたがなかった。振り仰ぐと、雲一つない青い焼けただれた空に赤いアドバルーンが一つ浮いていて「お買い物は三越《みつこし》へ」と書かれたビラが揺れていた。

内側の柵の門のところまで、あっというまに着いてしまった。お巡りは鍵《かぎ》をとりだして、手錠をはずしてくれた。反射的に私は手首を振り、腕をさすった。お巡りは手帳をとりだして、「では……」と言った。「家族になんぞ言いのこすことないか？」

「家族なんかあらへん」と私は言った。

眼鏡は煙草を一本とりだして火をつけて渡してくれた。私はそれをつまんで、——手が震えていた。こわかったとは思いたくないが——ふかぶかと吸いこんだ。

「ほたら、なんぞほかに言いのこすことは？」

「ライスカレーが食べたかった」と私は言った。「梅新《うめしん》のかどに四百五十円のカレーを食わせる店があるんや。一度食ってみたかったが……。四百五十円のカレーてなもん食うたことがあるけ？」

「四百五十円？」とお巡りは目をむいて言った。「わしら百五十円のかて、まだ二度しか食うたことがない」

「なあ、わいは腹がへってるんや」と私は細心の注意をはらいながら言った。「昼飯食うてないんや。ちょっとだけ、ほんのちょっとだけ行ってみいへんか。あれ食うたら、すぐここへ帰ってくるわ。あんたかて昼飯食ってないんやろ」

お巡りは明らかに動揺したらしく、喉《のど》ぼとけがちょっと動いた。私の中に一縷《いちる》の小さな望みが動いた。——世の中にはカレーとなると目のないやつがいるものだ。

「そんなこと言うたかて……」とお巡りは口ごもりながら、ちらと横を見て言った。

「おれ、ゼニないで。二人で九百円なんて……」

「まかっとけ！」と私はいきおいこんで言った。ある考えがちらりと頭をかすめた。

「北浜《きたはま》のところで、ちょっと寄ってくれたらええねン。ダチ公に千円貸したままになっとるんやが、行けばかならず返しよる。そしたらその金で……」

「なにをくだらんことを言うとるんや」とわきから眼鏡が割ってはいった。こいつは昼飯を食ったばかりであり、情け容赦ないところがあった。

「さあ、最後にはようひとことぬかして、中へはいれ」

私は押されてあとずさりながら、柵《さく》の中にはいった。彼らは四人ともちょっとしりぞいた。私たちの間には二メートルほどの間隔があり、門はまだしまっていなかった。——とべばひととびだ。しかし若造の手から二つの銃口が、うつろな目のように私をにらみ、トーチカのカノン砲はゆっくりと鎌首を上下に振っていた。わずか三歩の間で、私は柵のうちに、彼らは柵の外にいた。

「さあ……」と眼鏡は言った。「最後にひとこと、なんぞ言え」

「言わないかんのか？」と、私は言った。

「そうや」と眼鏡は言った。「規則にはないけど、追放囚はだれでも最後にひとこと言うことになっとるんや。どんなことを言うてもかまへん。囚人の中には政府のことぼろくそに言うたやつもいる」

「そんなこと言うてもかめへんのかいな？」

「ええとは言わへん。ただ言うやつもおるっちゅうだけの話や。とにかく最後におまえらはなにかひとことだけ言うのを許されとるし、かならず言うことになっとるんや」

「もし、――何も言わなかったらどないなる？」

「きさま、〝事故〟起こしたいんか？」と若造が唾《つば》をはねとばしながら言った。「言うことになっとるんやから、おとなしゅうぬかせ！」

そのときブザーが鳴りだした。

それはずっと遠くまで響きわたり、耳がじんと鳴るほど激しい音だった。

「はよせい」と眼鏡は言った。「はよ言わんか」

ブザーの音――これが私を外の世界とへだてる合図だ、と思うと、私の中にはじめてかっと熱い思いがこみあげてきた。生まれてはじめての、世界全体に対する激しい怒りだった。――だが、もう手おくれだ。

「言わんのか？」

眼鏡、お巡り、若いポリ公、兵隊、四人とも動かずに私の顔を、口もとをじっと見ていた。ブザーはなおも鳴りわたっていた。兵士は自動小銃をかまえ、ポリ公は下唇をちょっと内側にまきこみ、その白い大きな前歯でかみしめた。銃把を握った指の関節が白くなり、カチリと撃鉄が起きた。彼らは揺れるようにもう一歩さがった。私は体をこわばらせ、汗まみれになりながら立っていた。舌が鉛のように重くひきつった。

「言え」と眼鏡が押しつぶした声で言った。

私は身をひきしぼり、声をしぼりだすようにして、やっと言った。

「身はたとえ……」

そこでブザーの音がやんだように思って、私は反射的に手をあげた。だが、まだ鳴りつづけていた。それはいつも見るあの悪夢、会社に行こうとあせりながら、とめどもなくズボンがずりおちる悪夢にそっくりだった。

「浪花《なにわ》の野辺《のべ》にくちぬとも……」と私は続けた。目の前は紫色になった。倒れる前に、最後の渾身《こんしん》の力をふりしぼって、跳躍するように私は叫んだ。

「とどめおかまし……大和だましい！」

ブザーの音がはたとやんだ。とたんに激しい音をたてて鉄門がはねかえり、青白いスパークがとんだ。やつらは外に、私は中に……そしてやつらは四人とも腹をかかえて笑いころげているのだった。私はまだ硬直から回復せず、ぬれたように汗ぐっしょりになって立っていた。若造は笑いながら、私に向けてピストルをぶっぱなした。一発は鉄柵に当たって火花をちらし、一発は私の足もとに砂煙をたてた。三発目を聞く前に、私はくるりとふりむいていっさんに走った。耳もとを唸りをあげながら弾丸がとんだ。物陰にとびこんで身をひそめて、私は弾丸を避《よ》けた——しかし弾丸はもうとんでこなかった。私はぜいぜい言う息を耳もとに聞きながら十数えた。それでも何も起こらなかった。もう十、数えた。それからおずおずと伸びあがって門のほうを見た。やつら四人は背を向けて、ガード・ゾーンを渡りきるところだった。私は熱い動悸《どうき》を聞きながら、やつらの姿を見まもった。それはいかにも一仕事果たしたという気楽な身ぶりで、外側の門の向こうへと消えていった。それからゆっくりと、軋《きし》みながら門がしまった。

——私はなおも門のほうを見つめていた。耳の中から血の騒ぎが消え、ほてった体にかすかな風のあたるのを感じても、まだ門のほうを見まもっていた。あたりは森閑としずまり、夏草はむんむんと青臭い熱気を吐き、その頂きは風にわずかばかり揺れていた。静寂の中に、ふいに鋭いキリギリスの鳴き声が聞こえた。私は立ち上がり、それからもう一度門のほうをふりかえった。——万事終わった。私は追放されたのだ。

3　赤い地獄

私はしばらくこの追放地の中にぼんやりと、立ちつくしていた。——むんむんと熱く、いがらっぽい空気が巨大な透明の風船のように、この荒れはてた追放地を包んでいた。私はどうしようもなく、ただあたりを見まわしていた。少し向こうの赤さびた石油缶のそばに骸骨《がいこつ》が一つ横たわっているのが見えた。さびがしみこみ、足はなく――きっと犬がくわえていったのだろう――髑髏《どくろ》のほうは斜面の下に転がっていた。私はなんの気なしに、石を拾ってぶっつけてみようとしたが、なかなか当たらなかった。四度目にやっと当たって、カラカラとうつろにかわいた音がした。その音が響きおわるのを聞くと、私はうずくまり、草をぬいてくわえ、その青臭いなつかしい汁をかみしめた。それからまた立ち上がり、二、三歩歩いてみて、またすわりこんだ。――きょうも平均気温を突破するのだろう。べらぼうに暑く、喉がやけつくようにかわいた。私のまわりにはうず高い赤茶色の丘があり、すわっているとかまどの中にいるようだった。頭の上にはまん丸い青空が広がり、暑そうな雲が浮いていた。腰をおろしていても大阪城の天守閣だけは見えた。レーダー・アンテナは遠く、きらり、きらりと陽光を反射しながらまわりつづけていた。耳をすますと、夏草のそよぎや虫の音の向こうに、外の世界の物音がかすかに聞こえた。自動車のエンジンの音、大手前《おおてまえ》を天満のほうへ下っていく市電の響き、天満を出る京阪《けいはん》電車や、城東線の警笛、そしてどこか京橋《きょうばし》へんでやっているパチンコ屋の音楽、宣伝カーのアナウンス――みなさま、みなさまのご家庭の電化はととのいましたでしょうか……。

これらの騒音は、親しみ深いやさしさでもって、私のたった今まで住んでいた世界のことを告げた。二度とふたたび、それらの中へもどっていけないのだということが、まるで嘘みたいに思えた。その世界は、この土地の隣りにあり、すれすれのところまで行くこともできるのだが、もう私はけっしてそれに手を触れ、その中へはいっていくことはできないのだ。

　私は長い間そこにすわっていた。長い間といっても、せいぜい二十分ぐらいだろうか。太陽はまだ頭の上にあって、丸いなだらかな丘の続くこのあたりには、陽陰一つなかった。――それからまた立ち上がった。立ち上がるとまったく途方に暮れてしまうのだが、いつまでもすわっていることもできなかった。百メートルほど向こうに、私のはいってきたB号門が黒くとざされてあり、トーチカの丸いなだらかな肩が陽に光るのが見えた。追放されてからまだ三十分しかたっていないのだ。――私はなんだかだまされたような気がして、うつろな期待をこめて、ふたたび門を見つめた。なんの変化もなかった。あの門ははいるためには開かれても、そこから出ていくことはできない。もうだめなのだということを自分にのみこませるのに、さらに二十分もかかった。それからやっと、自分のまわりを見まわした。

　赤い丘は、焼け土と煉瓦《れんが》屑《くず》と赤さびたスクラップの堆積《たいせき》だった。ところどころコンクリートの建物の一部やとけたガラスの塊りがのぞいており、低いところにはたけ高い雑草がはえ、こがねぐもが大きな巣の中央に優美に脚をのべ、その下ではまだ新しい犬の死骸が腐っていた。空気は焼けた土のにおいと草いきれに満ち、一足ごとに真っ赤な砂ぼこりが立ちのぼった。二足、三足、私は丘のほうへ向かって歩いた。ポケットの中で何かがチャラリと鳴った。反射的に手をつっこむと、中から五十円玉一つと十円玉が二、三枚出てきた。それといっしょに九十五円と書かれた映画の半券があった。——それは私が最後に見た映画のものだった。ストリップ映画一つと外国物の家庭喜劇。私の好きだったうすバカの肉体女優は雨の降る画面の中でかわいらしいしまりのない口をあいてほほえみ、なめらかな脚を示していた。彼女の微笑は、世の男どもに向かってこう言ってるみたいだった。

「こちらへいらっしゃいません？　いっしょに楽しく飲みましょうよ」

映画館の暗闇の中に立ちながら、バカみたいな微笑を浮かべていた私——ああ！　私はあのとき幸福だった。画面いっぱいの彼女の微笑を一人占めにした気持ちで、限りなく幸福だった。ポケットには百円札一枚と、小銭が少しあり、帰りにラーメンでも食べようと思っていた。

私は口笛を吹きながら廊下に出て、売店でチューインガム一つと新生《しんせい》一つを買い、映画館の外でガムを嚙《か》みながら一本すいつけた。もう残りのマッチを捨てたとたんに、両側から腕をつかまれた。——私は腕をつかまれたまま遠くへ連れてこられた。あのささやかな暗闇の幸福からはるか遠くへ、もう二度と手のとどかないところへ。

小銭を見つめながら私は、こんなことならもう一本映画を見ておけばよかったと、ぼんやり思った。するとはじめて絶望がおそってきた。私は小銭を握りしめて、あたりを見まわした。こんな荒涼としたところで、映画館もないところで、私には八十円しかない。八十円ぽっちで何ができるというのだ！

——私は囲われた土地の内部へ向かって歩きだした。丘の横を少しまわると、風景が一変した。丘の向こうにまた丘が見え、その丘のかなたにはなお数多くの赤や、茶色や、灰色の、熱くぽこぽこに乾ききった丘の連なりが見えた。これ以上歩いてもむだだという気が強くした。といって、どうしていいのかわからなかった。この土地には陽陰もなく、喉《のど》をうるおす氷屋もなく、飢餓を満たす飯屋もなかった。

「どうすればいいんだ」と私は声に出して言ってみた。

だが、なんにもならなかった。間をおいて、それに答えるように府庁のサイレンが鳴りわたった。二時だ。——追放後の最初の一時間が過ぎた。私は耳をすましてそれを聞き、鳴りやんでからも、なおも聞きいった。どうしたらいいのか？　これから、何をしたらいいのか？　どうやって……？

——苦悩が炎熱とともに激しく胸をしめつけはじめた。

陽がやや西に傾きかけたころ、また歩きはじめた。夜になるまで、まだいやになるほど時間があるだろう。ちょっとの陽陰でもあれば、そこで一眠りして夜を待つつもりだった。陽陰はおそらく時がたつにつれてできてくるだろうが、それまでの間をつぶすのに、じっとしてはいられないような気持ちだった。

私をいらだたせ、歩きまわらせたのは、なんとかしてこの流刑地で生きていきたいという願いであり、ひょっとしたら生きていく方法が見つかるかもしれないという根拠のない妄想だった。いちばん高い丘の上に立って、この追放地の周辺を見きわめ、むだとは知りつつも、どこかに抜け道がないかと、いちおうしらみつぶしに「国境」を点検してまわる意図をいだいたとき、たしかに少し頭にきていた。方向を決め、やみくもに歩いていって、大阪城寄りの鉄条網のそばまで来たとき、自分の考えがばかげていることを知った。ガード・ゾーンの手前二十メートルに近づいたとたんに、どこか遠くで激しいベルの音がして、無人砲塔の銃眼が開いた。目に見えないレーダー・ビームが、四方八方から私をとらえ、うつろな銃口が、私の歩みにつれて動くのが感じられた。私は大きな機械のスクラップの後ろに身をひそめ、手ごろな石を拾って、ガード・ゾーンのすぐ手前に向かって投げた。たちまち銃声が轟《とどろ》き、石の周辺は赤茶色の砂煙と、チュンチュン鳴る弾丸の音に満たされた。射撃は五秒間でやんだ。首をのばしてよく見ると、石はそのままであり、石の周辺直径約五、六メートルの範囲に掘り返された赤土の輪が見えた。私はもう一度石をとり、今度はガード・ゾーンの中に向かって投げてみた。結果はあまりにも明白だった。内側の鉄条網の上をとびこえたとたんに、石は、空中にあるままに、集中砲火を受けて粉々に砕け散った。私はスクラップの陰から身を起こして、踵《きびす》を返した。クレイ競技さえできるような無人砲塔の正確さに挑戦するのはばかげていた。今は、私も認識を改めないわけにはいかなかった。私は追放されたのではなくて、死刑にされたのだった。——いまさら、自分の考えの甘さに腹をたててみたところで、おっつかない。

いくつかの、貴重な自由を奪う法案とひきかえに、死刑廃止の法案が出されたとき、甘っちょろい人道主義者どもは、その輝きに目がくらんでしまった。きわめつきのファシストが憎まれ役のサクラを買って出て、猛烈な廃止反対運動を展開した。むろんこれに対しては世論が立ち上がった。人道主義の危険は、それに拠《よ》る人間を正義の名のもとに盲目にすることだ。死刑廃止反対に反対することは、そのとき同時に提出された政治上の反動的な法案の中に利害関係の複雑なからくりを理解するよりはるかにやさしいことだった。それは気の弱い連中の好きな「党派をこえた絶対的善」の幻影を与えるものだった。みんなこのわかりやすい、抽象的な問題にとびついて、国中が大騒ぎになった。ついには、議論は感傷的なものにまでなっていった。——死刑廃止というこの議題は、ぜったいまちがいない正義の感覚に訴えるものがあった。廃止に賛成する連中の中で、自分が死刑にされる可能性に立って論ずるものはごくまれだった。大部分の連中は——とくにお上品な中産階級どもは、慈善家気どりで、死刑囚を救う気だった。そしてまんまと陽動作戦にひっかかった。国会会期中、本会議ぎりぎりいっぱいに死刑廃止案は可決された。もみにもんだ論議のかげに、労働法の二つの重要な改悪案が、わずかの審議期間で通過した。

——おかげで死刑は廃止され、かわって正体不明の追放刑が設定された。世論は死刑が廃止されたということに満足し、あらたに設けられた追放の刑が、どんな内容であるかということまで追究しようとしなかった。私はそのときいっしょに可決された改悪労働法にひっかかって追放刑にされた。この刑の特色は、実際にそれを体験するまで、どんな刑だかわからないというところにある。そしてそれを体験したやつは、二度と生きて娑婆《しゃば》には帰れないのだ！

ちょっと見たところ、追放刑にはいかにも進んだところがあるような気がする。それは追放地内部では、自由を束縛されもしなければ、強制的に重労働させられもしないということだ。ただ社会の外に追放されるだけで、社会の外では自由である。だれも、彼の生活に干渉しない。だが、社会の外において人間にはいかなる自由が許されるか？歩きまわる自由、そしてただひたすらに、餓死に向かって突き進む自由だけだ！

それでも私は五分間も諦《あきら》めていられなかった。じっとしていれば、体力の消耗も少なく、喉もかわかないし、それだけ長く生きられるのはわかっていた。しかし何もせずに、ほんのわずかの間を長らえても、そんなものは無意味だ。だから私は動きまわるほうを選んだ。それが、命を縮めるだろうとは思ったが、それでもじんわりとミイラになるのを待つよりは、もがきつづけ、戦いつづけて死ぬほうが体裁がいい。それはいかにも現代ふうである。生への執着に、大地へ生爪をたてるその姿を私は小説や映画で見て、おおいに感激したものである。死ぬときぐらい、存分に自分の気に入ったポーズをとりたいと思ったので、私は歩きだした。

4　先住者とのめぐりあい

かわきはいよいよひどく、空気は窒息しそうに熱くなり、砂ぼこりは気管にぎっしり詰まった。唇はひび割れ唾液《だえき》はからからになった。たまりかねて、水溜《みずた》まりの一つにかがみこんだが、まだ私にはその水は飲めそうもなかった。――どろりとして表面には赤さびと油が層をなしてぎらついており、その下にはインクのような、どろどろの熱い水がよどんでいた。蚊の死骸《しがい》が綿毛のように水面に浮いている。服をぬいでその水を濾《こ》してみたが、なおかつ飲めたしろものではなかった。おそらく私はまだ完全に追いつめられていないのであろう。

かろうじて唇を湿し、私はまた境界柵《さく》にそって、内側の鉄条網から約五十メートルの間隔をとりながら、よろぼいよろぼい歩きつづけた。くそいまいましい太陽はごくのんびりと中天をすべりつづけ、いくらも傾いたように見えなかった。それは砂もろとも私をあぶり、ハワイ料理のように蒸し焼きにするつもりらしかった。かわきはともかく、空腹もひどくなってきた。私は立ち止まり、物陰からスクラップの一つを拾いあげ、そのさびをたんねんにこすりおとし、口に入れてしがんでみた。わずかに唾《つば》がわき、陽陰にあったので、ひやりとして唇にこころよかった。――そのとき、またさっき手錠をなめたときにおそったあの感覚がひらめいた。私の内部に隠された、ある奇妙な可能性――何か突拍子もない、化け物みたいなあるもの――私はふと戦慄《せんりつ》を感じて鉄片を口から出し、それをしげしげと眺めた。私の中に、何かが現われようとしていた。――だがそれは、まだ現われずに最初のときのようにふっと消えてしまった。私は飢えた兵士が装具の革をしがむように、その曲がりくねった鉄板の一片をしがみながら、ふたたびやけくそに歩いていった。

しばらく南へ向けて進んだとき、視界のすみにちらと何かが動いた。私はとっさに身を隠した。——しかし、そいつは野犬ではなかった。二十メートルほど離れた物陰で動いたとき、そいつの黒いシャツが見えた。だれかいる！　この死の砂漠の中にだれか私以外の人間がいる。ふとアパッチという言葉が頭をかすめたが、私は夢中で、声をかけた。

「おーい！」

とたんにその黒い影は一足とびに私にとびかかってきた。私は骨っぽい手で口をふさがれてひっくりかえった。あらがうほどの気力もなく、私はそいつがのしかかって押えつけるままにしておいた。

「静かにしろ！　バカ！」そいつは息をぜいぜい言わせながら、押し殺した声で言った。

「いま気づかれたら、水の泡だ！」

私が黙って横たわっていると、そいつはようやく手を放し、かたわらに腰をおろした。

水気をしぼりとられたように痩《や》せきった男だった。皮膚は鳥の脚のようにがさがさに乾き、その上を赤黒いほこりがびっしり蔽《おお》っているので、まるで赤さびたロボットのスクラップのように見えた。唇は真っ黒になってひび割れ、まぶたのまわりには黒い輪ができ、熱を持ったような目がぎらぎら輝いていた。

「あんた、だれや？」と私はきいた。男は答えずに、丘の向こうを顎《あご》でしゃくった。

「ここはC号の門の近くなんだ」と彼は言った。「いま気づかれたら、三日の苦心がだめになる」

私はこわごわ伸びあがって男のさしたほうを見た。私の追放された門とそっくりの風景が目にはいった。——私はわけのわからないまま腰をおろして男の顔を見た。

「おまえ、きょうの午《ひる》追放されたやつか？」

男は私の様子をじろじろと見ながら、しわがれ声できいた。

「うん」と私は答えた。

「どこからだ？」

「B号門……」

男はそれを聞くと舌打ちして、ひざをたたいた。

「ちくしょう！　おれはついてない……」彼はぶつぶつ言った。

「あんた、いつ追放されたんだ？」と私はきいた。

「おれか？　もう一週間になる」

「その間どうやって生きてきたんだ？」

男は私の顔をじろっと見て、ポケットから一挺《いっちょう》の大きなナイフをとりだした。それは手ごろな鉄片をたたいたり、みがいたりして刃をつけ、柄の木片を布でしばりつけたものだった。刃渡り二十センチはあろうと思われるそのナイフは、何かの血と脂がぎらぎら光っていた。

「野犬だよ」とその男は言った。「二頭食った。たくさんいるんだが、つかまえるのがたいへんだ。まちがえばこっちが食われてしまう」

「生で食べたのか？」

男はうなずいた。

「火は使えないこともない。だけど焚物《たきもの》を捜すのはとんでもない骨だぜ。それに獲物をつかまえてから焚物を集めに行ってたら、たちまち野犬どもにさらわれる。おれは五頭殺して二頭しか食えなかった。――それに火を焚くとにおいが広がるからな……。ここらの野犬は火なんか恐れやしない。おまけに火を焚くとあいつらに……」

そう言いかけて、男は口をつぐんでしまった。男の顔には恐怖ではなくて、途方に暮れたような表情が浮かんでいた。私はしかし、もう一つ気にかかる問題があったので、せきこんできいた。

「水はどないした？」

男は私の顔をもう一度正面から見た。私に対する軽蔑《けいべつ》とも、自分自身に対する激しい侮蔑ともとれる兆しが彼の目に現われた。

「いくらでもあるじゃねえか」

男は吐きすてるように言った。

「飲めるやつがあるけ？」

「この向こうのクリークの水はちょっとはましだよ。だけど、そこらへんの溜《た》まり水といくらもかわらないさ」

「濾して飲むんやな？」

男はあらわな嘲笑《ちょうしょう》に歯をむきだした。

「なあに、そのうち口をつけてがぶ飲みするようになるさ。――おまえはまだ追放されて半日もたってないんだろうが」

私は憂鬱《ゆううつ》になって顎をかかえた。目のすみから、ナイフをもてあそんでいる男の横顔を眺めながら、その顎の線に現われた不屈の反抗者的面魂に賛嘆の念を禁じ得なかった。わずか一週間の追放生活が、この男を急速に鍛えあげたとは信じられなかった。彼は追放される以前からずっと反抗者として生きてきたにちがいないのだ。この男ならきっと――私のようにおろおろしたり、一人芝居に泣きわめいたりせず、追放のその日のうちに、環境を概括的に調査し、生きるためにまず武器をつくり、野犬と戦い、糧を手に入れてきたにちがいないのだ。まず第一義的な問題として生き延びること、それから――それから彼は何を狙っているのだろうか？

「おれは、ここを抜け出す可能性について考えてみた」男は私の心中を見すかしたように突然しゃべりだした。「その前に、むろんできるだけ調査してみたんだ。おれは捕虜収容所にいたことがあったから、警備状況はだいたいひと目でのみこめた。まるで鉄の函《はこ》だよ。国民の税金をどれだけ使いやがったか知らないが、こんな完璧《かんぺき》な監獄ってありゃしない。――まっさきに考えたことは、だれでも考えつくこったろうが、穴を掘って鉄条網の下を抜けることだ。A号門とC号の間で、それをやりかけたやつがいる。だれだか知らないが、そいつは竪穴《たてあな》二メートル掘っただけで穴の底で骨になってるよ。十センチ掘りゃ、スクラップとコンクリートの塊りが出てくるんだ。とてもじゃないが一人でやれた仕事じゃない。穴を掘るにしても、距離だけでレーダー警戒域外のガード・ゾーンから二十メートル手前から掘りはじめ、ガード・ゾーンの下三十メートルをくぐって、向こう側へ――つまり最低五、六十メートル掘り進まなきゃならない。おまけに地面はくずれやすいし、あの外側の鉄条網の杭《くい》の下には地下五メートルの鉄柵が埋めこんであるってことだ。こいつは無理さね」

「二人でやったら？」

男は首をひょいとすくめた。

「体力がもつまい。それにガード・ゾーンの下には、このごろじゃ地底レーダーがとりつけられてるってことだぜ」

「運河のほうはどないや？」

男は眉《まゆ》をしかめた。

「あいつらが、運河を抜けて外と往来してるってことを聞いてはいた」と男はひとりごとのようにつぶやいた。「だけど……そいつはきっと昔のことなんだろうな。今じゃ運河はそばへもよれない。電流、鉄格子――そのうえ水の中にはイペリットがまぜられてある」

　男はナイフをぐさっと土に突き刺した。

「たった一つ、可能性がある。それは正面攻撃だ」

「正面攻撃？」

「つまり、門からはいったら、門から出ていくより方法がないんだ」

「できるやろか？　そんなことが」

「他の方法じゃ、だめだ」

　男はナイフで地面に線を引いた。

「おまえ、追放されるとき、何かひとこと言えって言われなかったか？」

　私はふたたび屈辱の思いのよみがえるのを感じながらうなずいた。

「門のあいてた時間は？」

「五分間……」

　男はよし、というふうに首を振った。

「おれの追放されたのはA号門、おまえがB号門だな……すると、この次はC号門という可能性が強い。――ちくしょう、そうか！　これに気がつきゃよかった」

「どないするんや？」と私は興味をおぼえてきいた。

「おれは地形から見てC号門がいちばんやりやすいと思ったんだ。――ここがC号門、そのちょうど真正面の右よりに五百トンプレスのスクラップがある。こいつはC号門の内側の追放門から四メートルと離れていない」

男は地面に二本線を引き、内側のほうに入口のしるしを描き、そのちょっと横に円を描いた。私はその図をのぞきこんだ。

「このスクラップの陰は、レーダー・ビームのブランケット・エリアになっている。――ほんとうならかたづけなきゃいけなかったんだろうが、まさか逃げるやつもないと思ったんだろうな。むろん、このブランケット・エリアはごく狭い」

男は細長い三角形を描いて見せた。

「スクラップの高さは約三メートル、幅は六メートル、レーダーは門をはさんで両側に一基ずつ二十メートルの間隔で並んでいる。高さは約五メートルだから、三十四メートル離れても、ブランケットの縦の幅は、かなりの高さで後ろのほうにのびている。三十メートル後方でも、高さ一メートル半はある。しかし横幅のほうは、スクラップの後方約八メートルで二つのビームが交わるんだ。ところがスクラップの後ろ、約六メートルのところで、高さ六、七十センチの丘っていうよりも地面の突起が、こういうぐあいにのびている。だから、這《は》っていけばレーダーにひっかからずにスクラップの後ろにたどりつけるわけだ」

彼は一気にそこまでしゃべって、ちょっと息をついだ。

「で、それから？」私は彼の気魄《きはく》にひきずりこまれて先を促した。

「追放はけっして午前中には行なわれない」と彼は続けた。「〃引き回し〃の刑があるからだ。おれの知っている範囲では、おまえの追放が午後早く行なわれたってのは、むしろ例外的なものだ。──おれの前に追放されたやつが、司法関係の男だったんで、そいつにきいたんだ」

「その男は？」

「死んだ」と彼は簡単に答えた。「おれが見つけたときはもう虫の息だった。おれより四日前に追放されたんだが、見つけてから三十時間しか生きなかった。──どうしても水を飲むことができなかったんだ」

私はふと彼の口調の中から凄惨《せいさん》なものを感じて、身震いした。彼は私のほうをちょっと見て、目を伏せた。「おれが見つけたとき──そいつは足を野犬に食われていた。動けずに、手に棒を持って犬を追っ払おうとしていた。足は骨が出て、蠅がいっぱいたかって化膿《かのう》していたし、もうだめだと思ったから、おれはきくだけのことを聞いて……」

彼はナイフの柄を握りしめて、前の土に力いっぱい突き刺した。「やつも……意識が朦朧《もうろう》としていたから……。結局おれに頼んだも同然だったろうな」

「そいつを食ってしもたんとちがうやろな」と私はきいた。かすかな狼狽《ろうばい》の色が男の目に走った。

「まさか……」と彼はつぶやいた。「埋めてやろうと思ったが、エネルギーの損失だし、どうせ野犬どもが掘り返す。ほっといたが、今ごろはもう骨になってるだろうよ」

「いいから計画を話してくれ」と私は促した。彼はうなずいて、図面の上にさらに線を引いた。

「計画といっても簡単だ。午後から夕方まで、このスクラップの陰で見張っている。門が開かれるときはただ一つ、追放者があるときだけだ。電流は五分間止まる。追放門の内側と外側で、やつらと囚人が向かい合ってごたくを並べる。——そのとき、一か八《ばち》かでやつらのそばを駆けぬけるしかない」

「むちゃや！」と私は叫んだ。「トーチカはええとしても、やつらは四人とも武装しとる」

「だが、銃をかまえているのは二人だけだ」と彼は言った。「だから仲間がほしかったんだ。一人が一人ずつやっつければいい」

「とびだすまでに射たれるやろ」と私は言った。

「スクラップのいちばん端からやつらのところまで、六メートルを何秒で走れるかが問題だ。万に一つの可能性はある」

「それよか、電流の切れたときに、鉄条網を乗り越えたほうがいいんやないか？」

「電流を切っても、無人砲塔とレーダーが生きている」と彼は言った。「機械は人間とちがって、まちがいをしでかさないからな」

その点は私も認めざるを得なかった。先刻の実験が骨身にしみていたからだ。

「手伝うな？」と言って彼は腰を上げた。

「うん」と私はためらいながら答えた。

「よし、じゃついてこい」

　彼は腰をかがめて物陰から物陰へと歩きだした。あとに従いながら、私はまだ内心に恐怖が動くのを感じた。万に一つ――いや、ほとんど成功の見込みはない。ただ私は彼の気力におされ、彼の言うとおりにする気になったのだった。――彼は一人でもやるだろう。しかし一人より二人のほうが成功の可能性が多いことは確かだ。もっと人数が多ければ成功の可能性はさらに大きくなるだろう。十人のうち一人助かれば、千人なら百人の人間が助かるかもしれない。しかし二人なら――二人そろって助かる見込みはまずない。よくいってどちらか一人だ。その一人は彼か私か？　おそらく彼だろう。その闘魂、その勇気と知恵、何か反抗の目的を持っているらしいたくましさ。彼こそ助かるにふさわしい男のように思われた。とすれば、私は彼を助けるための捨て石に使われるのだ。おそらく彼自身もその計算に立って私を計画にひきずりこんだのだろう。しかし、私は彼の熱意におされて、なんとなくそれでもかまわないという気になっていた。私は彼のあとについていった。

　監視望楼の目をかすめて、スクラップの陰にたどりつくと、私たちはその陽陰に横たわってC号門のほうを見張った。門はその陰から見ると、つい目と鼻の先に見えた。人《ひと》気《け》のないガード・ゾーンを一またぎさえすれば、鉄扉にとりつけそうだった。しかし白ちゃけた夏小菊の咲くその無人地帯は、目に見えぬ死と法令とメカニズムによって、しっかりと制圧されているのだった。

見張るといっても、追放前にはベルが鳴るから、われわれはただそこで横たわっていればよかった。陽が落ちるまでの間に、われわれは低い声でいろいろなことを語り合った。彼は言葉数の多いほうではなかったが、さすがに人恋しかったらしく、かなりしゃべった。

——最初のうちのおもな話題は、計画の細部についての仕上げだった。私はスクラップのところから、ほんのわずかずつでも遮蔽物《しゃへいぶつ》を前に押し出し——つまりレーダーの射撃指令リレーを起動させせないくらいのわずかさで——少しでも追放門との距離を縮めるべきだと言った。しかし実際上はそれもむずかしいようだった。

もう一つはスクラップの頂上近くにがらくたをこっそり積み上げて、いざという時、針金でもってわれわれのとびだす側と反対の方向、つまり向かって右側へ雪崩《なだ》れ落ちさせるという手が考えられた。一瞬やつらの注意はそっちにひきつけられ、ほんのわずかでも隙ができるだろう。

「それはやってみる値打ちがある」と彼は言った。われわれはその夜、その仕事にかかることにした。

また、鉄片をなめて渇《かつ》をいやしながら、私たちはなおも語りつづけた。男は山田捻《やまだひねる》と言った。——本名らしくはなかったが、名まえなどどうでもいいことだ。インテリで有名な大学を出ていた。なぜ追放されたかはほとんど説明しなかったが、政治犯らしいことは確かだった。

だが、彼はなんという男だったろう！　その該博な教養と精緻《せいち》な頭脳と闘魂とは私を畏怖《いふ》させるのに十分だった。彼は現在の社会を変革させる戦いについて語った。そしてその戦いの絶望的なこと、しかも人間が人間であるためにはそれが真に絶望的なことを認めながら、なおかつその戦いを押し進めなければならないことを。彼はたった一人になってもそれをやる、と言った。最後の最後まで戦って死ぬだろう、と。私は正直な話、少し居づらい思いをさせられた。私は短大の夜学の商科しか出ていない——平凡な、いくじのない、たいした理想もないサラリーマンだった。いつか自分にふさわしい女とめぐり合い、ささやかな家庭をつくる幸福のみを夢見ていた。人生には偉大さというものがあるということ、そして偉大な魂があり、その魂にとって、世界と歴史は、栄光と戦《せん》慄《りつ》に満たされたものであるということを、うすうすは知っていた。しかしながら、私はときたま書物や人の話の中にその姿を垣間《かいま》見るだけであって、それらの巨大さは、私にとって高級品店のショーウインドーの中のように縁のない世界に属するものだった。私は私なりに、貧しいながら上機嫌に生きてきた。九十五円の中古映画は芸術の殿堂に満ちる感動に比べれば、巨大さにおいては劣るかもしれないが、私自身にとってもっとも手近な喜びと幸福を与えてくれた。私は勤勉であり若くもあり、夢もあった。しかし理想主義にはあまり縁がなかった。——理想主義そのものがどうのこうのというわけではない。ついに自分のほうが、そういったものにふさわしくない、くだらぬやつだと思っていたのである。

だが、山田という男は、私とちがった「高貴な魂」を持っているようだった。彼には自己の一生を賭《か》けるべき〝使命〟があった。彼には「なす事」、「なすべき事」があった！　早い話が、私が脱出の成否のみを思いわずらって、出てからどうしていいかさっぱりわからないのに、彼の脱出は、彼の人生の目的のためになされる戦いの一つだった。「ここを出たら、杉本町《すぎもとちょう》の昔のアジトへ行く」と彼は言った。「よかったらいっしょにこいよ」

彼はそこへ行き、次の戦いのため、次の計画のために時機を待つ。しかし私はいったいどうすればいいのか？「もしどっちか一人助かったら――」と彼はしんみりした口調で言った。

「助かったほうが、娑婆《しゃば》でお互いの用事を一つだけしてやることにしようじゃないか」

私はうなずいた。

「もしおまえのほうが助かったら――」そう言って、彼はしばらくあれこれと迷っているようだった。囲いの向こうの世界に多くのつながりを持っているらしい彼が、私には少しうらやましかった。「すぐでなくてもいい。十分安全になってからでいいから、京都の北白川《きたしらかわ》をたずねてくれ。S書房に相原《あいはら》って男がいるはずだ。そいつにおれのことを伝えてくれりゃいい」

「それだけか？」

山田は、ちょっと考えこむような目つきで私を見ていたが、やがて諦《あきら》めたように首を振って、「それだけでいい……」と言った。

――私は彼に、あまりたよりにならない男と見られていることを悟った。

「おまえのほうは？」と彼は微笑しながらきいた。

「何もない」と私は言った。

「家族は？」

「いない」

「女房――恋人もないのか？」

「それもない」私は情けなくなりながら言った。「もしあんたが死んだモンロウに会う機会でもあれば別だが」

彼は妙な顔つきをしたが、重ねて言った。

「友人にことづてでもないのか？」

私はふと思い出して言った。

「北浜三丁目に、Gってちっぽけな商社があって、そこに円田《まるた》って男がいる」

「そいつに何か言うのか？」

「いや、そいつに千円貸してあるんだ。それをあんたとり立ててくれ。それで……」私はこのことを言おうかどうかと迷ったが、思いきって言った。「その千円で、おれのかわりに梅新のOって店で、四百五十円のカレーを食ってくれ。娑婆にいるとき、一度食いたいと思ってたんだ」

彼はぽかんとしていたが、結局承諾した。私は気恥ずかしくなって横を向いていた。

——自分がひどく惨めな気がした。

黄昏《たそがれ》が訪れた。夕映えのかなたに星がきらめきはじめ、陽暮れにはいっそう高まる外界のざわめきが、この流刑地のほこりだらけの空を満たした。そのやさしい響きは昼の勤めをおえた世界が、家庭に、あるいは憩いの場所に変貌《へんぼう》するけはいのときを示すものだった。人々は建物や工場の戸口から吐き出され、ギシギシなる電車に詰めこまれ、団《だん》欒《らん》へ、小さな楽しみへと急いでいるだろう。そんなささやかな楽しみが、かくも激しい郷愁をさそうとは、だれが想像し得たか！　そこでは疲労さえやさしかったのだ。私は天上の星々よりも、地平に輝きはじめたネオンのきらめきに、強くひきつけられた。

「あれ、銀橋《ぎんばし》ホテルじゃないかな？」と私は言った。

「さあ……」

「ちがうかしら？　おれ一度、あそこへ行ったことがあるよ。——会社の女の子といっしょだった」

私は——おそらく私たちは、甘美な感情に浸って、そこに横たわっていた。涼風が立ち、虫が鳴きはじめた。

「腹、へったろう？」と山田はきいた。

「うん……」

「喉《のど》もかわいたろうな」

「うん」

私たちは立ち上がり、スクラップのそばから立ち去った。そして、宵の口二時間ほどかかって、例の仕掛けをほどこした。音をたてずにやるのはいいかげん神経が疲れた。私は何回も布で濾《こ》し、たいへんな努力の末、やっとのことで口一杯の水を飲んだ。夜のほうが飲みやすいのは、汚物が見えなかったからだろう。それでもいくぶん渇はいえた。夜の狩りは、こっちに分《ぶ》がないので、その夜は山田の見つけた「巣」で寝た。コンクリート塀と、くずれた鉄骨がうまいぐあいに穴蔵をつくり、内側からコンクリート塊で蓋《ふた》をすると、野犬に襲われることはない。しかし猛烈な藪蚊《やぶか》を防ぐことはできなかった。転げまわっているうちに、いつしか私は眠りこんだ。食人種のバーベキューに供される夢にうなされながら。

5 狩り

追放第一日目に山田という男に出会ったことは、私にとってひじょうな幸運だったと言わねばなるまい。私一人では、どんなことになっていたかわからなかった。むろんやけも起こしていたろうし、つまらぬことで簡単に死んでいたかもしれない。その晩のうちに野犬に襲われて一塊の糞《ふん》になっていた可能性も十分にある。もっとわるいことは、お話にならないほど惨憺《さんたん》たる精神状態になって死んでいったかもしれないということだ。

私は——たびたび述べてきたように——ごくつまらぬ男だ。典型的な凡俗の徒であり、小心な一サラリーマンにすぎない。サラリーマンという職業は、めったなこと、裸の自分を試すという危険を冒すことがない。したがって、自分を鍛えるなどという機会は持たない。小心者の常として夢想好きだった私は、たびたびロマンティックな危機の状態を想像し、そのときになれば、自分でも今まで気がつかなかった力が、その深い隠れ場所から現われて自分を救うかもしれないなどと考えたこともあった。しかし実際の処刑は私の奥にそんな奇跡的な力の隠れ棲《す》むような穴蔵はないことをいやというほど悟らせた。

——しかし今はちがう。山田という男は、その粘り強い闘志を通じて、私に「精神」なるものの存在を教えてくれた。教えてくれたところで、私には精神なんてものはおいそれと生えてきそうになかったから、彼が私の精神の代用をしてくれたと言っていい。つまり彼は「しっかりしていた」のであり、私は彼をボスと仰ぐことにほとんど決めていた。私はロビンソンにはあまり向かないが、フライディになる能力はあったらしい。

山田には、私を惨めな興奮からひきずりもどすだけの威厳があった。人間はどんな状況におかれても人間でしかないこと、そして問題は一《いつ》にかかって人間であることを、自己自身において認めるか、それを拒否するかという点にあること——つまりは、自己が人間であり、それでしかあり得ないことを認め、そうあることを志すか、その条件が耐えがたいという理由のもとに、人間であることを否認し、その条件をのがれるか、この二つしかないのだということを、彼はもっとわかりにくい言葉で私に教えこもうとした。

二日目の朝、私は蚊に食われて頬っぺたがぶらさがったような感じを味わいながら起き上がった。私たちは朝の狩りに出かけ、ようやくのことでがりがりの野犬を一匹仕留めた。しかし、その獲物を全部手に入れるわけにはいかなかった。というのは、ようやく脚の肉を切りとったとき、血のにおいにひきよせられて、おびただしい野犬の群れが襲ってきたからである。まったく、ぎざぎざのスクラップの山をすり傷だらけになりながらよじのぼり、空《す》きっ腹の重い足をひきずっては、丘から丘へ、コンクリートの山から山へ、歩きまわるのはたいへんな重労働だった。二人で息を切らせて獲物を追いつめ、私は最後の戦いで向こう脛《ずね》に食いつかれた。にもかかわらず、朝食はたった五百グラムほどの犬の脚の肉だった。私はちょっと生で食べたが、もどしそうになった。

「だめだったら天日に乾かしてみろ」と山田は言った。「だけど、そいつを食ったらよけい喉がかわくぞ」

「腐らないかしら？」と私はきいた。

「空気が乾いてるから、大丈夫だと思うがな」

私はやっと三きればかりを飲みこんだ。私はおそらくまだ飢えきっていないのだ。ろくなものを食ってないのにちゃんと排泄《はいせつ》作用はあった。いささか便秘ぎみだったが、そのにおいを嗅《か》ぎつけて、さっそく一匹たくましいやつが現われたのには驚いた。

二日目の午後は、例の赤さびのプレスの陰で、過ごした。三日目の朝は、運悪く一匹の獲物もなかった。私の唇は黒っぽくはれあがってきたのに、まだ思いきって水が飲めなかった。小便は血のように赤くなり、私は犬のように舌を吐いた。山田もあまり水は飲まなかったが、彼のへばり方は、私よりずっとわずかだった。

「なんだって、そんな鉄なんかしゃぶるんだ」と、彼はへんにとげとげしい声できいた。

「渇きが止まるような気がするんだよ」と私は答えた。

彼は私の答えなぞ気にもかけないように、私を妙な目つきでじっと見ていた。探るような途方に暮れたような表情が彼の顔に浮かんでいた。しかしやがてぷいと顔をそむけると、またぎらぎら光る目つきでC号門のほうを見つめるのだった。そして四日目——その日も午前中は獲物がなかった。二人になれば獲物は増えなければならないはずなのに、われわれは運がわるかったのだ。野犬の群れを遠くから見ることはあった。しかし、集団でいるやつらを殺すことはできない。そんなことをすれば今度はこちらが獲物になってしまう。群れを離れた老犬かなにかでなければ、手にあわないのだ。われわれは空腹をかかえ、丘の頂きからわれわれの朝食がうろつきまわっているのを見た。その日、はじめて私は目がかすんだようになって溜《た》まり水をごくりと飲みこんだ。喉もとをなんとも言えぬ悪臭を放つぬるぬるしたものがすべっていった。口の中にうじゃうじゃ動くものはおそらく蛆《うじ》だったろう。咳《せき》をするとぼうふらが二、三匹とびだした。そのうち、ものを言うたびに喉の奥から蠅や蚊がとびだすようになるかもしれない。もし腹の中を蚊に刺されたらいったいどうやって掻《か》いたらいいんだろう――私はぼやけた頭でそんなことを考えていた。その日、山田と離れてうろつきまわっているとき、私は偶然真新しい白骨を見つけた。骨は野犬にかみ砕かれていた。ほとんど本能的に、その男が山田の「らくにしてやった」司法関係の男だとわかった。しかし私を不審に思わせたのは、その白骨のそばに野犬が二、三頭分ころがっていたことだった。その場を離れてから、私は事態を悟って震えあがった。そうだ、そうにちがいない。山田はあの男の死体を餌に、野犬をおびきよせては殺していたのだ。――彼は野犬の囮《おとり》にするためにあの男を殺したのか。ほんとうに「らくにする」ためか？――私にはわからなかった。場合によっては、それが自分の運命となったかもしれないということを、私は考えまいとつとめた。

私は見張りの根気を失いかけていた。しかし山田はなおも熱っぽい視線を門に向けていた。

「きょうは七夕だな」

陽が暮れたとき、彼は腕枕して天を仰ぎながら、情感のこもった声でつぶやいた。またもや無為に終わった一日の空に、いつに変わらぬ星がまたたきはじめた。

その夜――飢餓はほとんど危険な状態にまでなった。私は眠れず、口中の熱とひっきりなしの幻影に悩まされつづけた。明け方近くなってややまどろんだとき、ふと私は巣の外を歩く重々しい足音を聞きつけた。それが野犬ではなく、二足獣の足音だと悟ったとき、私は名状しがたい恐怖に襲われた。私は自分が夢を見ているのだと思って頭を振ってみた。しかし空耳ではなかった。そいつは巣の入口の反対側のほうから近づいてきて、ぐるっとまわり、入口のところでちょっと立ち止まって、それから私の頭のすぐ横にまでやってきた。ザク、ザクというスクラップを踏む足音にまじって、まるで鎖をひきずっているようなガチャリ、ガチャリという音が聞こえた。そいつは私の頭のところ、コンクリートの塊り一つへだてた外にふたたび立ち止まった。私は恐怖のために全身がこわばり、指一本動かすことができなかった。——このおぞましい流刑地兼墓場に、われわれ以外にだれかがいる。あれほど歩きまわって、結局われわれを除いては、白骨死体だけしか見いだされていなかったにかかわらず、なおわれわれの目をのがれて生棲《せいせい》している者がいたのだ。そいつは四本足の獣ではなかった。しかもわれわれのように飢え疲れきっていず、猛烈な活力に満ちあふれていることは、その足音からもわかった。私は息もつけず凍りついたようになって外の気配を聞いていた。そいつは立ち止まって気楽そうな溜息《ためいき》をついた。ずいぶん長い間、やつは私の頭のすぐ横にいた。私は山田を起こそうと何度も思ったが、体が動かず、またわれわれの存在を悟られる恐怖から、身動きもできないでいた。やがて、外の闇のかなたに、断続した鳥の鳴き声のような叫びが聞こえた。それは、梟《ふくろう》の鳴き声に似ていた。すると私のそばにいたやつはふいに行動を起こし、ガチャリ、ガチャリという足音は、しだいに遠のいていき、消えてしまった。今度こそ山田を起こそうと思いながら、緊張から解放された気のゆるみから、私は失神し、そのまま眠りこんでしまった。

翌朝、私は山田にその話をした。彼はちょっと唇のあたりをこわばらせ、眉《まゆ》を曇らせた。

「嗅ぎつけたかな？」と彼はつぶやいた。

「だれが？」と私はきいた。

「あいつらだ」山田はそう言いすてると向こうへ行こうとした。今度こそ、私はあいつらのことをはっきりきこうと思って、彼を問いつめた。しかし山田は、答えるのをいやがっているようだった。

「あいつらは人間じゃないんだ」とだけ、彼は言った。「これは比喩《ひゆ》じゃないんだ。わかるか？」

「化け物かい？」と私はきいた。

「化け物――それに近い。とにかくやつらは人間の屑《くず》なんだ。屑そのものだ。スクラップなんだよ」

「日本人やろ？」

「日本人とかそんなものじゃない。屑《ルンペン》――それだけだ」

「おれたちを殺すんか？」

「すぐ殺しはしない。連れていって、やつらの習慣に従うことを強制するだけだ。もし、やつらの習慣に従えないようだと、野犬の中へおっぽなすんだ」

私にはちょっと想像がつかなかった。私がぼんやりしていると、彼は突き刺すような目で私をにらんだ。

「おまえ、やつらのところへ行きたいのか？　人間じゃないやつの仲間入りをするか？」

私は一言で震えあがった。その様子を見てとると、山田はうなずいて顎《あご》でしゃくった。

「よし――狩りに出かけるんだ」

私は立ち上がった。ここでは彼がボスだった。彼がリードしてくれなければ、私は何もできないのだ。

6　首だけの脱出

その日の狩りは、生死のせとぎわだった。少なくとも私にとってはそう思えた。暑熱が体力を急速にすりへらし、塩分と水分の不足から私はとっくの昔に体の変調をきたしていた。もし、きょうの朝に見つからなかったら――私はあっさり発狂に身をゆだねたいような気持ちだった。丘をよじのぼり雑草をかきわけながら、いったいあいつらは何を食っているのか、野犬か、人間か、それとも血のしたたるビフテキを主とした、豪勢なフルコースを食べているのではあるまいかと想像したりした。

陽が高くなったころ、われわれはようやく群れを離れた一頭の野犬の影を見つけた。そいつは足を引きずって歩いていた。山田と私は、二手に分かれてそいつを鉤《かぎ》の手に残った煉瓦《れんが》塀のすみに追いこもうとした。私の舌はつきだされ、脹《ふく》れあがった先端は、もはや生肉の酸っぱい味を感じているみたいだった。三日ぶりの食事だ、と私は目がくらみそうになりながら考えていた。――おそらく山田も私同様に焦っていたにちがいない。もうちょっとのところで、獲物は網をすりぬけた。足を痛めているとはいえ、相手は犬だ。それから気の違いそうな追跡が始まった。われわれははあはあ言い、ぶったおれそうになりながら、それでも犬を追いつめていった。石を投げつけ、先回りし、奇声を発して追いたて――私は足がもつれて何度も転び、手足はもちろん、顔からまで血を流した。もう一息というところまで相手を追いつめたとき、最後の力まで出しきったような気がした。だが、獲物は、ほんのわずか離れたところにいた。私は最後の、ありったけの力をふりしぼろうとした。――そのとき一時のサイレンが鳴りわたった。それは狩りの終わりを告げ、スクラップの陰の見張りの時間がきたことを知らせるものだった。正直いって、私はそんなサイレンは気にもとめなかった。ただ一途《いちず》に、眼前をひょこひょこと横切っていく食物を見つめ、脂汗をたらしながら、そいつをひっとらえる地点とチャンスを求めつづけていたのだった。しかし、茶色の残骸《ざんがい》と夏草のぎらぎら輝きわたる視野のすみで、山田がその狩りの持ち場からゆっくり立ち上がるのが見えた。彼が何をしようとしているのか、私にはとっさにわかった。私は塩辛声で絶叫しながら獲物に向かって走りだした。獲物は走り、横っ走りし、これまたありったけの力をふりしぼって逃げた。そいつが瓦礫《がれき》の山をまわりこむのを見て、私はその山陰まで追いかけ、どうと転んだ。――目から火が出て、口いっぱいの砂ぼこりと息切れに、目の前が真っ暗になった。しばらくその姿勢のままでいて、やっとのことで顔をあげると、獲物は三十メートルほど先をひょこひょこと走っていくのだった。そして山田は背後にゆっくり近よりながら乾いた声で言った。

「行こう」

「もうちょっとや！」と私は身を起こしながら喚《わめ》いた。

「行く時間だ」と山田はくりかえした。

「もう一追いしたらつかまるやないか！　食物なしやったら、おれたちくたばってしまうがな」

「見張りに行くんだ」山田は押しつけるように言った。「犬はまたつかまる。だけどチャンスはいつ来るかわからない。規律を立てなきゃだめだ」

「いやや！」私はかすれ声で叫んだ。

「それじゃ、おまえはここにいろ」と山田は言った。「おれは行くよ」

この勝負は勝ち目はなかった。私一人で獲物をつかまえることはほとんど不可能だ。それにナイフは山田が持っていた。――山田は一人で犬を殺すことができる。脱出計画も、最初彼は一人でやるつもりだった。だが、私一人では何ができよう？

「おれは腹がへってるんや」と私は両手をついて泣きじゃくりながら言った。「食べなかったら死ぬで！」

山田は立ち止まって、這《は》いつくばっている私を見た。ふと憐憫《れんびん》の色がその顔に動いた。

彼は私に近より、腕をつきだすと皮膚にナイフを当てた。

「そんなにひもじかったら……」と彼は押しつぶした声で言った。「おれの肉を少し食べさせてやる」

私は彼の目を見た。彼が本気かどうかはわからなかった。しかし、私はふたたびその気力に圧倒された。

「行くよ」と私は言った。


スクラップの陰で息を入れると、ふたたび飢餓が私を苛《さいな》みはじめた。じりじりと、情け容赦なく——私はそいつを押しのけるためにしゃべらざるを得なかった。

「あすはつかまるやろか？」と私は言った。山田はわからんというふうに首を振った。それを見ると、ふたたびどうしようもない焦慮にかき立てられた。

「脱出するためにも、生き延びる必要があるやろ」と私は言った。「あす、食物がつかまらへんかったら、わしら、死ぬで。今は食物が先決問題や」

「だが、規律ってものがいる」と山田は言った。

「そんなもの、くそくらえや！」と私は言った。そのとき、天啓のように、私の頭にひらめいた考えがあった。私は山田の手をつかんだ。

「犬をつかまえに行こう！　山田……」と私は熱くなって言った。「狩りの時間を倍にのばすんや。そしたら食物を手に入れる可能性も倍になる」

「おまえ、脱出したくないのか？」と山田は言った。

「こんなふらふらでやるよりも、英気を養ったほうがええと思わへんか？　それにおまえ、今度追放されてくる男をどないするつもりや？」

山田はちらと私の顔を見た。私は続けた。

「そいつはどうなるんや。計画も知らずにとっさの間におれたちといっしょに逃げられると思うか？　それともそいつ一人ここに置いておくのか？　おれたちといっしょに死ぬのか？　それともおれたちの脱走の捨て石にするのか？　それよりも、そいつを迎えてここで生きる方法を教えてやるべきやで。おまえがおれに教えてくれたように……そして仲間を増やすんや。仲間が増えればそれだけ脱走の可能性も大きくなる。なによりもここで生きていく手段と組織をつくることができる。――追放されてくるのはおれたちだけやない。あとからたくさん来るにきまってる。そいつら一人一人やったらみんなくたばってしまう。いつかは、そのうちのだれかがここで生きる方法を見つけだすかもしれんが、それまでにたくさんの連中が死ぬやろう。ほんなら、おれたちが見つけた生きる方法を教えてやろやないか。この中で生きていく組織を、あとから来るやつと協力してつくろうやないか」

「野犬の数には限りがある」と山田は言った。「そんなにたくさんの人間が生きられるもんか」

「それやったら食料として飼《こ》うたらええ」と私は反発した。「ここで――この土地でみんなが生きていくことができるようにするべきや」

「おまえ、脱出したくないんだな！」と山田は鋭く言った。「この土地で、獣同然に、人間以下でもかまわないから生きていきたいんだな。――そんならおれはごめんをこうむるぜ。おれには外の世界に山ほど仕事がある。それがなければ、とっくの昔に自殺してるよ。――地面にしがみついて、虫けらみたいに、獣みたいに、世界と切り離されて生きていくんだったら、そんな苦労はしなくてもいい。あいつらのところへ行けばいいよ。そしたら簡単に生き延びられる。だが、それは人間であることをやめることだ。おれが脱出することは、――おれが戦うことは、おれが人間であろうとする試みだ」

「そんなりっぱなこと、どうでもええわい」と私は泣きながら言った。「犬つかまえに行こうよ」

「聞けよ」山田は言った。「おれの前にあるのは、全人類の前に立ちふさがっている監獄の塀だ。たとえ、死ぬことはわかっていても、どっちみち死ぬとしても、これに戦いを挑んで死ぬのでなくちゃ、人間として生きたとは言えないんだ」

「そらおまえだけの問題や」と、私はついに泣きわめいた。「人間として生きられないやつはわんさといよる」

「おれが戦うのは、そういった人間たちのためだ」

「うそつけ。自分のためや」

「じゃあ、おまえは来るな！」とついに山田は言った。「おまえは、一人で生きられないと思ったら、あいつらのところへ行け。人間じゃなくてもかまわないなら、いくらでも生きられる。だけど、おれはおれ一人でもやってみせる」

ふと私は耳をうたぐった。熱くなった二人の口論のうえに、蒼穹《そうきゅう》を圧して鳴りひびいているのは、新たな追放を知らせるベルの響きだった。私たちは一瞬口をつぐんだ。山田の顔から血の気が引いていった。ながながと鳴りわたるベルの音の中で、私はもう一度懇願した。

「行かんといてくれ。山田」

山田はしかし、硬直した作り声で言った。

「じゃ、あばよ。合図したら、針金を引いてがらがらをおっことしてくれ」

ベルの音がはたとやみ、一瞬恐ろしいばかりの静寂があたりを包んだ。各門警戒よしの声が、トーチカの中からかすかに聞こえてきた。銃眼が静かにまたたきするのが見え、ギイギイ音をたてて、C号門が開かれつつあった。私は山田の背後ににじり寄ると、例の仕掛けの針金をしっかり握りしめ、かすれ声でささやいた。

「おれも、いっしょに行く」

いまやC号門は完全に開かれた。緊張の中に、どこか空の片隅を這いずっているヘリコプターのブリブリいう爆音がいらだたしく聞こえた。開かれた門の向こうに、私のときと同様の五人連れが見えた。先頭の一人は髭《ひげ》の伸びた小男で、この暑いのに、冬物らしいよれよれの背広を着て手錠をはめられ、きょろきょろとあたりを見まわしていた。一行は、まるでピクニックにでも行くような、のんきな足取りでガード・ゾーンを渡ってきた。警官たちは私のときと同じ連中ではなかった。一人は拳銃《けんじゅう》をかまえていたが、兵士は――おそらく規定違反だろうが、――自動小銃の帯革を肩にかけていた。私はやつらの一人一人を灼《や》きつくほどに見つめていた。一行はついに追放門にいたり、門はパッとスパークを散らして開いた。手錠がはずされ、受刑者は手首をさすりながら、拳銃でこづかれて門の内側へ追いこまれた。兵士はゆっくり小銃を肩からはずした。しかし銃口は下を向いていた。二人の巡査の拳銃は、ホルスターにはいって止め金がかかっていた。最後の一人は拳銃をのんきにかまえ、退屈そうにときどきくるりとまわしていた。

「おまえ、ポリ公をねらえ」と山田はささやいた。「おれは兵隊をやっつける」

私はうなずいて、右手に針金、左手に鉄棒の切れ端を握りしめた。――「最後のひとこと」の儀式が始まろうとし、受刑者は汗をかきながら空を見上げた。

「いまだ！」と山田は言った。

私は針金を力いっぱい引くと無我夢中でとびだした。兵士も警官も何も見えず、ただコルト・ウルトラ・スーパーの鋭く光る銃身だけが、視野いっぱいに映っていた。驚愕《きょうがく》にゆがんだ若い警官の顔が、バカみたいに大きく口をあけたと思うと、閃光《せんこう》と轟音《ごうおん》が起こった。私は鉄棒で一挙にその警官の頭を殴りつけた。ガクッといやな音がして、そいつはへたりこんだ。新しい追放者は私の代わりに腹に弾丸を受けて、笛のような声で泣きわめきながら転がった。空き腹と、不慣れの悲しさで、私は警官がとり落としたコルトを、十メートルも向こうへ蹴《け》とばしてしまった。武器をとろうか、門から逃げようかと一瞬ためらったとき、私は山田とぶつかり、もつれあって危うく転ぶところだった。

「逃げろ!」と山田は喚《わめ》いて、胸にナイフを突き立てられた兵士ともう一人の警官に向かって自動小銃の一連射を食わした。そのとき、私は最後に残った警官にむんずと襟首をつかまれていた。そいつはゴリラみたいな大男で、私の鉄棒のスイングを肘《ひじ》で軽く払いのけ右手の一撃で私を追放門の中、スクラップのそばへボールのようにはじきとばした。頭がガーンと鳴って目の前が真っ暗になった。まるで電気ショベルにはりとばされたみたいだった。頭を一つ振ってやっと顔をあげると、山田の自動小銃がさび色の炎を吐き、ゴリラが身を折って倒れるところだった。しかしそのとき、非常警報のサイレンが咳《せ》きこむように断続して吼《ほ》えたけりはじめた。

「逃げろ、山田! 逃げるんや!」

わずか三十メートルだ。ほんの一跳びの距離なのに、山田の足はもどかしいばかりにのろく見えた。ゴリラが血だらけの顔をあげて、大砲のようにでかい拳銃を持ちあげるのが見えた。私はとびかかろうとしたが電流の通じている内側の鉄条網に感電して、またもやはねとばされた。空中をとびながら、私はゴリラの手の中で拳銃がはねかえって地面にとび、山田ががっくり膝《ひざ》をつくのを見た。しかし彼は立ち上がり、二、三歩進み、また膝をついた。門まであと三メートルだった。私はガード・ゾーンのこちら側にいた。

ガード・ゾーンの追放門はいつのまにか閉じていた。――あとで知ったのだが、追放門は鉄条網に触れる者がいると自動的に閉じるのだった。

「がんばれ、山田！」と私は声をからしてどなった。山田はじりじり這《は》っていった。あと一メートルというときにC号門は静かにしまりはじめた。われわれがスタートしてからわずかに四十秒ほどしかたっていなかった。非常警報は金切り声で吼えつづけ、テレビで監視していた中央司令部は同僚たちが死んだとみて、やっと非常措置に出たのだろう。警報の合間をぬってパトカーのサイレンが響きだした。C号門へ向かって集中しはじめた。C号門は森ノ宮の方向へ向けて開いている。もし脱走できても、うまく逃げおおせるだろうか？

「がんばれ、山田！　もうちょっとや！」

私の叫びを合図のようにトーチカの銃眼が火を吐きはじめた。しかし、そのとき山田はすでに無人機銃の死角にはいっていた。彼は銃声に目ざめさせられたように、立ち上がり、最後の一メートルを走りぬけようとした。C号門の観音開きの扉の隙間は、わずかに五十センチを余すばかりだった。山田はその隙間に身を躍らせた。次の瞬間、私はこの世のものとも思われぬ叫び声に耳を蔽《おお》った。山田の首はしまりつつある鋼鉄の扉の顎《あご》にしっかりくわえこまれた。絶叫は恐ろしいほど長く続いた。呪わしい機械の扉は、ゆっくりと非情な正確さをもって、あわれな闘士の首を挟み切っていった。扉がぴったり合わさったとき、山田の体はずるずると地面にくずれ落ちた。首はC号門の向こう側に、体はこちら側に。首のない胴体は、鋼鉄の板にへだてられた首を恋い求めるようにその腕を扉に向けてつきだし、指をひん曲げて鉄板の表面に爪を立てていた。おそまきの一斉射撃が始まった。まぬけな自動装置どもはガード・ゾーンを野菜が蒔《ま》けるほどに掘り返した。追放門の付近に転がった五つの死体はたちまちずたずたになり、私はプレスの残骸《ざんがい》の陰に転がりこんだ。重火器が吼えはじめたとき、そこでもなお身の危険を感じて、のがれざるを得なかった。最後にふりむくと、とび散った肉片と掘り返された大地の向こうに薄れてゆく硝煙の間から、砲撃に対して無傷の山田の体が門にへばりついているのが見えた。それはみずからの血だまりの中にひざまずき、門を押し開こうとするように、両手で鉄扉を押していた。「あけてくれ!」という声のない叫びが、その首のない胴体から響いてくるようだった。

7 アパッチ現わる

私は巣の近所までたどりつき、瓦礫《がれき》の山の一つに身を投げて転げまわって泣いた。水分を節約しなければと思いながら、涙がほとばしるのをどうすることもできなかった。こんなにまで体の中に水が残っているとは信じられないくらいだった。いいかげん泣いてから、この涙を何かに受けて飲料にすればよかったと気がついたが、もう手おくれだった。泣き疲れると、いっさいの望みというものがきれいさっぱり胸の中から消えうせてしまったのが感じられた。——山田の計画は無謀ではあったが成功するかのように見えた。しかし今はあらゆる方法がだめになった。警戒は狂的にきびしくなるだろうし、ふたたび警備のゆるみが生ずるのを待つまで、こっちの命がもつまい。ナイフは兵士の胸に突き刺さったままだし、私一人では犬をつかまえられそうにもなかった。だいいち私は先刻のお祭り騒ぎで、体内のエネルギーの最後の一雫《ひとしずく》まで使い果たしてしまった。山田は望みどおり、権力の壁に向かって戦って死んだ。そして、たとえ首だけにしても、あの門を突破することはできたのだ。彼にしたら本望であったろう。しかし、あとに残された私は指揮者を失い、協力者を失い、精神の支えを失った一介の虫けらでしかない。もはや、いっさいの希望は絶たれた。四日間生き延びただけでも山田に感謝すべきだったろう。事態はふりだしに戻り——いや、いっそう悪くなり、私にはもはや絶望する気力さえ残っていなかった。

飢餓は疲労と手をたずさえて、静かになだめるように身をすり寄せてきた。手足はぬけ落ちそうに重く、視界は紫色にせばまっていった。——生きるに値する目標を持った山田は死に、生きるに値しない私は残ったが、その私もそう長いことはない。やがて天日が私の中の水分をすっかり乾かしてくれるだろう。できればぶよぶよの烏賊《いか》の塩辛のように腐るより、からからに乾いたダシジャコみたいになりたかった。私だって二十世紀の人間だからドライなのが好きだ。涙とともに、山田の無惨な死に対する悲哀もすっかり乾いてしまった。彼は有益な人間だった。しかし今は、あれ以上のことを彼に求めるのは無理な相談だった。まして私は彼ほどの値打ちを持たない男だ。野たれ死にしたって、だれも惜しみはしないし、人類がそれほど大きな損失をこうむるとも思えない。私は無鉄砲に立ち上がった。雲の上に降り立ったような気持ちだった。陽はまだ高く、周囲は先刻の気違いじみたばか騒ぎを忘れたように静まりかえり、眠気をさそうようなヘリコプターの爆音が相変わらず空の片隅から響いていた。熱い風が、名残りの硝煙と血のにおいをかすかに伝えてきた。あの騒動の後始末を獄卒どもがどうつけたかは、もはや私の関心をひかなかった。血だまりでは蠅どもが大宴会を開いて酔っ払ってるだろう。警備員は非常警戒についているだろうが、死を前にした私には、そんなことはどうでもよかった。

ほんとうに今こそ死は目前にあることがひしひしと感じられた。喉《のど》はひりつき、激しい嘔吐《おうと》とめまいがした。腹の中は信じられないほど猛烈な疼痛《とうつう》にかきむしられ、体全体がばらばらになりそうに痛んだ。にもかかわらず頭の中は眠りの寸前に訪れる倦怠《けだる》い平穏さに満たされていた。私は一歩を踏み出し、一歩一歩踏みしめながら歩きはじめた。象のように死に場所を求めて――。ミイラになるのだったらピラミッドがいる――なんだかそんな気がしたからだった。それに歩行は死期を早めるのに効果があるだろう。まさに一足一足が死への接近だった。

どのくらいうろつきまわったかわからないが、私はやっと自分が気に入った墳墓を見つけた。それは傾きかけた陽のもとに、くっきりとした三角形の影を投げ、陽に面した半面は白く輝いていた。近づいて見ると、それはコンクリート塊の山だった。私は最後の力をふりしぼって、ピラミッドの征服にとりかかった。その頂きによじのぼり、大阪の街を末期《まつご》の目におさめ、そのてっぺんでくたばりたかったからだった。しかし、一抱えもありそうなコンクリート塊の山に這い上がるのは、半死にの体には至難の行事だった。ましてこの登攀《とうはん》には新聞社の後援があるわけではない。私は少しばかり上がったところでへたばってしまい、やっと身を置くほどの隙間を見つけると、気を失ってしまった。

——頭の中の遠くで雀の学校が開かれていた。声をそろえてチイパッパと歌っているのを聞くと、やたらに腹がたって、やかましいとどなってやろうとしたとたんに、元気が出て目があいた。陽はちょうど大阪城の向こうに沈もうとするところで、平地にはや黄昏《たそがれ》の青い影が漂っていた。そしてその影の中を、しだいに集まってくる痩《や》せこけた黒い姿が見えた。

——何頭いるかわからなかったが、目積もり三十頭はいそうだった。やつらはいやな声で唸《うな》った。——これ以上いやな声はちょっと聞けそうにもない。なにしろ私が食われようというのだから。やつらはしだいしだいに数を増しながら、ピラミッドの下に集まってくる。私はやつらよりたった四、五メートルほど上にいるにすぎなかった。しかしもうそれ以上登る力は残っていなかった。やつらはすぐに行動を起こさず、集まって低く唸るだけだった。その牙《きば》は威嚇するようにむき出され、口は唾液《だえき》に濡《ぬ》れていた。そのうち群れの後ろから並みいる三下どもを肩で押しわけて親方がしずしずと現われた。肩幅がひろく、片目であり、右耳はずたずたに裂け、後ろ脚にはものすごい傷跡があった。親方は私のほうを見てばかにしたように喉を鳴らした。部下を十分に押えておいて、やがて彼は一声、食事の時間がきたことを告げた。餓鬼どもはいっせいに吼《ほ》えたててコンクリートの山をのぼりはじめた。私はただ一つの武器である石ころを無我夢中で投げつけはじめた。私の遠い祖先——尻尾《しっぽ》のはえたおじいさんのやったような戦いが始まった。先祖は木に登ったろうが、私には登るべき木がなかった。ご先祖はうまくずらかったのだろうか、それとも結局食われてしまったのだろうか？　しかし私は野犬に食われるのは、理屈ぬきで絶対にいやだった。——とにかく野犬に食われるのは、ミイラになるよりはるかに痛いにちがいない。二頭ばかりはたたき落としたが、なにしろ敵は雲霞《うんか》のごとき多勢である。もうだめだと思ったとき、片目の顔がぬっとクローズ・アップされた。片目のたくましい腕は私の肩をぐいと押えつけた。やつの牙は、私の喉に向かってガチガチ鳴り、その臭い息と熱い涎《よだれ》が私の顔にかかった。私は必死になってやつの首を締め上げながら、

「臭いぞ、歯をみがけ！」と叫んだ。

やつは私の喉もとに、どんなガールフレンドもやってくれなかったほど親しみをこめた接吻《せっぷん》をしてくれた。——そんなことは別に、ちっともうれしくはない。私の手からしだいに力が抜けていった——片目は十分に食前の祈りをすましたと見え、おもむろに私

の喉笛《のどぶえ》に食らいつこうとした。もうだめだ、と思って、私は目をつぶった。片目は、やさしく、セックス・アッピール十分に私に体重をもたせかけた。口臭さえがまんすれば、その温《ぬく》みは、女性のそれだと想像できないこともなかった。野犬に食われて死ぬのだと思わず、女に食われて死ぬのだと思えば、まだしも諦《あきら》めがつく、――しかし、それにしても、彼の抱擁は長すぎた。私は薄目をあけて、彼を見た。親方は私の上にながながと伸びて、死んでいた。その背には一本の鋼鉄の矢がふかぶか突き刺さっていた。――私は驚いて思わず身を起こした。

眼下の野犬どもの群れには恐慌が起こっていた。彼らの上にときおりビュンと羽音をたてて矢がとんできた。すぐにやつらは算を乱し、キャンキャン鳴き、心から遺憾の意を表しながら退却しはじめた。私は矢のとんでくる方向に目を向けた。すぐそばの、赤黒いスクラップの丘の頂きに、夏の陽の真っ赤な残照を受けて一人の男がすっくと立っていた。半裸の胸は夕陽に赤銅色に輝き、漆黒の髪は夕風になびき、手には半弓をかまえている。

アパッチだ！

そう思ったとたんに、私はまたもや気を失った。

第二章　アパッチ族の中で

1　おそるべき食事

意識をとりもどしたとき、私はアパッチの男の肩にかつがれ、どこかへ運ばれていた。男の肩は鋼鉄のようにたくましく、金属的な冷たさが、服地を通して腹にしみわたるのが感じられた。——もうどうにでもなれ、だ。気がついたとわかると、歩かされるかもしれないので、私は気を失ったふりを続けた。アパッチとは何者か？　お巡りは屑鉄《くずてつ》泥棒のことだと言い、山田はやつらは人間じゃないとくりかえし言った。——これを要するに、私を野犬の晩餐《ばんさん》会から救い出し、いま私をかついでいる男だ。私はそいつの肩に二つ折りになってかつがれながら、その現物をもっともまぢかに見ているわけである。もっともあんまり近すぎて私には、やつの背中だけしか見えなかったが、私の鼻先にあるその背中は、たしかに異様なものだった。それは一見、でこぼこのある鉄の一枚板としか思えなかった。たたけばチンと音のしそうな感じである。おまけに赤銅色と見えたのは、よく見ると赤さびのようだった。その肌の冷たさは、人間のものではなかった。しかしまた一方では、彼の出現の光景が、あまりにもあざやかに眼底に残っている。黒髪を肩にたらし、額には真一文字に布を巻き、上半身は裸で弓を負い——これこそは、西部劇映画であれほどまでに親しんだアメリカ・インディアンの雄、アパッチ族のスタイルにほかならないではないか？

私の思考は混乱を通りこして分裂してしまっていた。彼が泥棒なら、娑婆《しゃば》にいるころ、ごく懇意に私から金品をまき上げていた同胞の一人である。もし山田の言うとおり人間でないのなら、私をかついでいるのは化け物にちがいない。そして彼がその名のごとく、正真正銘のアパッチなら——私は念願かなってスクリーンの中の世界にとびこんだのかもしれない。ええわ、どうともなれ。私は思った。泥棒だろうが、化け物だろうが、はたまたインディアンだろうが、ウドン一杯おごってくれるなら、頭の皮なんざ何枚でもくれてやる。

やがて人声が聞こえてきた。——それは日本語らしくもあり、また聞きなれないアハウとかホウとかの音の多い、インディアン語のようにも思えた。しかし詮《せん》ずるところ、大阪弁にいちばんよく似ており、よく聞くと、やっぱり大阪弁だった。命の恩人兼赤帽《あかぼう》氏は、私をチッキのごとく、地面にほうりだした。私はチッキのごとく、グウの音も出ないほど地面にたたきつけられた。

「ホウ」と彼は仲間に向かってあいさつした。

「アハウ」とだれかがあいさつを返した。「また連れてきさらしたんか？」

「犬に食われかけとったんや」と赤帽氏は答えた。

「食わしときゃええに。犬かて食わんならんやろが」

「かめへんがな」と別の声が言った。「仲間にはいれたら、入れたったらええねン。去るものは来たらず、拒むものは追わずや」

「そらまたなんのこっちゃ」とまた別のやつが言った。

「生きとんのか？」と、太い、落ち着いた声が遠くからした。それが親方らしく、あたりはちょっとしんとなった。ガチャガチャと金属の触れ合うような音や火の燃える音、ジュッとからけしを水につっこむような音が、あたりに立ちこめていた。そして、そのざわめきのバックグラウンドには物を嚙《か》むペチャクチャという響きが流れていた。やつらは何か食べている！　そう思うと反射的に鼻孔がせいいっぱいひろがったが、死ぬほど思いこがれた食物のにおいは一かけらもとびこんでこず、かわりに刺すような、何かの酸の臭気がつんとした。

「おうおう、鼻の穴ようひろげて……」

頭の上で、その野太い声が言った。

「腹すかしとるんやろ。まあ、起こしたり」

赤帽は、私の髪の毛をつかんでぐいとひきずり起こした。一瞬、いやな予感がした。三十前に頭髪が一本もなくなっていたら、心斎橋《しんさいばし》を帽子なしで歩けやしない。

「こら、しっかりせんかい」と赤帽は私をゆすぶった。私は目をあけた。正面に立ちはだかっているのは、でっぷり太った巨漢だった。切り刻まれたような皺《しわ》深い顔に、鋭い、血走った目が穏やかに光り、赤銅色の上半身には、ちゃんちゃんこ——大阪でいうじんべさんのようなものを羽織って、がっしりと腕を組んでいた。これぞ、アパッチ族大《だい》酋長《しゅうちょう》その人にちがいあるまい。

「おまえ、いつ追放されたんや」と大酋長はあの野太い濁《だ》み声で言った。

「めし……」と私は哀れっぽく言った。

「あとで食わしたるわい！」と大酋長はどなった。「もっとも食えたらの話やが……」

その一声はずしりと腹にこたえ、私はしゃんとした。

「四日前です……」と私は答えた。

「きょう、あっちゃのC号門のほうで、ポンポンパンパンやっとったの、おまえか？」

「ぼくと山田ちゅう男です」

「山田？」と言って、大酋長はちょっと眉《まゆ》をひそめた。

「あの痩《や》せたインテレか？」

「さいです」と私は震えながら言った。

「おまえら、何さわいどったんや？」

私は縷々《るる》と事のぶっちゃけたところを御奏上申し上げた。大酋長には山田の首のちょん切れた条《くだり》にいたく御感あって、「ほう、わりかしえらいやっちゃ」と宣《のたも》うた。しかしすぐあとで、こう付け加えあそばされた。「けど、わりかしアホなやっちゃ」

活劇談のおかげで、少しばかりは彼らの尊敬をかち得たらしく、赤帽はじめ、遠巻きの仕出し連中の雰囲気もいくぶん和らいだようだった。

「山田ちゅうガキは、最初、わいらのところへ来よったとき、仲間にはいれと言うたったんや」と大酋長は言った。「わいらかて知恵者はなんぼなとほしいさけエな。それがあのアホタレ、こむずかしいことばっかりほざきくさって、行ってしまいよった」

「インテレは性に合わんさかいな」と赤帽は口をはさんだ。

「おのれは黙ってエ!」と玉命である。「そやけど、おまえはどないするねン? わいらの仲間にはいる気あるんか?」

「めし……」さらにひとしお哀れっぽい声で私は言った。

「なんじゃ、先代萩《せんだいはぎ》みたいに、めしめしぬかしゃがって。千松《せんまつ》つぁんを見てみい!――わいらの飯が食えたら、食わしたっさかいに、はよ言うてみい。仲間にはいる気あんのンかないのンか?」

「失礼でっけど、お宅さんら、どなたさんです?」と私はおずおずたずねた。

「知らんのか? わいらはな、泣く子も黙るアパッチや。わいはアパッチの頭目で二毛《にげ》の親分さんや」

「なんでもええさかい、とにかくよろしゅうおたのもうしまっさ」

「ほんなら、はいる気あんねな?」

私はもう声もなくうなずいた。アパッチが首狩り族であろうと保守党総裁の類《たぐ》いであろうと、そして彼らの食物が、人肉であろうと、ミミズであろうと、何か食わせてくれるならば、ここは頭を下げ、たえがたきをたえ、しのびがたきをしのんで、一飯の食にありつくにしくはない。〝食えたら〟というおどしめいた条件づきのその食物を、おそらくは人肉だろうと想像した。人肉なら、さしたることはない。むしろ上等の部類に属し、大歓迎である！　鬼子母神《きしもじん》は柘榴《ざくろ》などという堕落したものを食う前にこれを嗜《たしな》み、ジョナサン・スウィフトは赤ん坊の料理法について論じた。「カチカチ山」の中で、悪狸が婆さんを殺して、爺《じい》さんをだまし、婆さんの肉をタヌキ汁と称して食べさせ、爺さんはそれをうまいうまいと食った。人肉料理は中国の珍味談にも見られたし、メデューサ号の筏《いかだ》の上では、おきまり料理《スタンディング・ディッシュ》になっていたはずだ。なによりもキリスト教布教以前のポリネシア、メラネシアの諸島嶼《とうしょ》で「豚」と呼ばれ、フィリピンの原野では、日本兵どもに「猿」と呼ばれて愛好されたことが、その美味滋養を明白にあらわしている。――だいいち、私にしてからが、娑婆にいるときは〝人を食った〟ところがあると言われていた。――とはいえ、あたりの空気の焼き場のにおいすらただよっていないのが、ちょっとばかり心細かった。刺身となるといただけないし、さなだ虫のわくおそれもある。

「よっしゃ。こいつに食わせたれ」と二毛大酋長親分は宣告した。「まあ、はじめてのこっちゃさかい、なるべく柔らこいやつ噛ませたれ。――このがしんたれ、よう食いよるかいな」

　赤帽は、私の腕をつかんで立たせた。私はひょろつきながら、およそ五、六十人の連中が車座になってすわっているほうへ連れていかれた。彼らの堅い無表情な視線が、ほんの一瞬私に空腹を忘れさせた。しかし、すぐ希望と生唾《なまつば》が私の目をかすませた。――彼らは何か食べていた。男も女も、そして子どもたちも、車座の中央には、あかあかとコークスの火が燃え、ふいごがブウブウ鳴り、ときおりその真っ赤に燃えた火の中から、大きなやっとこで何かがとり出され、黒い液体を満たした桶《おけ》の中にジュッと音たててつっこまれた。すると中天高くもうもうと湯気が立ち上がり、つんと酸のにおいがした。

私は目をきょろつかせながら、彼らの口もとを見つめ、彼らの食っているものがなんであるか見きわめようとした。しかし、さっぱり見当がつかなかった。私は薄ら笑いを浮かべながら、車座の端に腰をおろした。――いまは私語もやみ、百二十あまりのこわばった視線が、じっと私を見つめていた。その沈黙と、呪文《じゅもん》を誦《しょう》すようにゆっくりリズムを持って動いている六十の口が、一種儀式的な恐ろしさをかもし出していた。彼らの茶色の顔は炎の照りかえしの中で、仮面のようにグロテスクに浮き上がり、原始人特有の、無表情さにおおわれていた。正直いって、私は震えていた。食事にあずかるというよりも奇怪な宗教団体の祭壇の前で、入信の試練を受けるみたいだった。――大酋長はおごそかに、車座の前に進み出た。それから彼は、太いたくましい腕を前につきだして、音高くパンパンと手をたたいた。すると例の赤帽が無造作に進み出て、バケツの中の黒い液体の中に柄杓《ひしゃく》をつっこみ、木の椀《わん》の中に、どろどろしたものをしゃくい入れた。彼はそれを持って私の前にやってくると、ぐいと私に向かってつきだした。

「食え」と彼は言った。

私はおずおずとその椀を受けとった。猛烈な酸臭がつんと鼻をうち、思わずくしゃみが出そうになった。

「食わんかい」と赤帽が言った。私は思いきって、汁の中からつきでている妙な固形物を指先でつまみあげた。鼻先へ持ってくる前に、私にはそれがなんであるかわかった。私は息が止まるほど驚いて、思わず顔をあげた。――そんなばかなことが！　喉《のど》はふさがり、口は干上がり、目は自分でもわかるほどとびだした。唾《つば》をのみこもうにも、のみこむべき唾が一滴もないありさまだった。――そんなばかなことが！

「さあ、なにしとんねン？　食わんかい」

赤帽は、単調にくりかえした。六十の仮面が、私のほうを向き、百二十の動かぬ視線が私を見つめ、六十の口は、同じリズムでゆっくり動いていた。――クチャ……クチャ……クチャ……クチャ……。

「どないしてン？　よう食わんのか？」

人々の顔にはかすかに嘲《あざけ》りの色が浮かんでいた。しかし、それは私を笑おうとはしていなかった。あくまで無表情に儀式ばった注視を注いでいるだけだった。私はそれをおずおずと口もとに持っていった。そのとき突然、憶《おぼ》えのある一つの嗜好《しこう》が私の喉の奥で動いた。私は思いきって、そのつまみあげたものを口に入れた。口蓋《こうがい》も舌も焼けただれるかと思うほどの強烈な酸味が口いっぱいにひろがり、鼻孔と喉は酸の蒸気でむせかえった。しかし私の歯は六インチの軟鉄製ワッシャをサクリと嚙みくだき、続いて真っ黒な塩化鉄を喉に送りこんでいた。

これがアパッチの秘密だった。——いや、今となっては秘密もへったくれもない。私もまたその夕べからアパッチの一員になったのだから。

彼らは屑鉄《くずてつ》を食って生きていた。スクラップこそ彼らの主食であったのだ。それが食えるとわかってみれば、なんの不思議もない。これもやはり適応というごく当たりまえの現象にすぎないのであろう。

生物はおそろしく苛酷《かこく》な条件に耐える。細菌がペニシリンやサルファ剤に耐えるようになると同様に、アパッチもまた、彼らの置かれた極端な環境にみずからを順応させていったにすぎない。

深海底では一平方センチあたり数トンの圧力のもとで魚が生きている。人間の適応性にもまた、驚くべきものがある。極北零下六十度のアラスカにおいても、かつてエスキモーは生肉のみを食って生き、猖獗《しょうけつ》のアマゾン叢林《そうりん》地帯でも、人間は虫を食って生息しつづけた。アフリカには洞穴内だけで暮らす人種がいるという。——したがってまた、屑鉄しかない土地に閉じこめられたアパッチたちが、みずからをかえることによって廃墟《はいきょ》を沃土《よくど》に転じたことも故なしとはしない。

ずっと後になって、類似の現象が、全国各地で起こりはじめた。しかし、この大阪市東区杉山町の一画、大阪城の東部一帯の砲兵工廠《こうしょう》跡は、日本におけるアパッチ族発祥の地として、記録にとどめられるべきだろう。そして、その発生と歴史に、ごく初期から立ち会えた私は、望外の幸福を得たものといわねばなるまい。私はこの記録を、アパッチのためだけでなく、アパッチ以外の人、また未来の人々のために書く。アパッチにとって奇妙でもなんでもないことが、ひょっとしたらあなたにとって、そして遠い未来の人々にとって、奇妙なものとなるかもしれないからである。

2　惨劇《さんげき》の歴史

適応はある意味で弱さからくるのだろうが、とすると並みはずれて弱虫だった私が、二週間足らずで完全にこの新しい環境にはまりこんだのは当然のことだったかもしれない。もっとも、まだほんとうにアパッチの体にはなっていないが、これは新しい新陳代謝系が完成されるまでは無理なことだろう。とにかく私は、その日のうちに新しい食物に対する嗜好を開花させた。最初のうちは胃が重くてしかたがなかったが、これはやはり一ぺんに三キロも四キロもの屑鉄を食うからだろう。しかし、私は今では、鉄に対してひじょうにはっきりした食欲を感ずるようになっていた。

アパッチの男女は、総人口二百五十人ぐらいで、この豊かな追放地に四つの集落に分かれて住んでいた。四つの集落は、それぞれ小酋長《しゅうちょう》によって統率され、それらの酋長たちは〝気違い牛《クレイジー・オックス》〟とか〝すわり馬〟といった類《たぐ》いの綽名《あだな》で呼ばれていた。ただ大酋長だけが〝二毛の親分〟あるいは〝大酋長〟と呼ばれていた。二毛次郎《じろう》——これが大酋長のフルネームだったが、だれもその経歴や年齢を知らない。だが彼が大酋長としていかに有能な政治軍略家であったかはおいおいわかることだ。彼はほとんど無筆だった。しかもそのことは、彼がすぐれたわけ知りであり、偉大な政治家であるということを少しも妨げなかった。

四つの村落は、アパッチの唯一の生活源である屑鉄採集の便に従って、ほぼ二キロ四方に散らばっていた。あらゆることは大会議で決められ、十八歳以上の男女はすべて発言権があり、小酋長たちとまったく平等だった。最重要の議題は投票で決められた。大酋長は最高指導者であり、大会議の神聖なる議長であった。彼は最古参というわけではなく、この土地が追放地として閉鎖される少し前にここにやってきて、わずかの間に最高実力者になった。当時は数名の親分たちの間に部族が分かれており、べつにけんかもせずにのんびりやっていた。彼が決定的な権力を握ったのは、アパッチ族の最初の大危難——すなわち、ある朝、突然彼らが高圧電流を通じた鉄条網の中に閉じこめられてしまったことである。このとき、アパッチの口碑を除いていかなる記録にも残っていない惨劇が行なわれたのだった。

最初、彼らは大恐慌に陥って、われがちに柵《さく》の外へのがれようとした。しかし、そのときは日本陸軍近畿師団歩兵第八連隊所属の特務大隊、当時まだ正規軍に編入されていずに、ＸＰ‐３実験大隊と呼ばれていた新装備の一個大隊、それに国家警察の一部と工兵隊が、特殊火器を携行して蟻ももらさぬ包囲陣を張っていた。彼らがそもそもアパッチの撲滅を目的として、この大げさな演習を計画したのかどうかはつまびらかではない。ただいささか確からしいのは、アパッチ狩りに際してたびたびひどいめにあっていた大学出のある高級警察官が、その後中央に栄転し、それが報復的な示唆をだれかに与えたということである。いずれにせよ、アパッチは不意打ちを食った。沈黙作戦《タシタニティ・オペレーション》ＮＯ２――こう呼ばれた秘密演習は、夜陰に乗じて隠密《おんみつ》の裡《うち》にいっさいの配置を終えていた。この作戦は沈黙兵器と呼ばれるもの――その主要なものは、Ｃ・Ｂ兵器と呼ばれる細菌、毒ガス、放射性物質だったが――のうち、とくに消音器《サイレンサー》付きの自動火器、中口径火器の実験に当てられたものだったのである。演習地のいちばん外側は、市警によって警備され、臨時立入り禁止になっていた。その中で夜のしらじら明けとともに演習の幕が切って落とされた。軽い咳《せき》のようにしか聞こえない機銃掃射の中に、当時はほんとうの生身にすぎなかったアパッチ族の六十名がまず倒れた。いったん退《ひ》いて、丘の上からありとあらゆる哀訴嘆願の叫びをあげた彼らに向けて、弾丸の火薬を抜いた重火器が集中した。演習はまる四十八時間続き、最初の二時間で当時五百名近くいたアパッチの三分の一が死んだ。一方、包囲陣の外側では工兵大隊の特急建設が進んでいた。四十八時間が経過したとき、アパッチは女子どもを先頭に、白旗をたて、口々に哀訴しながらふたたび包囲陣に向かって進んでいった。弾丸到達距離にはいっても、まだ沈黙しつづけている火器に勇を得て、女たちは声を嗄《か》らして泣き、手を振り、あるいは手を合わせて拝みながら、警戒線に近づいた。そして、ぎりぎり至近距離まで近づいたとき、ありとあらゆる火器がいっせいに火を噴いた。丘のかなたに隠れて、ことのなりゆきを見守っていた残る二百名のアパッチは、仲間を見殺しにするほかはなかった。のみならず、それに続いて二時間の間ぶっつづけに行なわれた気違いじみた一斉射撃を避けるために、彼らの領土のさらに奥へと退避せざるを得なかった。

アパッチはそのほとんどが無籍者であり、前科者であり、「屑のような」人間だった。だから、この殺戮《さつりく》はいかなる形でも問題にならなかった。作戦司令は沈黙兵器のうちの散布兵器の小規模な実験を行ないたかったらしい。しかし、市民への影響よりも、このことの問題化を恐れて、秘密会で市の治安委員長が強く反対した。もしこれが使われていたら、むろんアパッチは絶滅していたろう。虚名と同じくらい、平穏無事故を渇望する老治安委員長の臆病《おくびょう》が、アパッチの残存者を救い、正統アパッチの誕生をもたらし、ひいては歴史の一ページを書きかえることになったのは、思えば皮肉なことである。

当時、比較的新参で、前頭筆頭程度だった二毛次郎が、このときその才能の片鱗《へんりん》を見せた。古参のボスたちは、いちばん最初にまっさきかけて逃げようとして全員死んでしまい、おのずと彼は残りの全部を指揮することになった。女子どもを先頭に立てるという案は、彼が考えたものだった。しかし、また彼はそのときすでに、成功のおぼつかないことを、あらかた悟っていたらしい——と生き残りの古老は語るのである。「ええか、どないなことになっても、うろちょろさらすなよ」と彼は仲間にだめをおした。「未練のあるやつは、今のうち母ちゃんでも、よその姉ちゃんでも、たっぷり楽しんどけ」

約八十名残っていた女たちのうち比較的若くて体格のいいのを三十名選んで、彼は後に残した。待機の間に白日の野天の下でおおっぴらな情交が行なわれた。残る女たちも六十のがめつい婆さまも、すべて白日のもとで羞《はじ》らうことなく下腹部をひろげていた。男たちは泣きながらことをすませた。——時間がきたとき三十幾人かの子どもは、二毛次郎の指名した数名以外はすべて女たちに従った。老人はむろんこの隊列に加わった。——いや二毛の親分だけでなく、女たちもおジンやおバンもことのなりゆきを最初から悟っていたにちがいない、と古老のうちのある者は力説する。彼らは、とりわけ彼女らはりっぱだった。なんぼ鬼みたいなやつらかて、わてらは殺したりせえへんやろ、と真っ青になった男たちをはげましながら、列を組んだ。そのときも夏で暑い日だった。ぼろを着て、垢《あか》まみれの子どもたちの手を引いたり、おぶったり、くさだらけの乳のみ児を抱いて乳房をふくませたりしながら、彼女らは出発した。助かるわいな。まあ見とき、はよあんたらも出といでエねな、外でもう一ぺんしよう、と彼女らは冗談さえ言いながら出ていった。

おきん婆さんは——と古老は目をつぶりながら語るのだった——いきなりヨイショと声をかけて尻《しり》をめくってしまった。婆さん、ししか？　とまわりの女たちは笑った。違うわい、と婆さんは力み返って言った。兵隊どもに見せつけたるんや、どうせ若造の皮かむりばっかりやろ、手がくっついてよう射たへんわ。女のこれは、いわとの昔から、どんな扉でもあけるんやで。どんな男でも、これ見せたったら戦争なんか手につかへんようになるんや。

みんなはどっと笑った。おきんさんよ、ほたかて、そんな白髪まじりの見てくらくらとしよるような男がおるかいな。ゲエ吐きよるで。

なにぬかす！と、おきん婆はむくれた。これでも昔はな、一晩に男五人もしめあげて泣かせたんやど。なめさせてくれちゅうて拝みよったやつもおるわい！女たち――死にに行く者たちはまたもやどっと笑い、残る男たちも笑い泣きした。よっしゃ！と今度はお恒《つね》という大柄な四十女が帯をときはじめた。そしてみるみるうちに着物をぬぎ、まる裸になった。「面はまずかったがな」と古老はお恒のことをこう語った。「だが裸になると、びっくりするほど色の白い、肉付きのええ体やったよ。乳もたるまずにぴんと張っとって、なにより毛深く情の深そうな器やったな。そのときまで、お恒がそんなええ体してると、だれも知らへんかったもんな。わいかて、こら惜しいことしたなと思うくらいや。そらまあそのときだけのこっちゃが――」

どないや、体に自信のあるやつ、裸になったれ。デレスケども、よだれ流してぼっとしよるで。とお恒はどなった。よっしゃ、やったま！と四、五人が素裸になった。男たちは駆け寄って彼女らの着物を拾った。

奇妙な隊列は丘を迂回《うかい》して進んでいった。燦《さん》と照りつける太陽の下で、それは黄ばんだ白布を先頭にはためかす一塊りの細長い襤褸《ぼろ》のつながりとしか見えなかった。

ただずばぬけて白い、お恒の裸体が、夏の日を照り返して眩《まばゆ》いばかりに輝き、先頭近くをゆったりと左右に揺れながら進んでいくのが、目にしみるほどあざやかだった。女たちは遠ざかりながら手を振った。男たちも丘の陰から、女たちの残していったすえたにおいのする垢じみた着物を、長くひるがえる帯を、力いっぱい振った。一握りの爺《じい》さま婆さまの唱えるお題目が、かすかに赤ちゃけた野面をわたってきた。酋長《しゅうちょう》二毛次郎は、丘の頂き近くに腕を組んで立ち、始めから終わりまで眉《まゆ》一つ動かさず、じっと女たちの行く手を見つめていた。

着弾線を越えて、なお女たちが進んでいくのを見たとき、残った者たちの間でどよめきが起こったが、彼はその太い眉をぐっとしかめただけだった。ついに一斉射撃が起こると、男たちは絶叫し、あらん限りの罵倒《ばとう》を投げ、地に身を伏せ、女たちの着物をつかんで泣き叫んだ。こんちくしょう！　鬼！　きちがい！　と喚《わめ》いて泣きながら、石をつかんでとびだそうとした男を、大酋長は一撃のもとに殴りたおした。アホウ！　逃げるんや！　と彼はどなった……。

これが、数年前の夏、白昼大阪のど真ん中で起《ひる》こったことなのだ。あなたがたの楽しく、あるいはわずらわしく、退屈な真夏のある午下がりに――。

その日の午後二時ごろ、大手前近くを通った人は、そのとき、遠くのビル工事のリベット打ちのようなかすかな響きを聞いたかもしれない。そのときアパッチの――そのときはまだあなたがたと同様生身の人間であり、アパッチというのは彼らの綽名《あだな》にすぎなかった人々のうちの、女と子どもと老人約九十名が一連射のもとに殺されたのだ。あなたたちは知らなかった――それならそれでいい。ただ、あなたたちの住む街で、こういうことが起こったという事実だけを記憶していただければいい。

そのとき死んだ女たちのことは、アパッチの間でただ一つの過去のことを記した歌として残っていた。二毛の親分のことも、おきん婆さんのことも、そして裸で死んだお恒のことも、すべてその中に歌われている。

大酋長が、真に大酋長として別格の扱いを受けるようになったのは、この危難の後、二百名の人員の飢餓を救うために、屑鉄《くずてつ》を食うことを教えたからだった。彼がいつこのことを知ったのか、だれも知らない。大殺戮の夜、完成した追放地とその組織をあとに、ふたたび夜陰にまぎれ、急行便トラックに化けて、配置されたときとまったく同様隠密裏に軍隊が去っていった後、偵察の報告と試みにより、脱出がまったく不可能となったとわかったとき、彼はこう言ったのだ。

「だンない。わいらは鉄を食って生きたらええ。食い物は山ほどあるわ」

なぜ、彼がそのことを知っていたのか、先刻も言ったように、それはだれにもわからない。彼の異常な天才が、人間の適応性についての深い洞察をなしとげたというよりほかに説明のしようがあるまい。鉄を食うということに関しては、さまで珍しがるにあたらない。

生物の中には、無機物を食うものがたくさんある。鉄を食う細菌の話をご存じないだろうか？　硫黄《いおう》だけ食って生きる細菌もいれば、鉛を食う虫もいる。しかし、人間は——というかもしれない。しかし、かつて斉天大聖孫悟空《せいてんたいせいそんごくう》は、釈迦《しゃか》掌中をとびだしそこねて、五行山《ごぎょうざん》下の大岩の下に閉じこめられ、五百年の間、鉄の玉と銅《あかがね》の汁を食べていた。

そんな古いことはあてにならないといわれるかもしれないが、現代になっても、大臣、代議士、土建業諸氏の中には、砂利を食ったり、セメントを食ったり、レール、石炭、なかには軍艦やダムやビルを食う健啖家《けんたんか》がいることを、あなたがたは毎日の新聞紙上でごらんになっていないだろうか？　鉄なんか、とてもわれわれの味覚を満足させることができないという食通氏には、ランボウの飢餓の祭典《フェット・ド・ラ・ファム》を読むことをおすすめする。この先覚的詩人は、鉄に対する食欲をはっきり次のようにうたっている。

〝食いたいものは
あるにはあるが
俺の食いたいのは、
土や石、
ディン、ディン、ディン、ディン、
さあ食おうじゃないか

空気を岩を
石炭、鉄を！〟

だから鉄を食うなどということは信用できないと言われるのは、あなたの想像力が貧しい証拠である。――とにかく彼は鉄を食うことを教えることによって、アパッチの始祖として別格の扱いを受けることになった。しかし一方で、アパッチのための種々の制度変革、大会議による多数決制、家族制度の廃止ときびしい民主制などをつくりだしたのも、また彼であった。

アパッチには夫婦制度というものは別になく――これはアパッチの独特の生殖様式からくるものだが――男女は完全に同等の権利を持ち、子どもは種族の共有財産とみなされていた。はじめて鉄を食った、あの日から、私はみんなとまったく同様に扱われ、アパッチ式の命名によってキイ公《こう》と呼ばれた。どのバラックにはいることも自由だったが、私は救われたよしみから、あの赤帽氏のあとについていった。仲間にはいったその日から、だれも私を特別扱いする者がなく、それが私をひじょうにくつろがせた。

「あんたの名まえなんというんや？」と私は赤帽氏にたずねた。

「わいか？　わいは〝赤帽〟ちゅうねン」と彼は答えた。「もと大阪駅で赤帽してたんや」

私はそのバラックの中のヘソという老人と、ダイモンジャという、頭の大きな若者ととくに親しくなった。ヘソは私にアパッチの歴史やしきたりを教えてくれた。ダイモンジャのほうは驚くべき青年だった。大酋長もそれとなく彼に注目していたらしいが、二十をいくつも出ていない彼は、天才のあらゆる兆候を示していた。彼は、鋭い、穏やかな顔つきをした、アパッチには珍しく色の白い男で、新制中学一年で中退したのに、いったいいつのまに本を読んだのかと思われるほど博識で優秀な科学者だった。アパッチの生理に関する分析は、ほとんどすべて彼の助けをかりて書いたものである。彼は自分の理論を確かめるために、第一日目からずっと私につきそって、排泄《はいせつ》物の検査、血液、頭髪、皮膚の検査、その他生体冶金《やきん》学的なテストや分析を行なった。私もまた新しいモデルとして、よろこんで彼の研究材料となった。

「きみはひじょうにおもしろい」とダイモンジャは日課となった一連の検査を終えながら、まるで賢い学者のようなおちついた口調で、私に言うのだった。「その一週間の変化を見ていると、今まで見た例の中で、いちばん金属化現象がおそいね」

「じゃ、おれはアパッチになれないのかい？」と少しがっかりしながら、私は聞いた。

「そんなことはない。――けれど、もっぱらこの遅滞は心理的な原因によると思うんだ。ある種の潜在意識ないしは遺伝的なファクターが、変化を促進する大脳分泌を抑制しているんだと思うんだがね」

その印象的な頭を振りながら彼は言った。「いっぽんに夢想的な人間は適応がおそいんだ。そして適応の型も少しちがってくるんじゃないかと思う。ぼくは捨て子で私生児だが、ぼくもみんなとわずかにちがう型の変化が起こってる。もう八年も鉄を食ってるんだがね」

「あんたは、するとあの殺戮《さつりく》のとき、大酋長に残された子どもの一人だったんだな」

「そうだ」と彼は言った。「親方——彼は大酋長をそう呼んでいた。これは昔ふうの、親しみをこめた呼び方だった——は、いちばん先に、ぼくを指名した。小さいときは、よくかわいがってくれた」それから彼は感心したように首をかしげながら付け加えた。「あのじいさんはたいしたもんだよ。何が役にたつか、どうすればいいかをちゃんと知っている。そのくせ、九九もろくにできないんだからな」

3　鋼鉄《こうてつ》はいかに食われたか

アパッチの日課といえば、スクラップの採集につきていた。彼らはそのスクラップを一部食用に、一部外へ持ち出して交易に使った。彼らは、彼らだけにしか通えない外部への通路を持っていた。それは運河の下をもぐって行くルートであり、彼らだけが電流もイペリットも平気だったからである。

運河の向こうには交易所であるヨセ屋が二、三軒並んでおり、アパッチは夜陰に乗じて、運河の底をくぐって境界線を抜け、一回に十トンから二十トンのスクラップを運び出した。交易日は土曜、日曜、水曜の真夜中に決められていた。ヨセ屋の連中はトン当たり千円〜千五百円という十分の一以下の値段でスクラップを入手できるこの取引を歓迎していた。現金支払いでなく物々交換であるのも彼らの得とするところだった。交易品のおもなものは硫酸、塩酸およびガソリンや少量のコークスなどであり、ときに銅や紙幣も購入することがあった。

アパッチは一日三キロから十キロぐらいのスクラップを食べ、一人当たり平均六キロのスクラップと〇・二〜〇・六リットルのガソリンを摂取する。したがって一族全部で一日一・五トン内外のスクラップ、百リットルのガソリンを消費するわけである。ここで参考のためにスクラップの料理法を紹介しておこう。

もっとも一般的なのは、よくたたいてから火の中で——コークスがいちばんよい——赤熱し、これを酸の中につける。スクラップは、軟鋼よりも高炭素鋼、鋼よりも鋳鉄が珍重されていた。酸は鉱物性のものに限られており、硫酸がいちばん普通で、塩酸は比較的上等の部類に属し、硝酸は極上料理、たとえば祭典用の献立に使われた。酢酸はほとんど使われず、ずっと後になって弗酸《ふっさん》が嗜好《しこう》品にはいってきたが、これはその麻薬的な作用によって堅く禁じられた。弗酸吸飲患者《フルオリック・イーター》は狂暴化し、禁断症状を起こし、ついには内部溶解を起こすのである。ガソリン、軽・重油の類《たぐ》いはそのまま飲まれた。

このほかスクラップの食べ方は、酸の中でいためるとか、煮こむとかいろいろあるが、基本的なのは、このスクラップのたたきである。また、これを長い間五〇パーセント程度の酸につけておくと恰好《かっこう》の飲み物となった。硫酸の場合は黄色で有効成分も薄く、塩酸の場合はやや黒色を帯びて成分も強い。なお飲み物用として、その材料に銅を使えばきわめて芳醇《ほうじゅん》な真っ青な飲み物ができ、その舌ざわり、こく、芳香は、糖分の少ないペパーミントにそっくりだった。そのほか黄血塩、赤血塩の溶液もよく飲まれるものの一つだった。

食道楽の連中は、スクラップの比較的柔らかいものをよくたたき、摂氏六〇〇度〜七五〇度に熱して、石灰や塩化メチルソースをつけて食べた。食道楽といわず、これはじつにうまい食べ物で、子どもたちは、祭りの日に親が、これを槌《つち》でたたいて、いろいろな形、たとえばミサイルとか、原爆雲とか、人工衛星とかの形にたたいて作ってくれるのを楽しみにしていた。そのとき彼らは日常の貧しいおやつ、ゴム靴の底や、蜜柑《みかん》の皮や、ビールのビンのかけらとはちがった豪華なごちそうに歓声をあげるのだった。——アパッチはゴミも食べるが、それは間食というよりも、一種のゲテ物食いであって、彼らは食物としてのゴミを軽蔑《けいべつ》していた。

「あんなものは非文化的な食物や」と彼らは言うのだった。「文明人は加工食品を食べなきゃ」

アパッチの糞は——尾籠《びろう》な話で恐れ入るが——ほとんどの場合かなり純度の高い純鉄であることは、ダイモンジャが手製の分析装置でつきとめていた。彼はなんとかして食鉄人種の生理的変化をつきとめようとしていた。「いい実験装置がほしいよ」と彼は口癖のように言った。「食鉄細菌のメカニズムがわかればいいんだが……」

鉄を食べることによって、アパッチの体はほとんど完全に鋼鉄化していた。私を驚かせたあのガチャガチャいう音は、その鋼鉄化した関節の鳴る音だったのである。

　くわしいことはわからないが、アパッチの生理の担持者は蛋白質《たんぱくしつ》——核酸の類ではなくてFeそのものだった。ご存じのように、Feは堅固な金属結晶をつくるが、いわゆるポリマー（高分子）はつくらない。したがって、柔軟な身体組織をつくりだすためには、そこに何か特殊な物質が存在しなければならないが、今のところ、その物質がなんであるかわかっていない。ビールびんの底をみがいたレンズを組み合わせてつくったダイモンジャの顕微鏡では、くわしいことはわからないのだ。表皮の角質組織はほとんど完全な鋼鉄《スチール》だった。筋繊維、結締《けってい》組織はひじょうに細い毛のような針金からできていた。骨のカルシウムはむろんのこと軽量型鋼《ライト・ゲージ》によく似た構造の鋼材におきかえられていた。血《けっ》漿《しょう》はFeイオンの形で組織物質を運ぶだけでなく、ガソリンなどの炭化水素も運んだ。この炭化水素は、未発見の酵素——というよりも触媒《キヤタライザー》の作用によって重合化され、ナパーム弾の中身のようにゼリー状になって角質内部の隙間にたくわえられた。これらの鉱物油類はまた関節や組織の潤滑の作用もし、その燃焼がアパッチの驚くべきエネルギーの源泉となるのだった。このCH系の物質はスクラップの中に含まれているカーボンと、酸中のHから合成されもした。また組織内のFeが酸化するときに発生するエネルギーも、緊急の場合には動員された。さらに驚くべきことには、アパッチの体組織内、主として肝臓、膵臓《すいぞう》、脾臓《ひぞう》に酸素をたくわえる機能があることだった。脾臓においては塩素酸カリに似た物質、膵臓においては過酸化水素、肝臓においては過酸化鉄の形でそれは常時たくわえられており、したがってアパッチは普通の行動時において一時間の呼吸停止にたえた。また血球中のヘモグロビン自体が変性しており、青酸類や一酸化炭素系統の血液毒によっては、なんの影響もこうむらなかった。神経系統は、普通の生物に見られる圧力刺激伝導や、化学―電気伝導によらず、完全に電気化しており、神経は極微の銅合金線が、ポリビニール系の絶縁被覆によっておおわれたものだった。電気化された神経系の利点は、反射遅滞がほとんどないことである。あなたはだから、アパッチにスポーツの勝負を挑もうなどと考えてはならない。彼らの運動神経は常人をはるかに上回る。

このような組織変化のわりにアパッチの体重増加はたいしたことがなかった。成年男子の平均体重は百十キロ～百三十キロであり、相撲取り程度のものだった。おそらくは組織中に空洞が多いためであろう。スクラップの中のカーボン、硫黄《いおう》はほとんど完全に吸収され、組織に対して余分な鉄は腸の中で次第に析出し、ほとんど純粋なフェライトの粒状結晶となって排泄された。排泄物の中には無水珪酸《けいさん》の微粒子が少しまじっていたが、これは彼らが FeCl の中和析出に必要なナトリウムを、ソーダ硝子《ガラス》から取った残りだった。

さらに興味のあるのは、アパッチの生殖様式である。この点をぬかしては、アパッチを理解することはできない。――と言って彼らの生殖行為は、いかにも淡々たるものだった。成年の男たちはやはり性欲が起こる。とくに酸類——それも強い酸類を飲みすぎた場合には、性的興奮からくる一種のドンチャン騒ぎが起こった。しかし一般に性欲は環境と生理条件の産物と考えられているだけで、とくに抑制するとか、技巧的興奮をはかるとかいうことはなかった。実をいうと、能動側である男性のセックスのメカニズムが、そんな甘っちょろいものではなかったのである。

アパッチの男性が女性と出会うとする。もしそのとき性欲が起これば、彼の一物《いちもつ》はガラガラと音をたてて蛇腹式に前方へ伸び、それからその先端は激しい勢いで腹のほうへ向かってはねあがる。そのときはパチンコ式鼠捕りがはねかえるほどの勢いがあるから、腹の皮に当たってガチャンとものすごい音をたてる。それがまた腹の中でガランガランと反響するから、なんのことはない荒物屋の店先にオート三輪でもとびこんだような騒ぎだ。こんなぐあいだから、本人は腰をもぞもぞひっこめたり、隠したりするわけにはいかない。じつに公明正大なものだ。勢い羞恥《しゅうち》の感情など発生する余地がない。いっぽう女性のほうは自発的に欲情することはほとんどない。そのそうぞうしいあけっぴろげの音を聞き、赤く輝く問題の物件を見て——ちなみに彼らの男性の物件は先端が赤銅色に光り輝き、ほとんど銅でできていた。これは銅の柔軟さと伸展性から見て、十分根拠あるものと思われる——はじめて欲情（と言っていいかどうか）する。彼女は彼の物件と彼の目を見くらべて、もしその気があれば、その場で失神する。その気を起こさないというのはごくまれで、私は百回のうち、ただの一回だけしかそういう例にお目にかからなかった。そのときは、あわれな男は、腹にへこみができるほど、太鼓を連打し、まったく耳も聾《ろう》せんばかりであった。――かくて失神したジュリエットの股間《こかん》へ向けて、わがロメオ氏は仕事を終える。ほんの三、四分のことであり、思えば味もしゃしゃれもないが、そのかわり恋だの愛だのに、あたら種族両性のエネルギーを浪費せずにすむ点ははなはだ経済的でよろしい。前に言ったように、ここでは一夫一婦制も家族制もなかった。受胎のメカニズムは、男性精液が強塩基性で、中にコロイド状のフェロ＝ニッケル系の塩類が含まれており、女性側が強酸を分泌してこの塩を還元することによって受精する。畢竟《ひっきょう》するに、男女間の関係などというものは、ごく簡単な化学式で表わされるにすぎないものである。

4　ポンコツ牧場

こうしてアパッチの生活は、沃土《よくど》のまっただ中で、平和に静穏に過ぎ去っていった。彼らの上にはなんの悩みも、また人生の目的に対する懐疑や問いかけもなく、ひたすらに穏やかな日々が流れていった。彼らには古い流行歌にもとづいたわずかばかりの歌謡を除いて、娯楽や文化らしいものもなかった。

「このままでは、種族退化が起こらへんやろか？」と私はあるときダイモンジャに聞いた。

「さあ、それがなあ……」とダイモンジャは首をひねって言った。――ちょうどそのとき二毛の親分が横手にすわって鼻毛を抜いていたが、彼は自信たっぷりで言った。

「そんなこと絶対あらへん！」

「そうでっしゃろか？」と私は言った。

「なあダイモンジャ、わいらの人口は増えてるんか、減ってるんか？　増えてるやろ」

「だいたいのところでっけど、年約二・五パーセント弱の割で増えてま」

「交易に使う分を入れて、わいらには、一年間にどのくらいのスクラップがいる？」

「ちょっと待っておくれやっしゃ」とダイモンジャはすばやく十本の指を出したりひっこめたりして計算して、すぐ答えを出した。「食うだけで千トンちょっと、交易の分入れて、まあ年間ざっと三千八百トンから四千トンだっしゃろな」

「ここのスクラップの推定埋蔵量は、ざっと十五万トンとしようかい」と二毛次郎はえいとばかりに太い、長さ四、五センチもありそうなぴかぴか光る鼻毛を抜きながら言った。私は畏敬《いけい》の念を持って、その釘《くぎ》のような鼻毛を見つめた。「ほたら、人口が今のままで、何年食いつぶせる？」

「四十年たらずでんな」

「四十年――それがなかなかそういうわけにいかへんやろ。まあ今まで食いつぶした分は計算に入れへんとせんかい。ほいでも、年々ガキの口は増えるわな。それにスクラップの取りやすいところはだんだん取りつくして、いずれ掘り返さな取れへんようになるやろ。そしたら、今度はようけ人間もいるし、場合によったら婆婆から機械も入れんならん。だんだんにしんどなってくる。そやさけエに、これから知恵もいるし、あんまりのんびりもでけへんようになるわ。アパッチはおまえ、これからやで」

　私だけでなく、ダイモンジャも大酋長《だいしゅうちょう》のこの言葉にいたく感心した。やっぱり大酋長はアパッチ一の知恵者だった。アパッチの未来がけっしてたんたんたるものでないことを、大酋長はよく知っていたのだ。

　ダイモンジャは、スクラップの栽培ということを真剣に考えていた。このために彼は小さな実験農場を持っていたが、なかなか思うように進まないようだった。彼の実験は、アパッチの糞《ふん》を集め、これに有効成分である炭素とか、燐《りん》とか、硫黄とかを結合せしめる実験だった。彼はこれをアパッチの体内から採取した一種の触媒《キャタライザー》を利用してやろうとしていた。しかし燐や硫黄は、土壌中にごく少なかったし、カーボン源はカーボン源で、結局はコークスに仰ぐのが、いちばん有効だったのである。もっともカーボンを結合するのは、アパッチの糞を木やゴミといっしょに土中に埋め、これに五パーセントに薄めたアパッチの膵臓分泌液——この中に問題の触媒物質《キャタリスティック・マテリアル》が含まれている——をそそぎかけることによっていくぶんの成功を見ていた。しかしながらカーボン結合は鉄の表面組織のみであり、この点は後にゴミと糞を土壌に埋める前に、粉砕混合機《クラッシャー・ミル》——むろん手製の——にかけて微粒子化し、よく混合することによって、ある程度克服できたが、カーボンの完全な鉄化合物はまだできなかった。顕微鏡で見ると、フェライトの間に点々と不規則な形のカーボン粒が散らばっていて、一見ダクタイル鋳鉄のように見える。しかし、そのカーボンは純粋なグラハイトではなく、多分に不純物を含んでいる。これでも消化吸収できないことはなかったが、問題は味覚《テイスト》にあり、アパッチの好むパーライト、セメンタイトの味わいからはほど遠かった。

「そりゃ、クロレラの場合でも同じや」と私は彼を慰めた。「非常食にはなるし、ひじょうに将来性もある」

「問題は触媒《キャタライザー》にあるんや」とダイモンジャは残念そうに、その大きな頭を振った。「もっと純粋にとりだすか、それとも逆触媒《カウンター・キャタライザー》を見つけないとあかん」

彼はこのほか実験牧場も持っていた。私はある日彼に連れられて七キロばかり離れたその牧場へ行ってみた。

「牧場へ行くんか？」と赤帽が声をかけた。「ほんなら、これに乗ってけや」

私たち三人は赤帽の〝馬〟――大八車にエンジンをつけたような、正体不明の車に乗って、ゴロゴロガラガラ出かけていった。私が野犬に食われかけたあの白いピラミッドの横をまわっていくと、明らかに人為的につくられたと思われるガラクタの長い土手が見えた。コンクリートの塊りに乗りあげ、溜池《ためいけ》の中にはまりこみ、私とダイモンジャは、サーカスのごとく空中高く投げられ、落ちてきたときにはしばしば下に大八車がいないというありさまだった。私は数十回にわたって舌を嚙《か》んだ。私の体がいくぶんでも鋼鉄化していなかったら、とうの昔に舌の千六本ができあがっていたろう。やっとその長い土手の上にのぼると、ダイモンジャは渋い顔をして言った。

「ネジがゆるんでしもたわ。体じゅうガタガタや」

「ええ馬やろ」と赤帽は自慢した。「これでロデオやったら、乗れるやつはおれだけや」

私は土手の向こうに開けたみごとな光景に圧倒されていた。——そこは野球場ほどの大きさにがらくたを丸く摺鉢《すりばち》型に積み上げ、その摺鉢の底には、よくぞ集めたりと思われるほどの、ポンコツ車が、牛の群れのように散らばったり、あちこちに三々五々かたまったり、ごろごろ動きまわったりしていた。ときどきのどかなクラクションの響きが、ブーッと摺鉢の中に響いた。ポンコツ車は、バスありトラックあり、セダンあり小型車あり、三輪バタコありで、どれも満足なかっこうをしているものはなかったが、それでも街を走っている車の、機械ないし忠実な奴隷的動物といった感じは全然なく、一種の野性味と動物らしい気まぐれさをそなえていた。

ハイッという若々しい掛け声が聞こえて、一人の若者がポンコツ単車にまたがって、斜面を駆けおりてきた。近よるとまだ、十八、九にしか見えない、みごとな体格の青年で、黒髪をなびかせ、半裸の背中には弓矢を背負い、腰にはドライバーとペンチをぶらさげていた。

「オス！」と彼は言った。

「あら、だれや」と私は赤帽にたずねた。「あいつか？　車の面倒見とるやっちゃ」と赤帽は返事した。「あいつらのこと、カー・ボーイ言うねン」あいさつを返してダイモンジャはマッチをさし出した。青年はマッチの頭をくわえてしがんだ。

「どないなぐあいや」

「まあぼちぼちですわ」と青年は言った。「例の三輪バタコ、あれ、へたりよりました」

「エンジンかいな？」

「もうボーリングやってもあきまへんやろ。つぶして食いますか？」

「そやな。帳面につけて食うてもええわ」青年はうれしそうな顔をした。

ダイモンジャは、この牧場で自動車の牧畜の実験をしていた。自動車にアパッチの細胞を移植し、自己生殖の能力を持たせようというのが彼の狙いだった。かっぱらってきたポンコツ車で、彼は長らく実験を続けてきたが、最近かなりなところまで漕《こ》ぎつけ、自動車が自分の意思らしいものを持つようになっていた。私が見た、野性味あふれるポンコツ車は、もう半分動物化していたのである。私たちがポンコツ車の群れの間におりていくと、彼らは、喉《のど》をゴロゴロ言わせ、ときどき咳《せ》きこんだり、くしゃみに体をゆすったりしながら、われわれにその熱い鼻面をすり寄せ、うつろなヘッドライトでわれわれの顔を物珍しそうにのぞきこむのだった。あまり気味がよくなかったが、かわいらしくもあった。現在では約三十台――あるいは三十頭と言うべきかもしれないが――のポンコツ車がいたが、もしこれが繁殖しだしたら、アパッチの食糧問題は一気に解決がつくはずだった。はずだったと言うのは、結局この実験は、あとに述べる事情のため、だめになってしまったからである。

もう一つの解決の道は、死体を食料にまわすことだった。むろん、人間の場合でもそうだが、アパッチはアパッチにとって食える。彼らの体は先に述べたようにほとんど鋼だったから、食おうと思えば、かなり上等な食物になった。しかし大酋長二毛次郎は、死体をきびしく管理のもとに置いていた。もともとアパッチの死亡率はひじょうに低く、老衰死がほとんどだったが、その死体はいったんコンクリート塊を積み上げた一種の墳墓の中に納められて、輪番制の死体処理委員会に委《ゆだ》ねられた。委員会は、死体のうちの利用価値のあるもの、たとえば炭化水素とか、酸とか銅とかを取り出した後、死体を念入りにばらばらにして遠くへ投げすてた。残った有機成分は急速に分解して、死体はスクラップ化し、スクラップの中に入りまじってしまうのだから、結局はふたたび死体を食べることになるのだが、とにかく形のまま、食べることは厳禁されていた。それはむろん種族維持の必要からであり、イージイな方法で食料を得る悪習を避けるためだった。しかし時として、老人たちは死者の肝臓が与えられることがあった。ご存じのように肝臓にはミネラルが多く、それは老衰に対する一種の臓器療法と考えられていたが、その効果はあまりはっきりしたものではなかった。

アパッチは、死にあまり関心を持たなかった。したがって葬式もなかった。ただきわめて特異なのは、彼らは死にのぞんだときにだけ笑うということである。彼らは前にもちょっとふれたように、ふだんはまったくの無表情だった。歌も歌うし毒舌をまじえた活発な会話のやりとりもやるのに、彼らは笑うということをしなかった。また、けっして泣くということもしなかった。そして死にのぞんだときだけ、全身を弛緩《しかん》させて大声で笑うのである。変に思われるかもしれないが、これは習慣の差ということにすぎない。そのほかのときの彼らの無表情ぶりは、映画で先刻ご承知のとおりである。その無表情ぶりは、ちょうど木彫の人形のような強い印象を与えた。一説によれば、アパッチの語源は、ストア哲学で言うところのA《ア》P《パ》－A－T《テ》H－I《ィ》－A《ア》、すなわち〝無感動〟という意味であるそうだが、これはあまりあてにならない。

　それからアパッチの服装であるが、彼らは同名のアメリカ・インディアンの種族や風習とはなんの縁帯もないのに、その服装は同名の銅色人種のそれをかなり忠実に模倣していた。半裸の姿、額の鉢巻などがそれである。しかしこれもまた、じつは大酋長《だいしゅうちょう》の知恵であって、彼らに同一種族としての自覚を与え、完全な民主主義下にあって、団結心を培うために、彼らのアパッチに対するイメージを利用したものだった。

　とまれ、アパッチたちの日々は平和そのものに過ぎていった。私自身も、割り当てられたスクラップ採取労働以外のときは、バラックの戸口に膝《ひざ》をかかえてうずくまり、輝きわたる廃墟《はいきょ》の風景をじっと眺めて暮らすようになった。私の心もまた変わった。もはや私は苦しまなくなっていた。自然のすぐそばに腰をおろし、何万年の等質な歳月が、自分の透明な魂を横ぎってすべっていくのを感じながら、奇妙に眩惑《げんわく》的な充実を味わっていた。ときおり私は、山田のことを思い出した。彼の面影は、わずかの間にひどく遠くへ行ってしまったようだった。しかし、彼の言った言葉はまだ私の記憶に残っていた。——彼は人間であることに、その誇りと執着をかけていた。人間であろうと決意すること、——それが人間にとって肝心なことだ、と彼は言った。そして、彼は人間として死に、私は彼流に言えば、人間であることをやめることによって生き延びた。私はもう人間であるという自覚を持たなくなりだしていた。私は人間でなくて、アパッチなのだ。アパッチは人間ではなく、屑《くず》かもしれない。しかし、非人間にも生はあり、その世界は、人間とは別の意味を——あるいは無意味を、持っている。満足したとはいわないが、化け物の生活もまんざら捨てたものではなかった。

——大都市の騒音は、森のざわめきや、空を渡る風の音のように、自然の一部に溶けこんでいた。青い天球の下では、われわれアパッチの営みのみが、目のとどくかぎり唯一の生ける者のしるしだった。子どもたちのかん高い叫び声や、男たちののんびりした歌声などが、動かずにすわっている私の心に泌み込んでいき、やがてそれも〝永遠〟の一部を形づくっていくのだった。——しかし、無限に続くかと思われるこの平和は、見かけだけのものだった。危機はこの世界の外で準備され、われわれの知らぬまにすぐ近くまで来ていたのだ。われわれアパッチの危機、そして外の世界自体にとっての危機は……。

第三章　衝　突

1　戦いの前兆

その夜はスクラップ搬出の当番にあたっていた。——私がアパッチの群れに投じてからすでに二か月以上たち今は九月も終わりだった。私たちは総勢三十人あまり、夜中近くにわれわれのスクラップ集荷所に集まった。昼の熱気はほとんど去り、中天には夜空にただよう大阪の煤煙《ばいえん》を通して、一面に星がまたたいていた。われわれの領土は夏の日の日没とともに、降るような虫の音に満たされる。ときおり大手前を走る車のタイヤの響きがシュッと聞こえる以外、あたりは星のささやきのような、やさしいデリケートな虫の声に満ちていた。夜風の冷たさはすでに秋のものだった。もっとも私にとっては、気温の変化はたいしたものではなくなっていたが。

その夜の指揮者は第二部落の酋長〃気違い牛〃だった。彼は頑丈な骨組みの乱暴者で、ひどく子ども好きで、もと河内《かわち》へんの草相撲の関脇までやった男だった。彼は無口だった。われわれも彼同様に無口だった。私たちは彼の手のあがるのを待って、昼のうち部落全部で押しかためておいたスクラップをかついだ。一人二百キロから三百キロの重さだった。

いっせいに荷物をかつぐと、まるでスクラップの万里《ばんり》の長城《ちょうじょう》が動いていくように見えた。〃気違い牛〃は手を大きくまわしておろした。私たちは沈黙のうちに運河へ向かって歩きだした。

この交易の始まりは、アパッチ文明の一転機をなすものだった。初期の追放生活は、酸なしで始められた。そして、それでもなんとかやっていけたのである。私の例をとるまでもなく、鋼鉄化現象《ステイライゼーション》あるいは金属化現象《メタライゼーション》は、早いもので三週間、おそくても五週間のうちに完了したから、大殺戮《だいさつりく》の三か月後、彼らのうちの最初のいかれぽんちが、ふらふらと運河をくぐりぬけたときには、彼らはもう完全に鋼鉄の人となっていたのである。追放地の外には、第一次アパッチ時代、仲間はずれにされ、いちばん有利な中心地から遠のけられていた朝鮮人たちが、まだ追っぱらわれもせず、地虫のように地面にしがみつき、棒でもって土の中から針金の切れ端や、ダライ粉のかけらを掘り出していた。アパッチの最初の脱出者は、その部落に忍びこみ、蟻のように本能的、生理的要求に導かれて、便所掃除用の塩酸を飲んでしまい、そして発見された。彼らの間に闘争は起こらず、ただ部落の者たちの驚愕《きょうがく》と激しい好奇心にとりまかれただけだった。彼いかれぽんちは塩酸二びんをみやげにもらって帰り、この薬品はたちまちアパッチの間にセンセーションをまきおこした。一週間後、大酋長がじきじき出馬して交易取決め交渉が始まった。以後八年間、規模は拡大されたが、最初取り決められた交易の基本方針は忠実に守られ、朝鮮人のヨセ屋はおおいにもうけ、やがて日本の連中も集まって、小さなヨセ屋部落ができた。偶然にこの交易時代をもたらした第一号脱出者は、その功労と、何ものにもとらわれない勇気によって一部落の酋長となった。〝気違い牛〟〝すわり馬〟と並んで、もっとも若い酋長であるいかれぽんち酋長がその人である。

その夜はごく当たりまえの交易日で、決算日ではないから、先発斥候は出していなかった。われわれはガード・ゾーンの五十メートル手前から運河の中へはいっていった。このあたりは、監視望楼もいちばん離れており、もっとも警戒の手薄なところだった。ガード・ゾーンの始まるところに液状イペリット注入口があり、鉄条網の下の水中には鉄柵《てっさく》があったが、それはいかれぽんちをはじめ、多くのアパッチによって食われてしまっていた。われわれは運河の底の泥に足をとられないように、鉄線を編んだかんじきをはき、深さ三メートルの水中をゆらりゆらりと歩いていった。水は黒く濁り、夜ではあり、歩みにつれてまきおこる泥で一寸《いっすん》先も見えないありさまだったが、われわれは特殊な磁気感応によって、けっして前に行く者からはぐれることはなかった。鉄条網から百メートル外へ出たところの運河の曲がっている地点で、われわれは水から這《は》い出した。ぬるぬるする土手に這い上がると、前に這い出した連中がそこにかたまって、無言で向こうのほうを眺めていた。何かただならぬ雰囲気が彼らの背中から感じられた。私はそっと聞いてみた。

「どないしたんや？」

「なんや、おかしい」と〝気違い牛〟はつぶやいた。「灯《ひ》が消えとる」

私は闇をすかして見た。ゆるい起伏の向こうに、黒々と地面にこびりついたように、ヨセ屋部落の小屋が見えた。いつもついているヨセ場のランプの明かりも見えなければ、安全を示す緑灯も見えなかった。ただ、小屋の一つから、かすかに明かりらしいものがもれていた。

「ポン作《さく》、呼んでみい」と〝気違い牛〟は言った。ポン作は荷物を置くと、両手を丸めて口に当てた。ビョウビョウと悲しげな野犬の遠吠《とおぼ》えが、彼の喉《のど》から流れはじめた。しかし、その声がとだえた後、いくら耳をすませても、しんとしてなんの返事も聞こえなかった。城東線の終電が、赤いランプをつけて軋《きし》みながら遠ざかっていくのが見えた。ポン作はもう一度手を口に当て、今度は梟《ふくろう》の声で呼んでみた。やはり返事はなかった。

「何かあったな」とだれかがつぶやいた。

「荷物おろせ！」と〝気違い牛〟は言った。「赤帽、キイ公、ちょっと見てこい」

私と赤帽はすばやくかんじきをはずして走りだした。姿勢を低くし、関節の音を殺しながら。

私たちは地形を利用して物陰から物陰へ走った。部落は闇の中でしんと静まりかえっていた。このヨセ屋部落には電気が引かれてなかったから、いつでも暗かった。ボスたちは、もうけた金で、どこかに家を建てかけているという話だったが、まだ家ができていないので、みんなここにいるはずだった。チャッカリもうけて、この部落から出ていったボス連もたくさんいたが、次から次へと住民がかわりながら、このバラック建ての部落はけっしてなくなるということがなかった。——今は朴桂成《ぼくけいせい》というアバタの大男がボスだった。女房と母親と三人のチビ、それに恐ろしく多い親類たち、総勢二十人近くいるこの部落の連中は、いったいどうしたのか？　いつもなら、この時刻に朴とその弟や従弟《いとこ》たちが門口に出ているはずだ。だが部落は暗く静まりかえっていた。赤帽は危急の場合の信号である猫の鳴き声をした。しかし、やはり返事はなかった。私たちは足音を忍ばせて部落の中へはいっていった。部落といっても五軒しかないバラックの中央に、板囲いがあって、そこがスクラップ置場、すなわちヨセ場になっていた。赤帽はそこをのぞいた。

「スクラップがない」と赤帽がささやいた。

「運び出したんやろう！」と私は言った。

赤帽は首を振って中を指さした。私はヨセ場の中に首をつっこんでみた。なるほど只《ただ》事《ごと》ではなかった。仕分け場の仕切りはめちゃめちゃにこわされていた。いつもいくらかは残っているスクラップは奇麗さっぱりなくなっていた。そのうえ番小屋の戸はこわされ、台秤《だいばかり》までなくなっていた。ヨセ屋部落は何ものかに襲われたのだ。

「しっ！」と赤帽はささやいた。彼はしめった地面にひざまずき、土のにおいを嗅《か》いでいるのかと思われるほど首を低く伸ばしていた。「このタイヤの跡を見ろ」

私も夜目にすかして、そのぎざぎざの轍《わだち》の跡を見た。普通のトラックやオート三輪とはちがったものだった。

「こいつは大型ジープや」

車にくわしい赤帽がつぶやいた。

「警察かな？」と私はきいた。

赤帽は答えずに、また風のように走りだした。私も彼のあとを追った。いちばんはずれの朴のバラックから、かすかな明かりがもれていた。私たちは窓の下にうずくまって中の様子をうかがった。だらだら続く、軋むような女の声が聞こえてきた。

「泣いとる」と赤帽は小さくささやいた。耳をすますと哀号《あいごう》哀号という声が聞こえた。私たちは蝶番《ちょうつがい》で上から垂れ下がるようになっている木の窓を、そっと押してみた。中にはランプがともり、朴の小さな子どもたちが老婆を囲んでうずくまっているのが見えた。泣いているのは朴の母親だった。白髪頭がランプの光に黄金色に輝いていた。貧しい家庭のにおい、垢《あか》のにおいと、すえたような子どものにおい、そしてにんにく臭い息のにおいがむっとした。

「おばんよ！」と赤帽は低く声をかけた。とたんに老婆はぞっとするような金切り声をあげ、末の男の子は老婆にしがみつき、九つの男の子と十一の女の子は、かたわらにあった薪《まき》と火箸《ひばし》をつかんで立った。

「しっ！」と赤帽は言った。「おばんよ、わいや、わいらや」

「タレや！　アパッチはんか？　アカポさんか？」

朴の母親はようやく子どもを離した。薄汚れたチョゴリの胸がはだけ、しわだらけの肋《あばら》が見えていた。私と赤帽は窓から中へはいった。子どもたちはちょっと離れてアンペラの上にうずくまった。

「どないしたんや、おばん。だれもおらへんのか？　朴はどこへ行ったんや」

「哀号！　アカポはんよ。桂成連れていかれてしもた。ヨメはんも、金《きん》も李《り》もみなみな連れてかれてしもた！」

　老婆は赤帽にすがっておいおい泣きだした。

「だれが連れていきよったんや？」

「ポリコや、きょうの夕カタ、トラックにいっぱい来よった。何も言わんといきなりや。桂成たくさん殴られた。哀号！　ヨメはんまテなクりよった。金とこのヨメはんも、みんな連れていかれた」

　ポリ公と聞いて、私たちは顔を見合わせた。その言葉にはお互いに不愉快な記憶、ちょっとやそっとでは消えない不快な記憶があった。

「それまた、なんテや？」と他人の影響を受けやすい赤帽は、さっそく老婆の言葉に感染しながらきいた。「なんテ、そんなことしたんや。あいつらタイホ状持ってきたか？」

「そんなことわからへん。紙キレ持ってきたけど、なんやわからへん。ウリたちのこと泥棒や言いよるんや。クツ鉄、あれ盗んタもんや言うてみんな持っていきよった。ハカリも持っていきよった。それに、このウリたちがかってに建てて住んテるんやから、この家もトロポや言うとった。あすこわしに来る言うとった。哀号！　今夜タケ堪忍したるよって今夜中にテていけ言いよった。子トモたくさん、桂成おらへん、ヨメはんおらへん。親戚《しんせき》おらへん。ほかの親戚ソウル、ウリたち行くとこあらへん」

ここまで一気にまくしたてると、老婆はこの悲劇を最大限の効果をもって表現するべく、子どもたちにすばやい合図を送った。とたんに今まで白い目をむいていた子どもたちは、いっせいに大声で泣きはじめ、四人の哀号の声は狭いバラックの中に満ちた。そのよく訓練されているのに、私はちょっとばかり感心した。祖母のタクトの一振りで、三つになる末のガキまでが、いっぱしに役割を受け持って、声を限りに泣き叫ぶのだった。

「しずかに！」とアカポ——いや赤帽は叱った。彼らは泣きはじめたときと同様にいっせいにぴたりと泣きやんだ。末の子など泣きやんだとたん大きなあくびをした。その水際だった鮮やかさに、私はふたたび感じ入った。

「おばんよ！　ポリコは塩酸や硫酸やガソリンも持っていきよったか？」

「知らんよ。みなみな持ってったよ。哀号！　ウリたち行くとこないよ」

「しっ！」と今度は私が言った。ずっと遠くから猫の鳴き声が聞こえてきた。それは猫がけんかするときのものすごい鳴き声だった。〝危険、警戒セヨ〟の合図だ。向こうの丘の陰で待っている連中が何かを見つけ、ポン作が合図を送ってきたのだ。赤帽はランプを吹き消した。

「だれか来るよ」と赤帽は闇の中でささやいた。「おまえら静かにせいよ。ええか！」

暗闇の中で子どもたちが老婆を守るようにかたまり、目を光らせてうなずくのがわかった。私と赤帽は窓ぎわににじりより、窓を小さくあけて、外の様子に耳をすました。

かすかなゴロゴロいう音が、部落へのただ一つの道を近づいてくるのが聞こえた。

「トラックや……」と赤帽はつぶやいた。

やがてトラックはギイギイガタンガタン音をたてながら凹凸道を部落の中に乗りいれ、ヨセ場の入口あたりに停車した。エンジンを切らずに、バタンとドアをあけてだれかが道に降りたった。

「ポリコや！」と三つの男の子がおびえた声でつぶやいた。「こわいよ」

しっ！　とみんなが舌を鳴らした。私たちはみんな息を殺して外の様子をうかがった。

トラックから降りた人間は、ゆっくりとあたりを歩きまわり、それからこっちのほうへ近づいてきた。われわれは固唾《かたず》をのんで待ちかまえた。星明かりの中に男の姿が黒く、ぼんやりと浮かびあがった。男は窓からちょっと離れたところまで来ると、そこで立ち止まった。

「ポリコか？」私はできるかぎり低い声できいた。

赤帽が私の腕をぎゅっと握りしめた。――そのとき、男は両手を口に当てて、短く野犬の声をたてた。私はほっとして赤帽の肩をたたいた。

「金山《かなやま》やろ？」

赤帽はうなずいて、低く鋭い口笛を吹いた。男はぎくっとしたように、こちらをふりかえった。私たちが窓をあけると、いきなり懐中電灯を浴びせ、それからやっと安心したようにがに股《また》で近づいてきた。

「来とったんか？」と金山はだみ声で言った。——昔馴染《むかしなじ》みではあるが、今はこの部落から出て、天満あたりでプレスを持ってヨセ屋兼ポンコツ屋をやっている男で、朴の先輩であり、かつ問屋でもあった。朴の母親と子どもたちは、金山の姿を見るとまたもやいっせいに泣きだし、母親はまた私たちに言ったのと同じことをくりかえした。

「わかった、わかった」と金山はうるさそうに言った。「きょうの夕がた、情報がはいったわ。根こそぎぱくられたんやな」

「それで、あんたは何しに来たんや」

「昔馴染みやないか。きょうあんたらが来ることわかってたさかい、手配したんや。あこに塩酸もガソリンも積んできとる。屑《くず》は持ってきとるんか？」

がめついやつだ。下請けがやられるとみずから取引に乗り出してくる。しかし、せっかくの運び出しがむだにならずにすむことはありがたかった。私はすぐ気違い牛に合図を送った。やがて丘の向こうから黒々とした行列が現われ、われわれのほうへ近づいてきた。金山はライトを消しているトラックに向かって手を振って、エンジンを切らせた。やがて気違い牛がそばへやってきて、型どおり金山に唸《うな》って見せ、二人はしばらく久闊《きゅうかつ》を叙しあった。私と赤帽はすぐに事態を報告した。仲間はスクラップを頭にかついだまま、ぐるりと取り巻いて聞いていた。気違い牛は腕組みして唸った。

「ポリコ出てくる。おもろないな」

「きょうは何トン持ってきとる？」と抜け目のない金山はすぐ口をはさんだ。

「十二トン……」と気違い牛はぎょろりと金山を見て吼《ほ》えるように言った。

「さあて――カンカンをぱくられとるさかいなア」

金山は顎《あご》をなでながら言った。

「アパッチ、これで飯食うとる。アパッチまちがいない！」と気違い牛は言った。

「わかった、わかった。今夜はまあええわ。ひょっとしたら、この取引もこれが最後やろうから」

「なんでや？」と気違い牛はどなった。「おまえ、おれ、昔のダチ公。わけ言え！」

「言うたる、言うたる。言うたるさかいに、先に屑鉄《くずてつ》積んでくれ。おれかてこっそり来たんや。あまり手間どったらヤバいさかいにな」

気違い牛は金山をにらみすえると、仲間に向かって手を振った。酸とガソリンの容器がトラックからおろされ、スクラップの積みこみが始まった。

「このトラック、四トンしか積めへんで」と運転手が言った。

「かめへん。六トンぐらい積んだれ。なんとか積めるわいな。スペアのタイヤ、持ってきとんねやろ？」

「六トン、そらむちゃだすわ。ええとこ五トンやな。シャフト折れまっせ」

「ほたらもう一往復や、はよやれ」

「はよ言え」と気違い牛は言った。私と赤帽は荷役の手を休めて、思わず金山の口もとを見た。

「うむ、要するにやな。ここも、もうおしまいなんや」

「なんでや」

「うすうすわかっとってんけどな。あんたらがこっからスクラップ持ち出しとるちゅうことも、警察では知っとったらしいんや。けど警備厳重にするいうたかて陸軍と協同やさけエに申請がごたつきよるし、ほいで今までほっときよってん」

「それで、どうなった？」

「えらいこっちゃで。あんたらもどっか今のうちずらかったほうがえぇで……」

と金山は煙草を吸いつけて、もったいをつけた。

「二、三日うちにアパッチ狩りやりよるで。ほいで、この中奇麗に整備するそうや」

今は、みんなが荷役の手をとめて金山を見つめていた。たしかに、それはえらいことだった。——それも事のきっかけは、私と死んだ山田がつくったのだ。

あの脱出未遂の騒ぎを、私は続いて起こった意外な事態のために、あまり気にもとめていなかったが、それが警備の連中に大騒動をまきおこしたのは、当然のことだった。

当時の警備最高責任者は更迭され、各追放門の警戒は倍加されると同時に、その問題は市会、府会の双方にとりあげられ、さらに陸軍の中部管区隊の幕僚会議にまでかけられた。とにかく、私と山田は追放刑制定後初の脱走計画者の栄《えい》をになったのである。しかも全国各地方に一つずつ設けられた追放地の中で、北海道区網走《あばしり》追放地を除いて（網走追放地では二年前に一名の脱走未遂者を出しているが、事前に射殺されている）、警備の者四名、新規追放者一名が死ぬというような、不詳事件の発生したのは近畿地区だけだった。このため事件は市、府当局の必死の揉《も》み消しにもかかわらず、――新聞記事の取り扱いにはきびしい統制が加えられた――中央にまで聞こえることになった。

たまたま一か月前に法相が西下したのを機会に、軍、警察、府の公安委員、近畿法務局、財務局の関係者が寄って会議を開き、その席上で以前より市当局と財務局の立てていたプランに若干の修正を加え、ただちに実行に移すことの申し合わせが行なわれた。法務大臣が会議に一枚嚙《か》んでいたので、中央の関係官庁の調整はスムースにいき、さらに一か月後、すなわち、きのうの午後、いよいよこの東区杉山町の近畿地区追放地整備計画が実行に移されることになったのである。すなわち――

去る七月初旬に発生したごとき不詳事件は、偏《ひと》えにこの追放地の内部整備が不十分であるからである。広大な敷地は、第二次大戦当時被爆したままの状態に放置され、ために以前は盗賊、売春婦、暴漢、野犬の跳梁《ちようりよう》するところとなり、現在はまた追放犯罪人の隠遁《いんとん》潜伏に便ならしめ、もって前記のごとき危険なる行為をあえて彼らに企てしめるものである。かかる状況は、一方において、その眺望の著しく制限さるるをもって監視警備の任務遂行を甚だしく困難たらしめ、かつは前記不詳事件の類の発生を未然に防止することもまた完璧《かんぺき》たらしめがたい。これに加うるに、該地域内には、推定埋蔵量十数万トンに及ぶ国有財産たる屑鉄類が、なんら生産に利用されることなく放置され、あるいは腐敗風化し、あるいはその一部を盗賊の非合法的採取にまかされており、かかる状態は貴重なる国家財産の管理において万全を果たしたものとは言いがたい。よって本計画は下記の三点をその目標とする。

(一) 追放地内を整備整地し被爆によって生じたる破壊物堆積《たいせき》、丘陵等を完全に撤去し、土地表面を均整にし、一望をもって全地域の眺望を可能たらしめること。(二) 埋蔵放置されたる屑鉄および有用金属屑を発掘し、これをしかるべき業者に下げ渡すこと。(三) 追放地内およびその周辺の、法律をもって指定されたる距離間には、法律をもって発令されたる警備担当者および刑法第×条に従って追放刑に処せられたる者以外のいかなる者をも立ち入らせざるよう、厳に取り締まること。

てなぐあいだったろうと思う。——今までアパッチ族は、官僚主義の恩典に浴してきた。というのは、あまりに関係官庁の数が多いので、手をつけようにも縄張り調整がたいへんで動きがとれなかったからだ。しかし、法務大臣が声をかければ、これは問題ない。一気呵成《いっきかせい》に事は運び、事件発生後わずか二か月をもって、第一次計画着手の指令が、総理と、法務、大蔵、陸軍三大臣の連名で発令された。なにがなにしてなんとやら——お役所のうるさい手続きはどうでもいいが、滑り出しはしごく順調だった。こんなややこしい重複管轄なら、先行きどうせもめごとが起こるにきまっているが、とにかく、せっかちで演習の大好きな中部方面軍司令官此下十吉《このしたじゅうきち》中将は発令当日にこのロードローラー作戦司令部を設置した。作戦は例によって、市民にはなんら公表されずに行なわれるだろう。作戦開始は九月末日一三〇〇――すなわち明日《あした》の午後一時だ。そして、これはあとからわかったことだが、その晩、警察のやったヨセ屋部落急襲は、この作戦とは別個に、警察署長がぬけがけにやった、軍に対する面当てだったのである。

以上が金山の伝えた情報と、あとからわかった事情で補足したことの経緯《いきさつ》である。あの大虐殺の後、アパッチ族の生存者がまだこの追放地内にいるということは、官憲の夙《つと》に察知するところだった。それは私が追放されるときの警官たちの会話でもわかった。しかし、この警戒厳重な追放地において、アパッチがいかにして外部と往来できるかという点を、彼らは深く追及しようともしなかった。お役所仕事とはこんなものである。まして盗《と》られるものが埋もれたまま放置されたスクラップで、どれだけ盗られたか調べようのないものだし、被害届も出ていないのだからなおさらのことだったろう。――公有財産の減り方なぞは、はっきりわかるまではどうでもいいことだし、警察は「事件」でなければ出動はしない。そこで、あの脱出事件が口火となったわけだった。

私たちは桂成の家族を金山に託して、急遽《きゅうきょ》部落へ帰った。気違い牛はおそろしく興奮していた。しかし報告を受けた大酋長《だいしゅうちょう》はおそろしくおちついていた。

「会議や」

こうひとこと言うと、彼はすぐ自分の塒《ねぐら》にひっこんでしまった。

2　大会議

夜分のことなので狼煙《のろし》もあげられず、ただちに伝令が三つの部落にとんだ。大酋長部落前の広場には、四方から真っ黒な影が黙々と集まってきた。ドラム缶を半分に切った太鼓が、低く絶え間なしにボウン、ボウンと鳴っていた。やがて全部落の人間が、子どもも含めて広場に集まり、車座になってすわった。アパッチはかなり夜目がきくので、灯りは習慣に従ってともされなかった。彼らは闇の中に、真っ黒な塊りとなって、ひとことも口をきかずにすわっていた。その沈黙は、重苦しく広場の中に満ちた。

やがて、大酋長二毛次郎が群衆の前に立ち上がった。彼は腕組みすると、静かに一同を見まわした。みんなは固唾《かたず》をのんで大酋長の口もとを見まもった。

「えらいこっちゃ」

ぼそりと大酋長は言った。

「なんぞ、ええチエないか」

みんな相変わらず黙っていた。大酋長は頭をごしごしかいて次に言う言葉を捜しているようだったが、ついに広場の真ん中を行ったり来たりしはじめた。

「みんな、仲間が殺されたあの日のことはまだ憶《おぼ》えとるやろ」

かすかなざわめきが一同の上に走った。憎悪のこもったざわめきが。

「あのころのわいらと、今のわいらとはちがう。今度はそない、おいそれと殺されへん。わいらは鉄の胸を持っとるさかいな。けんど相手は軍隊や。わるうしたらまた皆殺しにされるわ。――向こうかて、わいらがどんなゲテモンかよう知らんやろ。そこがつけ目やが、それにしてもどないしたらええかいな」

それで大酋長の演説は終わって、彼は立ち止まり、一同へ向かってどなった。

「こら！　目ン玉ばっかりぐりぐりさせんと、一生懸命ないチエしぼれ！」

群衆はまたちょっとの間ざわついたが、すぐもとの沈黙にかえった。大酋長部落のスカタンという若い男が、素《す》っ頓狂《とんきょう》な声で叫んだ。

「穴掘って潜《もぐ》ってたらどうだっしゃろ？」

「またあんなスカタン言いよる」と、まわりから声がかかった。

「ほたかて、地下に潜るっちゅう手は、よう使われる手やで」

「アホぬかせ。ブルドーザーはんが来やはるんやぞ」

「ブルドーザーいうたらどんな食物や」

「こらスカタン。もうそんなスカタン言わんと、おとなしゅうしとれ」

スカタンは不平そうにもそもそズボンに手をつっこんだ。続いていかれぽんち酋長が、先生はい、と言って手をあげた。

「どないだっしゃろ。結局、チャンバラやりまんねやろ？」

この質問に一同はどよめいた。大酋長は腕を組んだまま大きくうなずいた。

「そらそうや。どない考えても和睦《わぼく》の余地はあらへん。まあ向こうさんの言いなりになるとして、どないなるかや。あんじょう三度のままあてごうてくれるか言うたら、そんなことやつらようするかいな。わいらかて、いまさらもっそう飯なんか食われへんものな。スクラップ差し入れしてくれ言うたかて、相手にしよらへん」

「ほたらまあ、この土地を守るよりしかたおまへんやんか」

「そらそうや」

「そんなら早いこと、ここでこっちゃの作戦立てたほうがよろしやろ」

「けんかか？」と言う声がした。「ええぞ、ええぞ。ポリコやアメン坊の兵隊なんかいてもうたれ」とだれかがあとを続けた。

「そらまた、えらいもっともな話や」と大酋長は言った。「気違い牛、今の意見に賛成か？」

「賛成」と気違い牛は唸《うな》った。

「すわり馬はどや、賛成か？」

「アタリキ」

「なんじゃその言い方は。酋長は酋長らしゅうもっとええ言葉使え」

「ほたかて、大酋長もええかげんガラ悪うおまっせ」

「わいいか？　わいは生まれつきや。焼かななおらん」

そう言って大酋長は、一同に向きなおった。

「みんな、今の意見に文句ないな」

「おまへんでエ！」と一同は声をそろえて言った。

「よっしゃ。そんやらこれから作戦会議を始める。エライさんが会議すっさかい、おのれらちっとの間、ここで待っとれ。嚙《か》み合いしたらあかんぞ。おとなしゅうちーんと待っとりや」

そう言って大酋長は三人の酋長をしたがえて、バラックの中へはいっていった。とまもなく、ふたたびバラックから首を出して呼んだ。

「キイ公、ダイモンジャ、ちょっと来い」

呼ばれた私たちはバラックの中にはいっていった。バラックの中にはダイモンジャの発明した小型のガソリンランプがともり、それを真ん中に酋長連は芸もなくへたりこんでいた。

「おまえら、何かチエ貸したれや」と大酋長は言った。「なんやどっから手をつけてえかわからへん。キイ公、おまえ武器のこと、わりかしよう知っとるやろ」

「それほどでもおまへんけど」と私は言った。「前におった会社が兵器こさえてましたさかい」

「どんなもん持ってきよるやろ？」

「そうでんなア。なんせ向こうはこっちのこと知りまへんやろ。前のこともあるさかい。また銃火器、せいぜい小口径砲ぐらいのもんとちがいまっか」

「はじめはそうやろな」とすわり馬が言った。「どないやろ。鉄砲や機関銃はわいらをつきぬけよるやろか?」

「まあカービン銃や軽機関銃は知れてまっさ。とてもやないけど、弾丸の先がへしゃげるくらいだっしゃろ。どないや、ダイモンジャ?」

「胸部の鋼鉄の厚みは男で三センチ以上あります」とダイモンジャは言った。「たいてい大丈夫だっしゃろ。うるさいのは首の関節なんかに当たったときだんな。けどそんなことめったにおまへんやろ」

「ほかにうるさいもんないやろか?」大酋長。

「もし、無反動砲――バズーカやロケット砲だんな――こんなもの持ってきよったら、注意せんとズボズボぬけまっせ」

「戦車持ってきよるかな」と気違い牛は言った。

「ええっと、四式戦車は十五トンで、装備は五〇ミリ速射カノンと二〇ミリ機関砲や、こいつはちょとうるさいな」

「こっちの武器はなんだんね」とダイモンジャは聞いた。

「弓矢に棍棒《こんぼう》にナイフ、それにトマホークぐらいなもんや」

「ほたら、武器を奪ったら、食ってしまわんように、よう言って聞かせないけまへんな。わいらは平気やけど、しょもないアメ中のテッポウでも、向こうさんには命取りになりまっさかいな」

「そや、そいつはよう言うとかんと、あいつらなんでもかじるさかいな」と大酋長はうなずいた。「いつかスクラップの陰で昼寝しとったら、あわてもんのガキがわいのけつをかぶりくさった」

3　戦闘準備

会議はたちどころに終わり、アパッチに動員令が下った。しょせん敵がどこから来るかわからないし、どんな形でやってくるかわからないから、作戦の主眼は敵の出方を待つことにおかれた。作戦本部は追放地の中央部の高台に置かれ、女子どもは作戦本部に集められた。哺乳《ほにゅう》してない女たちは、男子同様に配置についた。女子の戦闘力は男子に比べてなんら遜色《そんしょく》ないことは、世の男性のあまねく知るところである。各追放門前に橋《きょう》頭堡《とうほ》を置き、約三十名のアパッチが、物陰に身をひそめた。三人の酋長《しゅうちょう》はおのおの橋頭堡の指揮にあたった。万一の場合にそなえて、門と門との間に四、五名の見張りを等間隔に置いて配置した。三つの門から同時にやってくるということは、まずないと思われたが、いちおう残りの人数を三手にわけ、前線基地と作戦本部の間に配置した。連絡は狼煙と鏡を使った光信号と伝令を使い、ほかにもう二人、特別斥候を追放地外に派遣し、夜に乗じて一人をJOBKの大アンテナのてっぺんにのぼらせ、もう一人を大阪城の天守閣の屋根にのぼらせた。これだけの配置が終わったとき、初秋の陽はしらじらと明けわたった。ふたたび大都会の一日の騒音が周囲に響き、わがアパッチの神聖な領土の上に太陽が輝きはじめた。

私は作戦本部付きの連絡員として大酋長とともにいた。大酋長は腕組みをして苦虫をかみつぶしたような顔をしながら、あの偉大な鼻毛を抜いていた。夜明けとともにポンコツ車の群れが作戦本部に到着し、本部の横手に待機させられた。自分かってにクラクションを鳴らしたりしないように、電線ははずされていたが、きょうの気配を察したか、ポンコツ車どもは興奮しているようだった。カー・ボーイたちは、ぴょんぴょんとびはねるスクーターに乗ってハイッとかシーッとか掛け声をかけて、ともすれば、のそのそガタガタ列から這《は》い出そうとするボロ車どもを一か所に集めていた。ダイモンジャは作戦本部にいて、大酋長の横についていた。大酋長はびんの底をみがいた凸レンズと凹レンズを持って、ひとしきり、間隔を伸ばしたり縮めたりしながら、あちこち眺めていたが、泡があってよく見えないとぶつぶつ言った。

陽が高くなるにつれて、緊張はたかまっていった。——というのは、私の主観であって、その実、ほとんどのアパッチたちはのんびりしたものだった。あたりでは無遠慮に高々とキリギリスが鳴き、後衛部隊の中では戦士たちが腕相撲をやったり、ジャンケンやセッセッセをやっていた。

そののんびりした歌声は、作戦本部のところまで聞こえてきた。

セッセッセ、

夏も近づく八十八夜、

「きょうもよう晴れとるな」と大酋長は空を見上げてつぶやいた。紺碧《こんぺき》の秋空には、軽やかな巻雲《けんうん》が西南から東北へ流れ、ゆるい風があった。

「まさかはじめはそんなことせえへんと思うけど、ヘリコプターや偵察機をいちおう警戒せんとな」

すぐに伝令が各部隊へとんだ。——しかし一般においてアパッチの皮膚の色はスクラップの荒野に対して完全な保護色となった。四、五メートル離れれば、もう地に伏せた彼らはスクラップと見わけがつかない。現に私は眼前五百メートルのところにいるはずの後衛部隊を、どうしても全員見わけることができなかった。

本部の日時計は十時をさした。ダイモンジャはヨセ屋の子どもからもらったぼろぼろの中学用物理の教科書を読みふけり、大酋長はいつのまにか、口を開き、よだれをたらして眠っていた。

「光信号！」と、信号兵がBKのアンテナをさして叫んだ。アンテナの上で、小さな鏡がちかりと光った。

「読みとれ」と大酋長は片目をうすくあけて、眠そうな声で言った。信号兵は声を出して読みとりだした。

ハラヘッタ、ハラヘッタ
「よっしゃ、通信」と大酋長は言い、信号兵は、踊るようにゼスチュア信号を送りだした。

アホタレ

またBKのアンテナの上で光が答える。

「アンテナ、ちょっとばかり食うてもええか、言うとります」

「ひと口だけやぞ、言うたれ」

こうして時間はたっていった。日時計の影は正十二時をさし、あちらこちらのビルの屋上でいっせいにサイレンがほえだした。大酋長はむっくり起き上がると、伸びを一つしてよだれをふいた。

「さあ、そろそろ来よるな」

「来よりまっしゃろ」とダイモンジャは答えた。大酋長は頭をがりがりかきながら伝令を呼んだ。

「もうじきや言うとけ。それからな、くれぐれも向こうがはいってきて、待ち伏せの線を越すまで、手を出さんように」

その伝令が走り去ると同時に、今度は大阪城の上で光信号が光りだした。

「ほら、おいでだ！」と大酋長はつぶやいた。

ミヤコジマホウメンヨリ、トラックヤク二〇ダイ

続いてBKの上でも光信号が始まった。

マッチャマチ（松屋町《まつやまち》）ヨリセンシャ九ダイ、ブルドーザー三ダイ、ジソウホウ三ダイ、トウシンチュウ

「戦車や」とダイモンジャはつぶやいた。

「ちょっとやっかいやな。けどまあ同じこっちゃ」と大酋長は言った。

ロードローラー作戦部隊は刻々と近づいてきた。馬場町《ばんばちょう》方面から来た戦車は、そこで二手に分かれて、一方は東進し、一方は左折して大手前を下りはじめた。都島《みやこじま》方面のトラックは、これも途中から分かれて、一隊は追放地の東部へ迂回《うかい》しはじめた。

「やっぱり三方から来よる」

大酋長はつぶやいて各方面に戦闘態勢を指令した。陸軍直協機の出動はなかった。続いて大阪城は、府警の出動を伝えてきた。いよいよ時は来た。十二時五十分、敵の作戦部隊は完全に配置についた。各追放門に戦車三台、ブルドーザー一台、自走カノン砲一門、そして重武装歩兵が一個中隊ずつ。——演習とはいえ、なんとも大げさなことの好きな司令官ではある。さすがにアパッチ全軍は寂《せき》として声もなかった。十二時五十五分、あの聞き憶えのある電流切断のベルが鳴りわたった。私は矢も楯《たて》もたまらず、脱走しそこねたC号門前の橋頭堡へ走っていった。そこはすわり馬酋長指揮下の一隊だった。——予期したような緊張はそこにはなかった。アパッチたちは、鋼鉄製の弓は手もとに置いていたものの、案外のんびりと、頰杖《ほおづえ》ついたり、鼻糞《はなくそ》をほじくったりしながら、無邪気な好奇心に満ちた目で、門外にあふれかえる軍勢を眺めていた。

「ようけ来よったな」とだれかがつぶやいた。

「アイキャン売ったらもうかるやろ」

そのうち門がしずしずと開いた。まず戦車が居丈高に長い砲身を振りながらはいってきて、三台、横列に並び、あたりを圧するように胸をそらせた。

「うまそうな戦車やなア」とだれかが嘆声を発した。「よう肥えとるわ」

「どうや、あのけつのあたりの肉のつきぐあい。よだれが出るわ」

すぐ攻撃が始まるかと思ったら、警察のラジオカーが、戦車の間からおっかなびっくり顔を出した。スピーカーががなりだした。

〝追放地内生存者に告ぐ。生存者に告ぐ、すぐに最寄りの門に出頭せよ。三分以内に砲撃を始める。すぐ出頭せよ〟

「なにをイチビっとんねン。ボケナスが」とすわり馬は言った。「助けともないくせに」

「ええがな。向こうは楽しんではんねや」とだれかが言った。

ラジオカーがひっこむと、しばらく沈黙があった。正一時、まず、その沈黙を三方から破ったのは、七〇ミリカノン砲だった。サイレンサー付きで、砲弾はジェリーガソリンを入れたナパーム弾。

「野犬のまる焼きがようけ出けよるわい」と私の横にいた男は言った。砲撃がいったんやむと、戦車の間から汚水のしみでるように野戦装備の重歩兵が自動小銃をかまえて出てきた。彼らは扇形に散開しながら、前方に向かって一定間隔をおいて斉射を加えつつ前進しはじめた。戦車も三方に散開しながら動きはじめた。

「ほーれ、はよこい、はよこい」とだれかが、スクラップの陰に身をひそめながら言った。

「戦車はよこい。かぶったるぞ」

私は弓矢がないので、トマホークの一つをつかんで物陰に身をひそめた。私のすぐ前方を、四式戦車が、その猪首《いくび》の砲塔をめぐらし、鎌首のような砲身を上下に振りながら、斜めに横切っていった。その十五トンもある鉄塊のつやつやしい横腹を眺めると、私自身も生唾《なまつば》がわいてきた。歩兵はこんな演習なので気がなさそうに、ぶらぶら歩きながら、ときどき連射を食わしていた。よしんばアパッチがいたとて、彼らには武器もない、とたかをくくっているようだった。彼らはてんであたりに気をくばっていなかった。前衛はなに一つ見つけることなくのんびりとわれわれのひそむ地点を通りこしていった。中にはアパッチの体を踏みつけながら気のつかないやつもいた。彼らの扇形はしだいしだいにひろがっていった。私たちは彼らの背中が遠ざかっていくのを眺めていた。門のところには、ブルドーザーとカノン砲があるだけだった。一握りの歩兵と、一個小隊の武装警官が、門をかためていた。——歩兵の最前線が、そろそろ後衛部隊とぶつかるころだと思ったとき、作戦本部のあたりから一条の狼煙《のろし》が中天にあがった。アパッチは突如としていっせいにその隠れ場所からとびだした。

4　トマホーク対自動小銃

橋頭堡《きょうとうほ》では、人数が二手に分けられていた。どんな状況であろうとも、とにかく敵の前衛を後方から切りはなし、重火力を封殺すること、これが作戦の基本方式だった。狼煙の最初の煙とともに、もう重歩兵の二、三十人が棍棒《こんぼう》、トマホークで頭を割られ、ナイフで胸を刺され、あるいは首をしめられて、声もなく地に倒れた。次の瞬間、スプリングスチールにワイヤを張った、おそろしく強力な弓の攻撃により、四、五十人の兵士が絶叫しながら倒れた。私は十二、三人の仲間とともに、五十メートル先の門に向かって突進した。音のない矢の一連射に、最初のうち、やつらはぽかんとしていた。奇襲というものはどんな場所でも功を奏するものだが、まして彼らの頭の中には演習という先入観がこびりついて離れなかったことと思う。彼らは一瞬、申し合わせたように目をむき、口をあけて立ちすくんでいた。戦友が倒れたこともまるきり目にはいらないようだった。私たちはホ、ホ、ホ、ホと歓声をあげて彼らの中につっこんだ。ようやく機銃と小銃が鳴りだしたが、もうそのときに、われわれはやつらのまっただ中にとびこんでいた。警官の拳銃《けんじゅう》はお話にならなかった。あわててやつらが一分隊ほどの人間を残して門外になだれ出たとき、私たちはもう自走カノン砲の上にとびついて、スターターを押していた。やつらの恐慌ぶりは絶頂に達した。自走砲をぐるっとまわして、やつらのほうに向けたとき、ほとんど百人もいた人間が恐怖のあまり泣きだした。

「射《う》ったれ！」とだれかが叫んだ。「やれやれやっチンコ」

「どないすんねン」と砲手の位置にいた男がのんびり聞いた。スカタンだった。

「あっちゃこっちゃ押してみい」

「出えへんぞ」

「アホ、たまをこめんかい」

カノン砲は轟然《ごうぜん》と火を噴いた。スカタンはびっくりしてキャッと叫んで砲車から転げおち、またのこのこと這《は》い上がった。弾丸は警官隊の上をとびこして後ろのほうに待機していたトラックにぶちあたった。四、五台のトラックはひとたまりもなく吹きとび、ひっくりかえって燃えだした。スカタンはもとトラックの運ちゃんだっただけに、わりと機敏だった。ギヤーを切りかえてカノン砲を後退させながら、砲身を俯角《ふかく》ぎりぎりいっぱいまでしぼって、てんやわんやの警官隊に向けてぴたりと照準を合わせた。私はトマホークをふるいながら、思わず叫んだ。

「おーい、あの中には味方もおるぞ」

「そんなこと言うたかて、あないごちゃまぜになっとるもん、よりわけられまっかいな」

スカタンはちょっと鼻の下をかいていたが、首を一つ振ってつぶやいた。

「しんきくさい。つっこみでいてもたれ」

とたんに砲口が火を噴いて私ははねとばされ、ガランガランと音をたてて転がった。

七〇ミリカノンの至近距離射撃である。阿鼻叫喚《あびきょうかん》もいいところだ。一瞬にして一個小隊の警官は紅蓮《ぐれん》の炎に包まれた。炎の中からワハハハハという大笑いが二つ三つ聞こえた。警官隊と乱闘していた仲間のアパッチが死んだのだ。門内でじたばたしていた一分隊の敵はそれを見るなり腰をぬかし、私たちに向かって、殺さないでくれと手を合わせて泣きわめいた。私は野蛮な声をあげてなおも自動小銃をぶっぱなしている若い警官に向かってとびかかった。雨あられと飛んでくる弾丸を腕をあげて防ぎながら、その銃をもぎとったとき、私はその野獣的にむきだされた白い歯を見てはっとした。

「おれを憶《おぼ》えとるか兄ちゃん」と私は言った。「追放のときは、えらいいたぶりやがったな」

あの二挺《にちょう》拳銃の好きな若いポリコの顔に恐怖が走った。それからむだなことに脚をあげて力いっぱい私の腹を蹴《け》った。かわいそうに、爪先《つまさき》が折れたかもしれない。次の瞬間、私のトマホークは、そのにきびのふきだしたぎらつく顔を、鼻柱のあたりまでざっくり割っていた。

C号門は完全に制圧された。自走砲とブルドーザーと十五人の捕虜が手にはいった。機と同時に、算を乱して逃げてくる歩兵との間に、早くも小ぜりあいが始まっていた。機銃や自動小銃の音にまじって、戦車の砲声が轟《とどろ》いた。絶叫、泣き声、それにまじる味方の死ぬ笑い声、手榴弾《しゅりゅうだん》が投げられ、アパッチの手足がとびちった。しかしアパッチは手や足を一本ぐらいもがれても平気だった。あとからサンソ屋に溶接してもらえばいいのだ。かなたから砂ぼこりと大人数の足音が近づいてきた。よく見ると一団の歩兵がポンコツ車に追いまくられているのだった。ポンコツ車は闘牛のような勢いで、重歩兵たちにつっかかり、はねとばし、踏みにじるのだった。やつらは門から逃げようとして死にもの狂いに殺到してきた。

「スカタン！　砲車をまわせ！」と私はどなった。「後ろを向けろ。敵が来る！」

「あかん、あかん！」副手になってすわっている男がやけくそにどなりかえした。「スカタンのやつ、ハンドル食うてしまいよった」

スカタンはちょっとばつが悪そうににやりと笑って舌を出した。しかし、その場はそんなことにかまっていられないほどの混戦状態に陥っていった。半分発狂状態になった歩兵どもが、しゃにむに門を突破しようとし、それをわれわれは奪いとった機銃とブルドーザーで食いとめようとしたのだ。私の胸や肩に、自動小銃の弾丸がガンガン音をたてて当たった。私はむやみにトマホークを振りまわし、片手射ちに自動小銃をぶっ放した。

「戦車だ！」と言う叫びが後方にあがった。二台の戦車が離れ離れになって、それこそ気が狂ったようなスピードで門のほうへ走ってきた。ポンコツ車は唸《うな》りをあげてつっかかっていったが、重量の差ではねとばされ、くしゃくしゃに踏みにじられた。一台の戦車は続けざまに右に左に走りまわり、あっというまにスクラップの山に乗りあげて、物のみごとにひっくりかえった。キャタピラーだけが、むなしく猛烈に空転し、そのうち石でも噛《か》んだのか、ビーンとひどい音をたててはじけとんだ。もう一台の戦車には二、三人のアパッチがしがみついていた。われわれを見かけると、中の一人は手をあげて「ヤッホウ！」と叫んだ。次の瞬間その男は振り落とされたが、もう一人の男は一心不乱に砲塔の蓋《ふた》の蝶番《ちょうつがい》をかじっていた。見ている間に蝶番はかじりとられ、そいつは蓋をぱんとはねとばすと戦車の中にとびこんでいった。中から布を裂くような悲鳴が聞こえてきた。と思うまもなく、その戦車は一つ所をぐるぐるまわりだした。

この騒ぎの間に、一握りの連中は、命からがら門外へ逃走した。

「引き揚げだ！」とすわり馬酋長《しゅうちょう》が叫んでいた。作戦本部から白い狼煙が立ち上がっていた。引き揚げだ。今は銃声も静まり、ポンコツ車のブウブウ唸る響きと、アパッチの素《す》っ頓狂《とんきょう》な叫び声がまばらに聞こえるだけだった。見わたすかぎり、カーキ色の服を着た重歩兵たちの死骸《しがい》がごろごろ転がり、まだ残暑の名残りをとどめる真昼の太陽に照らされていた。その血は赤茶色の上にしみこみ、さびたスクラップを彩り、いつのまに来たのか早くも数匹の金蠅が、いらだたしい羽音をたてていた。空気は血と硝煙のにおいに満ち、南西の風がゆっくりとその臭気を吹き散らしていった。一瞬の間にしんとした追放地の中で焼夷弾《しょういだん》のガソリンの名残りだけが、めらめらと音もなく燃えていた。

5　脱走計画

時刻は一時四十五分をわずかに過ぎたところだった。わずか四十五分間に、一個大隊の近代装備の重歩兵がほとんど全滅してしまったのだ。それも前近代的な武器しかないアパッチの手によって。戦果といえば五台のタンク、二門の自走砲、三台のブルドーザー、二百挺あまりの自動小銃と十一挺の重機関銃、携帯無線機《ウォーキー・トーキー》七台、それに三十数名の捕虜だった。アパッチも二十名足らずが戦死し、十二、三名が負傷していた。本部に帰ってみると、いま猛烈な勢いで瓦礫《がれき》の山の底に穴を掘っている最中だった。われわれは何が何やらわからず、すぐさま二、三杯のガソリンをひっかけて穴を掘り出した。穴は本部のコンクリート塊の高台の下を斜めに掘り下げるものだった。われわれが到着したときにはすでに高さ三メートル、深さ二十メートルぐらいの穴が地中に二十度ぐらいの角度でのびていた。ブルドーザーも動員されて、穴は休みなしに掘られた。ダイモンジャはワイヤとドラム缶を使い、ブルドーザーのエンジンを利用してたちどころにバケット・コンベアを作りあげた。見張りは空中を警戒していた。奥行き五十メートルのところで、つっかいを使って、穴は幅十五メートル四方ぐらいに広げられた。

「はよ気がついときゃよかったわい」と二毛の親分はみずから穴を掘りひろげながらぶつぶつ言った。「ゆんべのうちかけさのうちでも、やっといたらよかった。下種《げす》の知恵はあとからや」

穴が完成すると、戦車はあちこち分散され、いかにも故障したように、ちょっとかしげて放置された。ブルドーザーも同様だった。われわれは捕虜もろともその穴の中へ詰めこんだ。外には、各追放門の近くに無電機を持たせた二、三名の見張りと、穴の入口のところに歩哨《ほしょう》を置いた。

大酋長の警戒したのはむろん敵の反撃だった。しかし彼自身としては、とても三時間や四時間では向こうが反撃してこないという計算だった。向こうにしてみれば驚天動地の、まったく予期しない事態にぶつかったのだ。今ごろ国警と軍司令部のほうでは、上を下への大騒ぎをやっているだろう。事態の真相をつかむのでも、相当な時間がかかるだろうし、そうおいそれと真相がつかめっこないのはわかっている。無人の野と思われるところへ、演習気分ではいってきた一個大隊が全滅してしまったのだ。都会のど真ん中、いわば猫の額ほどの土地でのできごとだから、よけいのことやっかいである。戦時ではないのだから、そう簡単に強力な援軍を派遣するわけにもいくまい。何よりも先に、責任者が青くなって、頭がおかしくなっているだろう。此下十吉司令官は、情報を伝えてきた士官に、面でも洗ってこい、とどなっているだろう。

なんごと、こきよると！

此下中将は博多《はかた》出身だから逆上するとお国訛《くになま》りがとびだすだろう。

全滅じゃと？　相手はだれじゃ？　わかりませんです。わかりませんですむと思っちょるか！　このほいとの頭巾《ずきん》が！　所詮《しょせん》彼らには何が何やらわかるまい。せいぜいやって偵察隊の派遣だ。空から来るにしても、こんな不手ぎわをいきなり空軍に知らせるわけにいかないから、来てもせいぜい陸軍所属のベル型ヘリコプターか、砲兵所属のライアン直協機だ。次の攻撃がいつ始まるか、それをつかむのが肝心だった。私とダイモンジャは、戦車からはずしてきたラジオを穴の中に持ちこみ、外にアンテナを張った。スイッチを入れるやいなや、はたしてあわ食った士官の早口が聞こえてきた。どうやら指揮車の無電を使って、伊丹《いたみ》の司令部と直接話しているらしかった。

〝なんでやられたかわかりません。とにかく怪物です。弾丸が当たっても死にません〟

〝そんなアホな話があるかっちゅうに！　あのクサ……〟

この最後の言葉で私はすぐわかった。相手は此下中将じきじきである。

〝全滅やいうて、そんなこと大臣に報告でけるか！　敵はなんじゃ？　なにもんじゃ？〟

〝ですから、アメリカ・インディアンのかっこうはしておりました。けれど、いま申しましたように、不死身であります。私の想像いたしますに……〟

そこで士官はちょっと言葉を切った。

〝想像いたしますに、なんじゃ？〟

〝敵はひょっとしたら、宇宙人ではないかと思われます〟

ここで今度は中将閣下が黙りこんだ。――彼らにとっては、宇宙人のほうが食鉄人より現実的なのだ。なんと想像力の乏しいやつらだろう。

〝とにかくもっとくわしい報告をせえ。将軍を送ってもえが、いったい事態が出動理由のどの項目にあたるのか、さっぱりわからんのじゃ〟

お役所万歳！　法治国万歳だ。これでいくらか時が稼げる。大臣に電話をかけるなら、それならそれでまた時間を食うだろう。瞬時にして、それも街中で、一個大隊を失って、その理由もわからずに、むやみな攻撃をかけるわけにはいかないのは当然だ。やけどをしたものは、二度目には必要以上に慎重になる。このことを大酋長に報告すると、大酋長は「さよか」とひとことつぶやいただけで、相変わらず苦虫をかみつぶしたような顔をしていた。「それよりも放送局のニュースよう聞いとけ。それからBKの上におるやつ、与太郎《よたろう》か？　あいつ呼びもどせ」

ただちに光信号が送られた。与太郎は首を振り振り、鼻歌を歌いながら穴へはいってきた。

「うわ、おもしろかったなア。こっちゃは、お弁《べん》当使いながら高みの見物や」

「おまえどないやって帰ってきてン？　BKのやつに見つかったやろ」

「どないやっていうて、階段おりてエ、ベ、レ、ー、タ、ーに乗ってきたんや。みんなたまげとったけど、何も言いよれへん。テビレの俳優や思いよったんやろ」

「与太！　BKの連中は先刻のドタバタ見とったか？」と大酋長はきいた。

「さいな、そのことでんがな。きのうのうちになんや通達があったそうで、BKの北よりの窓はきょうは朝から全部ブラインドおろしてましたで。それに城東線の電車まで、天満《てんま》からこっち、玉造《たまつくり》ぐらいまで全部ブラインドおろしてたようでっせ」

「ははン」と大酋長は鼻を鳴らした。「そんなこっちゃろうと思うた」

「どないつもりでっしゃろ」

「秘密主義や。珍しもない。前のときと同じで、もし中に人間がおって、殺しでもしたらうるさいと思いよったんやろな。それとも、あんまり街中で人を刺激したらいかんとでも思いよったんやろか」

「向こうさんにしたら、かえってええぐあいでしたやろな」

「そらそうや。一個大隊もの人間が、いかれてまうのを、市民にでも見られてみい。えらいこっちゃで。司令官の首はチョンや。こっちゃにしても、まあええ都合や」

それから大酋長は無電機で各追放門付近の斥候を呼び出した。

「どないや、様子は？」

「門のほうは、どないかこないか閉めよりました」と向こうは返事した。「兵隊さんはおりはらしまへん。ポリコがうじゃうじゃ来てまっけど、門からだいぶ離れたところにかたまってびびっとりまっさ。一発おどかしたりまひょか？」

「そんなアホなことしたらあかん。合図したらすぐに帰ってこい。それから飛行機、気ィつけや」

大酋長は洞穴の中の一同に向かって言った。

「夜までなんとか持ちこたえたらええわ。夜にはいったら、いったんトンズラかく。ちっとの間向こうの出方見るんや」

「ここを捨てまんのか？」とだれかがきいた。

「そやなァ。それも考えとる。きょうのは小手調べや。とにかくなるべくここを離れともないけんど、場合によったら一部だけ残して散るかもしれん。だンないわい。お天道《てんと》様とスクラップはどこでもついてまわるわ」

「捕虜、どないしまひょう?」

「スクラップ食わせたれ」と大酋長は叫んだ。「むりにでもねじこんだれ。普通の時とちがうさかいな。それでもいやや言うやつは、ひねってもうたれ。中にエライさんがおったら、おれのところへ連れてこい」

捕虜も洞穴の中にいたから、この言葉は聞いたはずだ。しかしやつらは腑抜《ふぬ》けみたいになっていた。私たちは捕虜の一人一人にスクラップの野戦食を押しつけた。驚いたことに、彼らの大部分はきわめて素直にスクラップを食べた。——人間せっぱつまればたいていのものは食えるものだ。私は捕虜の中にふと知った顔を見つけて立ち止まった。彼はとくにうまそうに、がつがつとスクラップをかきこんでいた。

「おっさん。おれ、おぼえとるか?」と私は声をかけた。それは、私が追放されたとき、車の中で私の隣りにすわった、あのお巡りだった。彼は満面に笑みをたたえてうなずいてみせた。そして食べ物の椀《わん》をつきだして言った。

「これ、なかなかいけるやないか。悪うないで。ケンチン汁みたいや」

「どないや。四百五十円のカレー食うたか?」と私はすわりこんで尋ねた。

「兄さん。とてもやないけど」と彼は肩をすくめてみせた。「わてらみたいなど甲斐性《かいしょう》なしにあんなもの食べられまっかいな。それよか、スクラップのほうがなんぼか口にあいまっさ」そう言って彼は目を輝かした。「どないやろ。西成《にしなり》へんにスクラップ専門に食わす店出したらもうからへんやろか？　わてはスクラップ使うて、カレーをこさえたろかと、いンまの今、思とったところやねン」

「おけ、アホくさい」と私は言った。

「スクラップ入りカレー、これはいけるで」とお巡りはうっとりとした目つきで言った。

「純、インディアン・カレー、当店専売……」

捕虜の中のエライさんを見つけるのには一苦労だった。みんなおどおどしていて、だれがいちばん階級が上か、なかなか言わなかった。最初りっぱな髭《ひげ》をはやしてる男をひっぱってきてみると、それは万年二等兵だった。捜しあぐねたあげく、スカタンがまたもや、まかっとけとばかりしゃしゃり出て、大声でどなった。

「気をつけーエ」

捕虜どもはいっせいにぴょんととびあがって、直立不動の姿勢をとった。その中で一人だけ、ゆうゆうとした態度で、じろりと捕虜の列のほうを見かえったやつがいた。こいつやというわけで、われわれは大酋長《だいしゆうちよう》の前へひっぱってきた。泥を吐かせてみると、少佐だということをしぶしぶ認めた。

「少佐いうと大将とどっちがえらいねン」と大酋長はきいた。少佐はばかにしたように鼻を鳴らした。

「少佐いうたら、兵隊の位にしてどのくらいや」と、またまたスカタンが口を出した。

少佐はあきれかえって、スカタンのでれりぽーとした顔をまじまじと見つめた。

「兵隊の中でいちばんえらいのはだれや？」と後ろでだれかがきいていた。

「そら大将やで」

「その上はだれぞい」

「天皇陛下さんやろ」

「ほたら天皇陛下は、まあ日本の大酋長か？」

「こら、外野は黙っとれ」と大酋長は言って、少佐のほうを向きなおった。「どないや。アパッチの仲間にならへんか？」

「きさまらの軍門に降《くだ》れるか！」と少佐はどなった。

「卑怯《ひきよう》にも、わが軍に宣戦布告もなしに奇襲しおって。いまにみておれ。帝国陸軍はただちに出動して、きさまらを一人残らず殲滅《せんめつ》する」

「今、あれ、なに言わはってン？」とだれかがきいた。

「演説してはんねン。黙って聞いとれ」

「なんじゃい。ほたら、あの人選挙に出やはんのか」

「殲滅される前に、おまえがいかれるで」と大酋長は言った。「スクラップ食うたらええね。そしたら仲間にしたるわ」

「咄《とつ》！　このろくでなしども！」と少佐は叫んだ。

「わは、えらいもんや、英語使うてはる」とだれかが後ろのほうで感心したように言った。少佐はくるりと後ろを振り向くと、捕虜たちのほうへ向かってどなった。

「きさまら、そんなもん食わされて、それでも帝国陸軍の軍人か？」

「軍人やない、捕虜や」捕虜の一人が言った。「食わしてくれるもん、食うたらええやないか。わりといけるで」

少佐は身を震わしておこっていた。しかし捕虜たちは妙な目つきで、上官をじっと見つめていた。少佐は動揺したようだった。

「もし――もし、われわれが友軍に救出されたら、きさまらみんな反逆罪で銃殺だ！」

「ほっちっち。陸軍刑法でも死刑は廃止されましてン」とだれかがからかうように言った。

「最高刑は追放や。そしたら受刑者は犯罪をおかした土地で追放されるさかいに、どっちみちまたぞろここへまいもどりや。そしたら初めからアパッチみたいにスクラップ食うといたほうがええやないか」

「聞いたとおりや」大酋長は言った。「おとなしゅう仲間になれ。おまえ、どうも部下に人望がないようやさかいに、本部付きにしたるわ。もしいやや言うたら、けつめどからパイプつっこんで、ガソリンつぎこんで火ィつけたる。カチカチ山どころやあらへんぞ。百メートル十秒フラットぐらいで走らんならんぞ」

「頭の皮、はいだれ！」だれかが叫んだ。「わいの付け髭にしたるわ」

「月給はいくらくれるか？」と少佐は聞いた。

「月給みたいなもんあらへん。そのかわりに食べ物に不自由させせんわ」

「自分には妻子がおる」彼は言った。

「妾《めかけ》もおんねやろ」

「一人おる」そう言って少佐はあわてて口を押えたが間に合わなかった。捕虜たちはわいわいはやしたてた。

「どうせ、恩給つくんやろ」と大酋長は言った。「大丈夫やて。なんとかなるわい。しょせん、ごねたところで始まらんこっちゃ。仲間になるかけつから火を噴くかどっちかや」

「いいようにしてくれ」と少佐は腕組みをして言った。「スクラップでもなんでも食わせろ。ただし上等でなければ食わんぞ」


NHKの三時のニュースを聞いたが、すぐ隣りで起こった白昼の惨事については、ひとこともふれていなかった。おそらく報道統制がしかれているのだ。大酋長は爪を噛《か》みかみ考えこんでいた。軍隊の反撃は、まだ行なわれなかった。洞穴の奥では、緊急酋長会議が開かれ、えんえんと続いていた。四時ちょっと前に、陸軍の直接協同機が飛来し、超低空で追放地の上をとびまわった。こちらから手出しをするのは禁じられていたが、アパッチたちは大喜びだった。

「あっ、ヒコーキ」と彼らは叫んだ。「ヒコーキ、ヒコーキ、青い空に、銀のツバサ、ヒコーキ早いな」

時はたち、陽はかげっていたが、攻撃は再開されなかった。おそらく上部のほうですったもんだがくり返されていたのだ。一度だけ、無人砲塔がいっせいに火を噴いた。しかし、それはアパッチの一人がおもしろ半分に、監視望楼の見張りの一人を射落としたからだった。暮るるに早き秋の日は、はや西空に傾きて、塒《ねぐら》に帰る鳥の声、ただ一筋にうらさびしくなったころ、大酋長は会議を終えて、ふたたびみんなの前に立った。

「陽が暮れたら、大部分は例の通路から外へ出る」と大酋長は言った。「トンズラや。ここを離れて、みんないちおうあっちゃこっちゃに散ることにした。一部は、ここに守備隊として捕虜といっしょに残す。この穴はもっと深う掘って、向こうさんの攻撃にたえるようにする。――しょせん、こんな街中や。すぐ近所に民家もあることやし、そないむちゃなこともできへん。いちばんうるさいのは空襲やが、こんなところへでっかい爆弾なんか落とされへん。向こうさん、ここに手をつけようとしたら、どうしても歩兵使わんならん。歩兵やったら、今度はこっちゃに武器もあるこっちゃし、おいそれと占領されへんわ。タンクなんか、例の調子でやったれ。なるべく夜襲がええ。できるだけ敵の武器をかっぱらえ。何度も言うように、武器は食うたらあかんぞ。外からの酸なんかの供給は、なんとか確保するようにする」

そう言って大酋長は一段と声を張りあげた。「わいらが出ていくのは、けっしてこの土地で生きていけへんからやないぞ！　わいらはきっとここへ帰ってくる。そして、もっとほかにもわいらが安楽に住めるような新しい土地を見つけてくる。わいらはわいらや。アパッチや！　アパッチになってしもた以上、もうあとにはひけへん。——どや、ええこと言うやろ——しやさかいに、そういうわけや。いずれ、なんとかする。ひとつ景気づけに、アパッチの歌を歌おやないか」

「わア、大酋長演説うまい」とみんなは叫んで万雷の拍手を送った。「ようあんなしょもないことを、長ったらしゅうしゃべれるもんや」

「アパッチの歌を歌え！」と大酋長は大満悦で叫んだ。

「そや、歌え、歌え」とみんなは尻馬《しりうま》に乗って叫んだ。

「そやけど、アパッチの歌て、どんな歌や」

「そんなもん初めからあらへんが」

「なんでもええ。とにかく歌え」と大酋長はどなった。「わいらの団結のために、わいらの歌が必要や」

「おい、ヘソ。何かないか？」と後ろで、だれかが声をかけた。

「ここはやはり、伝統なものやないとあきまへん」とヘソはしたり顔に言った。「みんなの知ってる古い歌やな」

「また、けったいな乞食浄瑠璃《こじきじょうるり》なんかさらしやがったらはったおすぞ」とだれかが喚《わめ》いた。

「お古いところで、梅田《うめだ》ちょいと出りゃ天満橋《てんまばし》、というのはどないでっしゃろ」

「それええわ。みんな歌え」

梅田ちょいと出りゃ天満橋

二人そろって中之島《なかのしま》

合唱は洞窟《どうくつ》の中に満ちわたった。私もいっしょになって、この古い大阪の歌を歌った。捕虜たちはびっくりしたような顔をしていたが、そのうち、おずおずと口を動かしはじめ、やがて髭《ひげ》の二等兵も少佐殿も、いっしょになって歌いだした。――それはこの世でもっとも追いつめられた者たちの合唱だった。だれかが酸のびんをまわしたので、歌声はいよいよ景気づいてきた。アパッチたち――この奇妙な人々は、その未来の運命も思いわずらうことなく、ひたすらに歌に酔い、酸に酔い痴《し》れていた。

洞窟の中には一足早く黄昏《たそがれ》が訪れだした。

第四章　アパッチ脱出す

1　最初の協力者

　六十名の男女を守備隊に残し、われわれは夜に乗じて運河の底を抜けた。包囲軍はたくさんいたが、なにか意気上がらぬ様子だった。運河をどこまでも行くと、天満の向こうで、金山たちヨセ屋のある場所へ出た。われわれはいったん水の上に這《は》い上がり、そこで今後の短い指示を与えられた。アパッチの服装を至急に改めること、今後のアジトは暫定的に大阪港と尼崎《あまがさき》と神戸《こうべ》付近の三か所に分散する。アジト決定後は定期連絡を行ない、連絡はもっぱら無電機と海上交通を利用する。大酋長《だいしゅうちょう》はおおむね大阪におり、月に一回定例会議を行なう。以下は今後の指示を待つよう。

　こうしてアパッチ族は夜にまぎれて進発した。経路は川筋をたどることに決まった。私たち進発まぎわに、私とダイモンジャは大酋長に呼ばれて、ある命令をさずけられた。私たちは一見アパッチらしからぬので、できるだけ娑婆《しゃば》の中で活躍するようにと言うのだった。私とダイモンジャは金山の古い背広をもらった。食事のほうはどこにでも転がっているし、寝るのはどこに寝ても平気だ。大酋長はこういうときのために、交易によってへそくっておいた紙幣を渡してくれた。

私はひさかたぶりに背広を着こんで、仲間とわかれた。かつてあれほど憧《あこが》れた娑婆の土を踏んでいるのに、べつに少しもうれしくはなかった。娑婆の秩序は、今では戦うべき新たな対象として私の前にあった。

天満からこれまたひさかたぶりに市電に乗り、人々に紛れて梅田のほうへ運ばれながら、私は自分がアパッチであることを毫《ごう》も意識しなかった。乗りあわせている人間たち——かつて帰宅時の私を感動にさそった、疲れた、いかにも人間らしいやさしげな表情も、私の興味をひかなかった。人間は人間、アパッチはアパッチだ。彼らになにごとを期待できよう。

梅田に着くと私はボックス式の公衆電話を捜し、電話帳をくった。大阪駅の大時計は八時前をさしていた。——彼がいてくれるといいのだが。私はK新聞社の番号をまわし、社会部の浦上《うらがみ》はいるかときいた。幸いなことに彼は夜勤でまだいた。

「友だちだと伝えてください」と私は言った。

まもなく浦上が電話に出た。

「はい、浦上」と彼はぞんざいな口調で言った。

「おれが名まえを言うから、けっして、驚いてそこでおれの名を口走らんといてくれ。ええか？」

「だれだい、あんたは？」

「木田福一や。三か月前、失業罪で追放刑を食うた木田や」

電話口の向こうで、あっと息をのむのがわかった。

「出てきたのか？　あそこから」

「脱出したんや。会いたいんやけど——ある情報を提供したい」

「なんの？」

「アパッチについてや」

「よし、すぐ行く。どこにいる？」

「桜橋《さくらばし》の交差点の南西のかどにいるわ。それからおれに会うことは、会うまで上役にもだれにも言わんといてくれ。おれとおまえとは友だちやった。そうや？」

「五分以内に車で行くよ」と浦上は言った。私は電話を切って、交差点を南へ渡った。

まもなく彼はタクシーでやってきた。私は彼の横に乗りこむと、低い声で言った。

「どこか人目につかないところへ行て」

「一杯飲むか？」

「一杯飲むいうて——おれはガソリンなら飲むけどな」

彼は妙な顔をして、私をじろじろ見つめた。

「おれのアパートに来るかい？」

「奥さんは？」

「まだもらってないよ。一人暮らしだ」

「よし、そこへ行こう」

車は夜の大阪を東淀川《ひがしよどがわ》へ向かって走った。陸橋の上から見憶《みおぼ》えのあるネオンや建物が見えた。ひさしぶりに見るそれらの風景は、なんの感動もさそわなかった。鉄骨を見ては、うまそうだと思うだけだった。

淀川沿いの小さな鉄筋アパートは、すでに静まりかえっていた。浦上は部屋の鍵《かぎ》をあけ、スイッチをつけた。六畳ばかりの洋間は、いかにもやもめ暮らしらしい雑然としたありさまだった。彼は上着をベッドの上に放りだし、ガスの火をつけて薬缶《やかん》をかけた。

「腹がへったろう」と彼は言った。「パンならある。何か買ってこようか？」

「おれ、何もいらん。あんた腹がへってるなら、何か食えよ」

彼は黙って、ベッドの下から安物のウイスキーのびんをひっぱりだし、明かりにすかしてみた。それからコップにその茶色の液体をついだ。私はそれにちょっと口をつけてみて、首を振った。

「不純物が多すぎるわ」と私は言った。「薬用アルコールなら飲むけどな」

彼はそれを冗談だと思って軽い笑い声をたてた。しかし、目は気味悪そうに私の姿を見まわしていた。

「よくまあ、逃げられたな」と彼はつぶやいた。

「おまえ、重罪脱走犯をかくまってるんやぜ。平気か？」

「平気でないこともない」と彼は言って煙草を吸いつけた。そのマッチの火で照らされた細い鼻先を私はじっと見つめた。彼はくたびれきっているようだった。高校時代の秀才、美男ナンバー・ワンは、襟垢《えりあか》のついたシャツのように薄汚れ、垢じみていた。

「これからどうするつもりだ？　どこかへ逃げるのか？」

「どうもせん。阪神《はんしん》間をうろうろする」

「今度つかまったとき、おれの名を言わんだろうな？」

「言わんよ。そやけど、おまえとしては、言うてもろたほうが幸福やないかと思うんやけどな」

彼の顔にちらと恐怖がかすめた。私は手を振って、冗談だと言った。

「それで、きみの提供する情報はなんだ？　死のかなたより帰った男、追放地の生活とその脱出記か？」

「それでもかまわん。そやけど、そんなものが記事になるか？」

「なるどころじゃない」と彼は一歩体を乗り出した。「漠然とした恐怖は市民の間にある。しかし真相はだれも知らない。追放刑になるやつは数が少ないし、一度追放されたら二度と帰ってこないから、みんなあまり気にもとめないが、いろいろな噂が流れている。むろん報道統制があるだろうが、真相さえわかって、その証拠がしっかりしていれば、どんな形でもすっぱぬけると思う」

「すっぱぬきにクビをかけるか？」

「それだけの値打ちさえあればね」

私は立っていってラジオのスイッチを入れた。ちょうど時報が鳴って、九時のニュースが始まったところだった。私は注意深く聞いたが、きょうの事件の報道はなかった。〝近畿地区追放地整備をかねた陸軍の演習は、きょう午後一時より行なわれました〟とアナウンサーはのどかな声でしゃべっていた。〝近畿師団司令部の通達によりますと、この演習は、最初の予定を変更され、明日《あした》も続行されることになりました。なお明日の演習には、空軍の一部も参加する予定であります。城東線の電車は天満より玉造まで、ブラインドをおろしてください。また高さ三メートル以上のところにある建物の窓も、追放地側はブラインドをおろしてください。違反者は機密保護法抵触のかどで、きびしく罰せられます。通達をくりかえします……〟

「きょうの午《ひる》の演習のことを知っとるか？」と私は彼にきいた。彼は肩をすくめた。

「なんだか、ポンポン、パンパンやっていたようだがね。市民は例によってつんぼ桟敷《さじき》さ」

「その演習で、重歩兵一個大隊と、武装警官一個小隊が全滅した……」と私は言った。

浦上は目をむきだした。

「そりゃまたどうしたわけだ？」と彼は叫んだ。「証拠があるか？」

「証拠ぐらい、なんぼでもある。おれたちがやっつけたんや」

彼は驚愕《きょうがく》のあまり声も出なかった。そこで私は説明してやった。アパッチの生理の秘密はさけて、アパッチ族の存在から、きょうの惨事にいたるまで。――浦上は興奮のあまり、顔を真っ赤にした。

「信じられん！」と彼は言った。「しかし、ほんとうとすれば、ものすごい特ダネだ」

「しかし、発表できるか？」と私は彼の顔をのぞきこんだ。「クビとひきかえやと思うけどな」

「何か知恵があると思う」と、浦上は立ち上がった。「おれんところは、どちらかといえば保守系の新聞だ。しかし、それだからかえってうまい点もあるんだ。——上役の中に信頼できるやつもいないわけじゃない。たった一人いる」

「だれや？」

「部長だよ」と彼は言った。「いずれ詰め腹を切らされることになっている。やっこさん、いわば死に場所を求めているんだ」

彼は階段を駆けおりて電話をかけに行った。まもなく彼はあわただしく部屋へはいってきて叫んだ。

「部長はすぐ来るそうだ。その間、話をもう一度聞かせてくれ」

浦上はザラ紙と鉛筆をつかむと、私の前にどっかり腰をおろした。

まもなく部長が到着した。額の禿《は》げあがったひょうひょうとした小男で、口もとに冷笑ともちゃめ気ともつかぬ微笑を浮かべ、ただその目だけが小犬のように無邪気に光っていた。私の話を聞くと、彼は腹をかかえて笑った。あまり笑いすぎて、入れ歯を落っことしたくらいだった。

「そいつはおもろい」と彼は入れ歯のほこりを靴ブラシではらって口の中にはめこみながら言った。「近ごろこんなおもろい話はないわ」

「しかし出せますか？」と浦上は言った。「出したとたんにとっつかまったら困るな」

「とっつかまったらええが」と部長はにやにや笑いながら言った。「それで連行されるときに暴れたれ。追放刑になったら、今度はもっとつっこんだ記事をかける」

「まあそれでもいいけど」と浦上は鼻の頭をかきながらつぶやいた。

「心配すんな。おれが責任持ったる。ほっといても、来月あたりでどうせクビや」

「決まったんですか？」

「きのうまた局長が呼びくさった。勇退せえと言うんやな。そのときちらとにおわしゃがった」

「組合でも話を出したんですが、役付きの人はどうもね」

「気にすんな。なにもあんなネコみたいな組合に期待せえへん。おれにはカアちゃんがついとる」

そう言って部長はポケットから写真を出して、チュッと音をたててキッスした。

「女房は死にましてン」と言って彼は私に写真を示した。髪を短く刈った、頬骨の高い、素朴な顔つきの女性が写っていた。

「五〇年代には、こいつは革新系のオルグでした。わしは酒ばっかり飲んでました。十年ほど前の基地闘争で二年ばかりぶちこまれよって、体を悪うして出てきよった思うたら、ぽっくり死によりましてン。ちょうど息を引きとったとき、わしは飲み屋の二階でつぶれてました」

そう言うと彼は人なつこく笑って写真をポケットにしまいこみ、額をピシャピシャたたきながら立ち上がった。

「さて、と……。こいつはうちであつかうのはまずいかな」

部長はポケットに手をつっこんで歩きまわった。

「今、新聞がどないなことになっとるか、あんた、木田はん、知ってまっか？　一般の人は知りはらへんやろな。そらなにも制度としての検閲はおまへん。けど、もっとうまい仕組みになっとる。一種の事後検閲や。――検閲制度がいちばんきびしかったのは、これもあんまり知りはらへんやろうが、第二次大戦中の軍閥独裁時代よりも戦後の米軍占領時代やった。検閲制度があるということを、うっかり洩《も》らしでもしたらすぐにクビになるくらいでした。編集局長のところにはＣＩＥからの直通電話があった。記事は全部三通ずつ書いて――いや、泣かされましたわ。民主主義や言論の自由やいうて、そういうものがりっぱに存在するという幻影を与えなければならんし、事実は言論機関はＧＨＱの厳重な監視下にあったわけや。頭から国家のためやいうて正々堂々と検閲制度を押しつけてきよった日本軍部のほうがなんぼか無邪気やったし、こっちゃもやりやすかった。けれど、アメリカさんはさすがに世論の国だけあってなかなか巧妙やったな。けっして抑圧や干渉はしてないという印象を与えといて、じいわりとコントロールしてきよる。また事実そのほうがはるかに効果的で、長期にわたる影響を与えよった。――占領解除のときは、支配者にとって大きな危機やった。このとき、われわれ新聞人がひとふんばりしたらよかったんでっけどな。――ま、あとはだいたいご存じのとおりです。あんたに新聞のこと話してもしょうないが……」部長は入れ歯をがくがく動かして、ケロケロと蛙のように笑った。

「営利新聞、商業新聞というものは、それ自体自己矛盾です。マスコミ資本のあり方というやつは、きわめて興味のある研究課題になるやろな。――とにかく、アメちゃんが手本を示した統制方式は、今度は新聞資本によって引き継がれた。新聞記事という、職業の誇りというやつを、無害な程度に持たせること、むしろ、それを職業意識として麻薬的に使うこと、資本および資本制社会に対して無害な範囲において、大幅の自由を与えること、反逆者への制裁は、個人的に、加害者のわからぬよう、メカニズムを通して、しかも長期にわたって、本人がそうだとわからない程度に――つまり、その男の社会的位置の未来を制限し、長期にわたってそいつの未来をかすめとること、しかも、そのことをそれとなくみんなに知らせてやり、彼らの噂話や気分の中で、機構の幻影を巨大なものに思わせること、創造的な仕事より、まちがいのないルーティン・ワークを重んずること、変革の意思や棘《とげ》のある理想主義より、永遠の微笑をたたえた人道主義の立場をとること、たとえ科学が発達しても人間の知恵はけっして変わらないのだということをみんなに信じこませること、――こら、浦上、あくびせんとこっちゃ向け」

浦上は時計を見て言った。

「もう十時ですよ」

「とにかく、占領解除後も新聞社の報道統制というやつは、資本のメカニズムとして存在しとった。日本軍隊の復活後、それが機密保護法のもとにいっそう露骨になった。事後検閲制というても、責任者は社会的制裁を加えられるのだから、おのずと相当な圧力になっとる。しかも軍より報道、取材制限の事前通達があった場合には、違反の責任者は場合によっては陸軍法廷にひっぱられたり、忠誠裁判にかけられる。浦上のお兄ちゃんや、中部軍通達はきのう出とるやろ?」

「出てます」と浦上は言った。「中部軍報道関係通達第二〇一、九月三十日の演習の報道取材に関しては、いっさいを軍の発表、指示に基づくこと」

「通達はふつう方面軍司令官の名のもとに発せられ、管区内の報道機関全部がその通達に縛られる。通達が出とる以上うかつなことをやると臭い飯を食わされる。こんなときはどうしたらええか。浦上くん」

「はあ、その……わかりません」

「おまえは落第じゃ。一度お母さんに来てもらえ。――すぐ車を呼べ」

「どこへ行くんです?」

「中央郵便局や。はよせんかい」

浦上がこけつまろびつとびだしていくと、部長はきびきびと言った。

「ところで、あんた写真とれまっかいな？」

「教えてもらえば……」

「あの中へ、今からでもはいれまっか？」

「はいれます。けど、中へはいるんやったらカメラが水に濡《ぬ》れまっせ」

「さよか。いや、だンおまへん」それから部長はちょっと頭をかいて付け加えた。

「よろしか？　わしはなにもあんたらアパッチの肩を持つわけおまへんで。ただわしは報道の自由という立場から、新聞に猿轡《さるぐつわ》はめよるやつの鼻をあかしたろうと思うてまんねン。年寄りの、ただ一つの腹いせですわ。これはいわば絶好のチャンスですわ」

タクシーが来ると、部長はちょこまかと助手席にとびのって、「福島《ふくしま》や」と叫んだ。

「中央郵便局やないんですか？」

「まず福島や。Ｆ一・一のレンズを持っとるやつは、あいつよりほかない」

彼は福島で一軒のカメラ屋をたたきおこすと、なにか言って大口径のカメラを借りてきた。

「４Ｓのフィルムがはいっとる。だいじにしとくなはれ。これめいだら、退職金に大痛手や」

今度は荒物屋で水枕を買うと、その中にカメラを放りこんで、私に押しつけ、中央郵便局に向けて車を走らせた。

「東京の局次長はわしの後輩や。人間はちょっとばかりあまいが、骨はある。骨があって少しぼんくらのやつは、これは出世しよるで」

中央郵便局へ転げこむと、彼は東京を至急で申しこんだ。

「わかったか？」と電話を待ちながら、部長は浦上にきいた。

「何がです？」

「何がですて、うといやっちゃな。おまえも出世するわ。――軍の報道制限通達は、その管区内に限られとる。ひょっとしたら、全国に報道制限が出るかもしれんけど、そないなったらよけい事が大きゅうなって注意を集めるから、すぐには出さへんやろ。だから報道制限通達の出てへん東部管区ですっぱぬかせるんや。ニュース源の秘密を守ることは、まだ新聞記者にゆるされとる、というよりは、社会通念になっとるさかいな」

「なるほど」と感心して浦上は唸《うな》った。「そんな手もありましたか」

「こんなことは、おれの発明やで、だれも制限の壁破ろうとは思わへんから、気がつかへんだけで、その気になったら手はなんぼでもある。――それからこっちのアパッチの兄さん、写真あんじょう頼んまっせ。浦上、写真できたら、あす朝の飛行機に乗れ。夕刊には間に合うやろ」

東京が出ると、部長はぴょんととびあがってボックスにとびこんだ。私も手招きされて中へはいった。

「あいつ、家におりゃええが。子煩悩やからおるやろ」

そう言って部長は猿みたいに送話器にしがみついた。

「もしもし……わア、おったな。おれや、村田《むらた》や。もう寝とったんか？　ブン屋がこんな宵寝しててええんか？　そやからガキを六人もこさえるんや。え、奥さん七人目で腹ボテか？　ようご精の出るこって——ところで、特ダネや、おまえんところ、軍の報道制限出とるか？　出とらへん？　ええぐあいや。ええか、よう聞けよ。紙と鉛筆用意せい」

部長は慣れた口調でべらべらとしゃべりだした。原稿もメモなしに、要領よく記事を送るところは、神技に近かった。

「わかったな？　かまへん。ニュースソースはふせとけ。それでだれかこちらへ問い合わせよったら、おれがうまいことやったる。もしうるそう言われたら、アパッチが教えてくれた言うとけ。そのくらい、おまえ責任とれ。朝刊の最終版？　まずいな。あすの午《ひる》でないと写真がとどかへん。こちらから有無を言わさん証拠を送るさかい、それをつけてでーんと大きゅうやったれ。夕刊の四版の締切りまぎわにほうりこんだらええわ。——アパッチてなんやて？　ちょっと待てよ」そう言って彼は私のほうを向いてたずねた。「どの程度うたってよろしいかな？」

私は低声《こごえ》で返事をした。

「もしもし、アパッチいうたらやな。聞いて驚くな。——鉄を食うとる人間や。わかったか？　鉄を食うとる——なんや、驚かへん？　なに？　なんやと？」

部長は目をむくと、ボックスのドアをあけてどなった。

「浦上！　このボンクラ！　紙と鉛筆や、はよせい。この落第坊主」

みるみるうちに、ボックスの中には書きちらされたザラ紙が散乱した。電話を切ると、部長は溜息《ためいき》をついてザラ紙を拾い集めた。

「長い電話でしたね」と浦上は言った。「ぼく、もう金ありませんぜ」

「九州本社へも申しこめ」と部長はぼんやり言った。

「金が足りません」

「おまえの時計質《しち》へ入れろ」

「これ、なんぼにもなりませんぜ。オートマチック・ストップですからね」

部長はあらぬかたを見つめながら、上着をぬいだ。

「これもぶちこめ」

「いいんですか？」

「待て」と言って部長はとうとう入れ歯をはずした。「これ入れちゃれ、金《きん》がはいっちょるじゃけえに、なんぼか、ひゃいるやろ」

「いったいどうしたんです？」と浦上はあきれて聞いた。部長は私の顔をまじまじと見つめて言った。

「東京にも鉄を食うやつが現われた」と部長は歯のない口をもがもがさせて言った。

「横浜《よこはま》市鶴見《つるみ》の海岸地帯や。ポリ公と乱闘したそうや」

2　新しい仲間たち

　これが日本全体をまきこんだアパッチ騒動の序幕であった。――無事に写真をとって浦上に手渡し、次の連絡をこちらからとることにして、夜の更けわたった市街を大阪港へ向けて車を走らせながら、私は奇妙な感覚におそわれていた。食鉄人種が京浜《けいひん》地方にも出現したということは、どういうことだろう？　単なる偶然だろうか？　彼らはどのような生理的メカニズムを持っているのか？　われわれとまったく同じだろうか？　われわれは彼らと提携できるだろうか？　運転手に頼んで深夜放送のスポット・ニュースを入れてもらいながら、私は次から次へと考えつづけた。いったいこの異変は何を意味するのか？　ふと私は思い当たった。――もし学校でならった知識が正しいなら、人類《アントローポス》の発生はけっして世界のただ一か所に限られているわけではない。地質年代上相前後して、非常に類似した霊長目の進化が少なくとも地理的に遠く離れて数地点において、起こったと考えられている。してみると、食鉄人種の発生も、地理的にへだたった地点において、相互に血縁関係なく相前後して起こってもおかしくないのではないか？　状況さえ似かよっているならば、そこに似かよった変化が起こるのは当然ではないだろうか？――アパッチは思ったより急速に増えるかもしれない。そのことを、私はどう考えていいかわからなかった。もはや私は人間ではなかった。といって、アパッチとして、感じ、考えるためには、あまりにもアパッチの歴史は浅い。私は彼らが、どちらかといえば好きだった。好き嫌い以上に、一つの根強い血縁的連帯性が私をとらえていた。といって、そのことが私にとって、さして深刻な意味を持つものとも思えない。アパッチであることは、アパッチにとって一つの宿命である。しかし、それについて何をどう考えていいのか、私にはわからなかった。一つの歴史の針が彼ら――われわれの上に動いていた。しかも、それが何を意味するものであるかは、私には、かいもくわからない。

〝きょう午後二時半ごろ、横浜市鶴見区の海岸地帯で、かねがねこの付近に出没していた屑鉄《くずてつ》窃盗団の一味と取締まりの警官隊が衝突……〟ラジオがしゃべりだした。私は思わず体を乗り出して聞き入った。〝……警官隊は抵抗にあって発砲しましたが、一味は二名を残して大部分海上とスラム地区に逃走しました。この乱闘で警官側に相当多数の死傷者が出たもようであります。神奈川県国警では、現場付近を非常警戒し、引きつづき一味の探索を続けております。なお、とらえた二人は、氏名を言うのを拒否しておりますが、国警神奈川本部では、彼らは単なる屑鉄泥棒ではなく、屑鉄を常食にしていると考えられるふしがあると発表しました。〟

「けったいなやつがおりまんな」と運転手は言った。「けど鉄を食うちゅうのはわからんこともおまへんな。わてらでもちょいちょい腹たって自動車かじったろうか思うことがありまっさかいな」

ここにも潜在的なアパッチがいる。私はそう思って、後部シートでにやりと笑った。

指定された倉庫街へ行って、合図の鳴き声を送ると、すぐ見張りの姿が現われて、案内してくれた。

「ほかの連中は無事に散ったかいな？」と私はきいた。

「無事らしい。さっき無電連絡があった」と見張りは答えた。

アパッチたちは倉庫のはずれのスクラップ置場にまぎれこんでいた。どぶ川のような小さな川をへだてて、虫の抜け殻のような汚ならしい小さな家屋がびっしり並んでいるのが見えた。大酋長《だいしゅうちょう》に事の次第を報告すると、彼はうなずいて言った。

「よっしゃ。なるようになるやろ」

「鶴見のこと、どない思わはります」

「そんなこともあろうかい、と思うとったんや」大酋長のその答えは、私をいたく驚かした。しかし、彼の説明はもっと私を驚かせた。「尼崎と神戸へ行った連中が連絡してきよったんやが、あちらのほうにもちゃんと先客がわずかばかりいたらしい。ちょっと揉《も》めかけよったらしいけど、今はあんじょう和睦《わぼく》しよった。なんせ屑鉄食うことにかけてはこっちゃ老舗《しにせ》やし、組織はあるしな。向こうの連中もアパッチの仲間にはいる言うとるらしい」

私の驚愕《きょうがく》を横目で見ながら、大酋長はさらに言葉を続けた。

「それだけやない。ここにもちゃんと先客がござったわい。わいらが鉄の料理法を教えたったら、大喜びでダチになる言うたはる」

「そらまた、いったいだれでんねン？」

「荷抜き屋はんの一統や。ニヌキいうたかてゆで卵とちゃうぞ。海賊いうて、れっきとした商売や。親方はん紹介しとこか——ゴンさん。こっち来なはれ」

闇の中からヌッと巨漢が現われた。私はその面相を見て思わずたじろいだ。針鼠のような髭《ひげ》の中から、ドテラの袖口《そでぐち》のような唇をのぞかせ、片目に黒い眼帯をかけ、縞《しま》のジャケツのはだけた毛むくじゃらの胸には、帆を張った三檣《しょう》スクーナーが波にもまれている図柄と〝命はもらった〟〝嵐を呼ぶ男〟という二流れの文字が入れ墨されていた。

この猛悪な男がお定まりの髑髏《スケルトン》と大腿骨《サイ・ボーンズ》を組み合わせた海賊旗《ローリー・ロジャース》のマークのついた船員帽をかぶり、首には赤いスカーフ、腹の革ベルトにはお手製らしい蛮刀《カトラス》を一本ぶちこんで、闇の中から木の義足をコツコツ鳴らしながら現われ、ゲジゲジ眉《まゆ》の下からぎょろりと私をねめまわしたときには、正直いって縮みあがってしまった。

「ブー！」と彼は私をにらんで言った。

「ゴンさん、こいつキイ公言いまんねン。わいらの仲間や。新顔でっけど、なかなか調子もんで、ようしゃべりますわ」

「はあ、さいでっか。こらえらいごていねいに。へえへえ、あては片目のゴン言いまんねン。頼りないやつですわ。ま、兄さんよろしゅたのんまっさ。へえ、まあ、こらえらい、ごていねいなこって」

ゴン親方はまるで赤ん坊のようにかわいらしいキンキン声でしゃべって、揉み手しながらヒヒヒヒと笑った。

「こんな怖らしいかっこうしてまっしゃろ。ほたかて、こないせなニラミもオドシもきかしまへんが。そら一時沖仲仕《おきなかし》でブイブイ言うとりましてんけど、これでももとは役者志望やったこともおまんね。あんたそら、女形《おやま》になりとうてなりとうて……」

このゴリラみたいな大将が女形になるところを想像して、私は気分が悪くなった。

ゴン船長は、しかし荷抜き屋仲間ではナンバー・ワンだったし、抜かれる側の運送屋には、死に神のように恐れられていた。彼が中古のパッカードエンジンをつけ、海賊旗をひるがえした快速船の舳《へさき》に立って、右手に竹光のカトラスを振りまわし、左手に玩具《おもちゃ》のピストルをパチパチいわせ、髭面を真っ赤にして、思いもよらぬ濁《だ》み声で、「野郎ども、血だ、血だ！」と喚《わめ》いているのを見ると、だれでも血の凍る思いをさせられるのだった。手下の連中も、楽屋で会えば、たいていのほほんと頼りないようなやつが多かったが、そこは心得たもので、仕事のときには、ものすごい形相《ぎょうそう》で、口にナイフなんかくわえナイフのないやつはトンモロコシでもくわえて、

「アイアイ、キャプテン！」なぞとどなっているのを見ると、けっこう恐ろしかった。何につけても商売は芝居気なくてはなりたたない。しかし、かならずしも彼らの命知らずが芝居にすぎないとは言えないのであって、人はいつのまにか芝居気の中に自己の本質を流しこんでいるものである。むしろ、その芝居気の中にこそ、彼らの真の姿が見ら

れるのではないかと私は思うのだ。

荷抜き屋という商売はなかなか合理的にできていて、これは船積みの習慣を利用して行なうのである。何によらず船積みのときには、かならず積み荷を書類記載量よりいくらか多いめに積むのは、米俵に足し米を入れるのと同様、長年の商習慣になっている。沖取りの場合など、はしけの船頭が積み方が足らないと言えば、これは本船側が足してやるよりしかたがない。積み荷の重量は、とくにバラ物の場合、はしけの喫水の沈みぐあいを見て決めるのだが、波もあることだし、その船をよく知っている船頭でなければとてもわからないから、言わば向こうは言いなりである。そこで運送屋側と荷抜き屋側の間に通謀する者がいて、余分の重量だけ、運送途中なり停泊中なりに抜きとってしまう。検査に来る者が書類と比べてみると、重量はきっちりだから文句の言いようがない。――と最初はこういう仕組みだったものが、最近ではしだいにあつかましくなり、荷抜き屋商売を独立化してきた。彼らは主として海上で団平船《だんべいぶね》を襲うようになり、悪質運送屋とは一対一の取引をやり、依頼によっては保険金目当てにボロ船を沈めるところまできた。片目のゴンはこういった連中の頭目で、彼の率いるのは、とくに鉄鋼屑鉄を専門とする一団だった。彼らの仲間はたびたび監視船に追いかけられ、船脚は速いにせよ、追及をのがれて外海へ出てしまい、悪天候、漂流といった目にあったこともたびたびだった。彼らの食鉄の習慣は、そういった際に身についたものだった。

3　すっぱぬき

翌日――東のほう、大阪城近辺の上空で、空軍のヘリコプターやジェット機がうるさく飛びかうのが見られた。私はアジトを出て、ぶらぶらと川口《かわぐち》町から肥後橋《ひごばし》のほうへ歩いていった。市民たちは、例によってうつむきかげんにせかせか歩きながら、ときおり不安そうな眼差《まなざ》しを東の空にちらと投げるだけだった。彼らはなるべく飛行機のほう――彼らの不安の種のほうを見ないようにしているようだった。

淀屋橋《よどやばし》の欄干にもたれて、ぼんやり天守閣のほうを見ていると、見知らぬ男が横に来て、並んで向こうのほうを見た。

「あれは何をやっとるんですかいな?」とその男はたずねた。四十前後のなんともくたびれきった男だった。

「演習でっしゃろ」

「はあ、何かラジオが言うとりましたな」

空軍のF一五〇-FDが三機編隊で、はるか北方から急降下してきた。キューンと頭の中に錐《きり》をもみこむような音がした。天守閣の手前あたりでウーン、ウーンと音がして、その翼の下に、次々と白い閃光《せんこう》がきらめいた。

「ミサイルだんな」とその男はつぶやいた。

「空対地ロケットですわ」と私は答えた。「スリー・キャッツちゅうやつです」

「あないやっとったら、おもろいだっしゃろな」と彼は溜息《ためいき》をついた。「うちのヨメはんにも二、三発ぶちこんでくれへんかいな」

天守閣の背後には白い煙がもくもくと上がった。Ｆ一五〇は反転してみるみるうちに空のかなたへ遠ざかっていった。すると別の編隊がまた北方からつっこんでくる。細くとがった畳針のような胴体に日の丸のマークがあざやかだ。まったくフライング・ゲムピルスの名にふさわしい姿だった。こんどの三機は先刻よりもっと低空だった。不吉な笛のような爆音は耳をつんざくばかりだったが、橋の上でぼんやりと眺めているわれわれ二人以外、だれ一人そちらへ目を向けようともしなかった。ジェット機がつっこんでいった方角に爆発音がして、オレンジ色の炎がぱっと光り、真っ黒な煙が立ち上がった。

「一台上がって来よりまへんな」と横の男は無精髯《ひげ》のはえた顔をもそもそ動かしてつぶやいた。「落ちよりましてんやろ」

「そうだっしゃろな」と私は言った。

「ところであんた、どこのお人だす？」と彼はきいた。

「そこらへんのものだ」と私は言った。

「さよか」と男は言った。「落ちよりましたな。——五億八千万円、ぱアや」

すぐにぎょうぎょうしい消防車や救急車のサイレンの響きが、街のあちこちから聞こえはじめた。

「F一五〇ちゅう飛行機は、沈降速度が大きいさかい……」と私は言った。

「どっちゃにしても、たいしたことおまへんやないか。ミサイル時代には廃物やし」と彼は言って欠伸《あくび》した。――そのとき遠くのほうから地鳴りのような響きがして、御堂筋《みどうすじ》をごうごうと南下してくる戦車の列が見えた。人々はそれに対しても、無気味な無関心をもって迎えた。

「どないなりまんやろ？」と男は欄干にもたれて、ぼんやりつぶやいた。――どないなるんやろ？――それは私自身の思いであった。

三時に号外が出た。鈴の音を響かせながら、紙片が辻々《つじつじ》に舞っていったが、市民はなんの反応も示さず、あの無気味な無表情を続けていた。私だけは、K新聞東京本社のすっぱぬきかと思って、あわてて拾ったが、記事の内容はそれではなかった。

空軍のF一五〇、JOBKに衝突！

ひどいことになったものだ。BKは三階から上がめちゃめちゃに破壊されて、目下、放送不能の状態にある。判明せる死者二十二名、重軽傷者六十五名……事はますます大きくなりつつある。もう此下中将も、どうにもできまい。そこへもって、真相が東京からすっぱぬかれたら……。

四時に私はK新聞へ電話した。

部長は、席をはずしていた。十分たって私はもう一度電話した。村田部長は今度は出てきて、ひそひそ声で言った。「やりました！　すんまへんが、梅新かどのゴルゴダいう喫茶店へ来とくなはれ」

私がその喫茶店へ行くと、部長は禿《は》げ頭を光らせながら、深刻な顔をしていた。しかし、私の顔を見ると、にやりと笑った。

「どないなぐあいです？」と私はきいた。

「おもろい、おもろい。おもろいですわ」部長はおしぼりをつまみあげて、アチチと言って耳をつまんだ。

「十三版から、ウチのほうもはいりまっせ。東京は上を下への大騒ぎらしいですわ。四時半になったら駅売りのところへ、特報のビラが出ます」

「村田さま、村田さま、お電話でございます」とアナウンスが言った。部長はピョンととびあがって電話へかけつけた。

電話から帰ってくると、部長はヒッヒッヒと笑って揉《も》み手した。

「おもろい、おもろい、陸軍省は大騒ぎしとる。もたついても、まだ発行禁止令は出てまへんわ。ほかの新聞社はひっくりかえりそうに驚いているらしい」

「見通しは？」

「此下将軍は、ひょっとしたらクビだっしゃろな。まさかハラキリなんかしよるまいが」

「おたくの新聞はどないなります？」

「向こうの出方一つでっしゃろな。どうせ局次長のほうは、きつういじめられるやろと思うけど、とにかくパンチは決まりましたわ。ボディにめりこむストレート、カウントエイトはとりましたな」

「しかし反撃に出よりまっしゃろ」

「さいな。こっちゃは受けて立つまでですわ」

「そやけど問題は、おたくや局次長はんの立場でんな」

「あんたらそんなこと気にせんでよろし！」

部長はぎろりと私をにらみつけて言った。

「わしらの社会的身分や生活がなんやと言いまんねン。どうせ無事に行っても定年すぎたらチャイだんがな。くだらん人生や。一生に一度ぐらいは、世の中にガツンと一発かましてやりたい。これがチャンスや。どこから始めてもよろし。まあ年寄りが知恵しぼって、どこまでやれるか見ていなはれ」

四時半――ＮＨＫは沈黙をまもりつづけていたし、民法各局はまだ事態の見通しを立てていなかった。空軍の事故の惨状ばかりを、くりかえし臨時ニュースで放送していた。

そのとき――Ｋ新聞がやったのだ！

陸軍近畿師団の第三機甲大隊、
城東流刑地にて全滅！
――襲撃者はアパッチ集団、

惨!! 陸軍の精鋭一兵も生還せず。
アパッチ集団、手斧《ておの》と弓で戦車を倒す!

一面に、これ以上大きな活字はないと思えるくらいの大活字で、所せましと見出しがおどっていた。上段半分をしめる大きさで、破壊された戦車の写真がのっていた。——その下には、ごていねいにスクラップを食べている捕虜や、あの髭《ひげ》の少佐の写真までがのっていた。

決定的な特ダネだ。K新聞だけがこの大事件をすっぱぬいたのだ。ほかの新聞社はあわてふためいて右往左往しているだろう。しかし何もつかめまい。何が起こったかについても見通しが立つまい。村田部長の大口あいた笑い顔が目に見えるようだ。記事や写真には、すべて本社東京発の文字がはいっていた。大阪で起こった大事件が、なぜ東京ですっぱぬかれたか、此下中将には見当もつかないだろう。

私は自分がアパッチであることもわすれて、身うちにぞっとするようなスリルが走るのを感じながら、梅田地下コンコースの新聞売場にむらがる人たちを眺めていた。駅の柱には、「K新聞特報」と書かれたビラが、べたべたはり出され、ぶっつけたようななまがわきの墨の字が生きもののように、ラッシュアワーの人々の視線の中にとびこんでいった。群衆は、口々になにかしゃべりながら、このニュースに見いっていた。興奮が右往左往する人々の間に、しだいにふくれあがりつつあるようだった。

あとでわかったことだが、この発表は、時期的に巧妙にしくまれたものだった。——村田部長と東京の彼の腹心の間に、どんな打ち合わせがあったか知らない。東京でのあつかいは、大阪より小さく、一面左上に写真一枚と五段見出しで出た。そして、その記事が大阪へ送られてきたとき——うるさい局長と局次長は東京出張のためまさに出発したところだったのである！——新聞記者の習慣として、突如とびこんでくる大ニュース、しかもスクープとなると、右顧左眄《うこさべん》するより、とにかく拙速をもって他社を出しぬけ、という、猛烈に敏感な反射運動がある。そのタイミングをのがさず、おそらく村田部長の——しかも局長、局次長の留守における——叱咤《しった》がとんだのだ。——こんな大ネタ、社会面へ持ってくアホがあるか！　一面ブチヌキでいったれ！　軍隊？　そんなもんほっとけ、わいが責任持ったる！

とにかく私は、新聞社に電話をかけて、軍の出方をきいてみることにした。浦上は午の飛行機で帰っているはずだった。電話口に呼び出した浦上はかたい声で、十分後別の番号へかけなおしてくれ、と言った。彼の背後で聞こえるざわめきはK新聞編集局の興奮をはっきりと伝えてきた。十分後に指定された番号に電話をかけると、浦上は興奮した声で言った。

「憲兵隊が社に来てる」彼の声は震えていた。「私服で、なんだか知らんが右翼の連中もいっしょだ。部長と論説室の嘱託のじいさんが相手になってる」

「嘱託のじいさん？」と私は言った。「それ、なんや？」

「オールドリベラリストだよ。二・二六事件を知ってるんだって……」

「東京へきみが写真を持っていったということは、バレてへんやろな」

「大丈夫、いつものとおり、午《ひる》すぎには出勤してるからな。——村田部長から伝言がある」

「なんや？」

「万一のことがあったら——がんばるだけ、がんばるけど、万一のことがあったら、きみたちの仲間に入れてほしい、ということだ」

「ええとも！」私は言った。「ジャーナリスト大歓迎や。おれたちの仲間は、知識人を求めている……」

「それから……」浦上は口ごもった。「入れ歯でも、鉄は食えるか、きいといてくれって……」

とにかく矢は弦《つる》をはなれたのだ。これからいったい、どういうことになるのか、——神さまだけがご存じというところだろう。

「キイコか？　話は聞いた。すぐ帰ってきて、今夜発表するアパッチ声明第一号をつくるのを手つだってくれ」

電話で連絡をいれると、大酋長《だいしゅうちょう》は相変わらずのんびりした声で言った。「それがすんだら、テビレ送信所をおさえる連中の指揮に加わってくれ。それがすんだら、すぐ夜行で東京へとぶんや。鶴見の〝鉄食い〟と連絡をつけてほしいんや。それがすんだら、村田はんの紹介状持って、社会革新党の……」

「そんなにいっぺんに、あれもこれもできまっかいな」私は悲鳴をあげた。「関節にガタがきよるわ」

「ガタがきたら、油でもさしとけ！」大酋長はどなった。「この事態をいったいなんやと思うとるんや！」

「さあ——なんちゅうたらよろしいんやろ……」と私は言った。大酋長はしばらく黙っていたが、やがてぽつんと言った。

「わしにもようわからんわ」

4　アパッチ放送

その夜八時前、私は、〝すわり馬〟の率いる一隊のアパッチとともに、ゴンさんの船で、堺《さかい》に向かった。ダイモンジャの率いるもう一隊は、この時間に、いちばん人気のあるプログラムをやっているテレビ局へ向かった。作戦は私のような追放帰化人である、もとテレビ局員が、綿密にこしらえていた。テレビ送信所の金網を食いやぶって中へはいると、私とすわり馬酋長は建物の中へはいっていった。

守衛に、「やア」と言うと、守衛はびっくりしたように顔をあげた。私が通りすぎると、あとからすわり馬酋長が、上半身裸に鉢巻というアパッチ姿で、

「ホウ!」と唸った。

心臓に持病のあったらしい守衛は、それで目をまわしました。それをいちおう縛りあげておいて、私たちは奥へはいっていった。ランプのついた部屋へはいっていくと、たくさんのブラウン管やメーターやスイッチの並んだなかに、四、五人の男がいた。

「ここで電波を出していはるんでっか？」と、私は声をかけた。

「そうだよ」とイヤホーンをあてていた男がふりかえった。

「八時からの〝歌謡なんとかクイズなんとかショー〟ちゅうのは、もう始まってまっか？」

「いま始まったところだ」

「さよか」と私は言って、K新聞の夕刊を見せた。「この記事、読みましたか？」

「読んだ」男はにやりと笑った。「だが、ほんとかな」

「ほんとやとも」と私は言った。「おれたちがそのアパッチや」

気をぬかれて、あんぐり口をあけている男たちのうしろに、ものすごい顔つきのアパッチたちが立った。男たちは、叫ぼうにも声が出ないというかっこうだった。

「べつに何もせえへん。頭の皮もはがへん」と私は言った。「しばらくこのままにしといてくれたらええんや。電波を止めへんかったらええ、――これ、直通電話か？」

一人がうなずくのを見て、私は大阪市内のテレビ局の前にあるウドン屋の電話番号をまわして、店にいるダイモンジャを呼び出した。

「こっちはＯＫや」と私は言った。「そっちはどうや？」

「もう局の前でみんな集まっとる」とダイモンジャは言った。「ちょうど局の前でビル工事やっとるんでな。みんな、人夫や思うとるらしい。それでは行くで……」

私たちはのんびりかまえながら、送信室の中でブラウン管に見いった。

「コラ！」とすわり馬酋長がどなった。「イジマしいことすな。機械のケースかじったらいかん！」

そのころ――

ダイモンジャの一行二十名は、テレビ局の正面玄関からぞろぞろはいった。受付で放送中のスタジオをきき、だれにもとがめられず、中へはいれた。――映画のスタジオほどではないが、テレビ局にも、ずいぶんおかしな連中が出入りする。ましてその夜は、「おれたちゃ何者だ？」というクイズ番組のリハーサルがあったし、放送中の「歌謡なんとかクイズなんとかショー」は、インディアン印の商品を売るスポンサーがついていた。それやこれやで、テレビ局の連中はみんな妙な顔をしながら、彼らを中に入れてしまったのである。二人ずつ組になったアパッチが、局の電話交換室と、送信所送りの中継室へ行った。それからミキサールーム、考査室、電源室、スタジオの入口、正面玄関と裏口――配置の終わったところで、ダイモンジャは五、六人のアパッチとスタジオへはいっていった……。

ドラムが激しく鳴って、クイズが中断された。――私たちは電気時計が、コツコツと秒をきざむ送信室の中で、固唾《かたず》をのんでオンエア中のテレビ画面を見いった。——壁一《ひと》重隣《え》りの発信室でたてるブウンという唸り声が、いやにはっきり聞こえた。

「さあみなさん！　インディアン印のチキンブロイラーで有名なアパッチ商会のお送りするコマーシャル・タイムです！」ステージの袖《そで》から手を振りながら出てきた司会者が、陽気に言った。「チキンブロイラーなら、インディアン印、安くてうまくて栄養たっぷり、フロンティアの味、世界の味——今夜もお客さまの中から希望者に出ていただいて、即興コマーシャルをやっていただきましょう。審査員の先生がたに採点していただいて、百点満点なら、これ、このとおり、山のような賞品と、チキンブロイラー半年分のチケットをさしあげます。さあ、どなたか……」

そのとき観客席のほうから、どっと笑い声があがった。——私は思わずぐっと唾《つば》をのんだ。

スタジオの舞台の裾《すそ》から、アパッチたちがぞろぞろ上がってきたのだ。中には観客席のほうへ向かって、手を振っているやつもいる。

「これはこれは……」最初あっけにとられた司会者も、すぐ笑いながら、お客に向かって言った。「どうです。今夜のコマーシャルご希望のかたは、わざわざインディアンの服装で来てくださいました。——どちらから、おいでになりました？」

「おれたち、アパッチだ……」二人がほえるように言った。——みんなまたどっと笑う。

「これは、また、かさねがさねうれしいことを言ってくださる。——とすると、当商会の創始者でいらっしゃいますか。ですが、頭の皮だけはかんべんしてくださいよ」

　ものすごい笑いの大波がまきおこった。楽団や審査員まで、腹をかかえて笑いくずれ、まるで収拾のつかないようなありさまだった。司会者は自分のくだらない冗談が、こんなにまでうけたので、いっしょになって上機嫌で笑いこけていたが、はっと気がつくと、真っ青になり、続いて真っ赤になった。――彼の前にいる、彼より首一つ大きなアパッチが、いつのまにか彼の頭の皮――かつらをつかみ上げて、ものめずらしそうにじろじろ眺めていたのだ。その下から、みごとな禿《は》げ頭が、ライトを浴びてまぶしく光っていた。逆上した司会者はあわててかつらをとりかえし、うしろ前にかぶった。爆笑の渦は、卒倒者が出るのではないかと思われるほど、はてしなく揺りかえした。泣き笑いの司会者は、やっとのことでチキンの脚を一本つかんで、そいつにマイクをつきつけた。

「ど、どうですか？　インディアン印のチキンブロイラー、おいしいでしょう」

「まだ、食ったことない」そのアパッチはぶっきらぼうに言った。――また爆笑。

「これはまた、なんと情けないおことば！」司会者はますますカッカとしながら、ヒステリカルな声で叫んだ。「食ったことがないのに、コマーシャルをやるとは、たいした心臓ですな！――しかし、それではあんまりスポンサーに失礼です。さあ、ひとつたった今、一口やってください。そしてはじめて食べたそのうまさ、その感激を、じかにマイクにぶつけてください。さア！」

　司会者のすすめに応じて、アパッチは舌なめずりしながら手をのばした。だが、そのグローブみたいなごつい手は、司会者のさしだすチキンではなく、つきつけられたマイクのほうをむずとつかんでいた。あっけにとられる司会者の目の前で、その男はマイクの先についている金網にガブリと噛《か》みついた。ガリリッという耳のいたくなるような音がスピーカーからとびだした。——アパッチの男は、かじりとったカバーをボリボリ噛みながら、相好をくずしていった。

「うまい真鍮《しんちゅう》だ」

さあ、客席はどうにもならないほどひどい状態になってしまった。楽士の中には、おかしさのあまり、腹をかかえて椅子から転げおちるものもあり、けいれんを起こして、ひくひく身をよじりながら、体を二つに折ってステージへよろめき出るものもいるありさまだった。完全に頭にきた司会者は、自分のかつらをむしるなり、床にたたきつけて踏みにじり、トンボがえりを一つうつと、掌で口をたたいてホ、ホ、ホと奇声を発しながら、妙な足どりで舞台の裾へはいってしまった。それがまた爆笑をいっそうあおりたてる——そのとき、

「かじったらあかんやないか」というダイモンジャの声がした。——大きな頭をふりたてたダイモンジャが画面に出てきて、そのアパッチから、先をかじられたマイクをとりあげた。

「みなさん、おしずかに！　私たち、アパッチ族です！」とダイモンジャは叫んだ。

しかし、笑いの発作にとりつかれた連中は、まだ冗談の続きだと思って、ますます笑

う――ダイモンジャはアパッチたちにちょっと合図した。とたんに、いつも腹をすかしている連中は、マイクスタンドや、金属製のテーブル、はては楽士の金属製管楽器やヴィブラフォンにとびかかるなり、かたっぱしからかじりはじめた。

笑い声は、はてしないほど高くなっていき、そのいちばん高いところに、一条のヒステリックな悲鳴がまじった。笑い声は、とたんに熱湯をぶっかけられた掻《か》き氷のように消え去ってしまい、かわって、驚きや恐怖の叫びがあがった。

「みなさん！」ダイモンジャは、しーんとしてしまった客席へ向かって叫んだ。とたんに正面のカメラが、バンとズーム・インして、彼の顔が大うつしになった。――カメラマンのうしろには、一人ずつ、トマホークを持ったアパッチがついているはずである。

「みなさん、ごらんのとおり、うちらは、鉄を食う人間、アパッチです。ずっと前に絶滅した、とあんたらが思うとった城東の屑鉄《くずてつ》ドロボウ、アパッチ族の末裔《まつえい》です……きょうのK新聞の夕刊を見ましたか？　わいらは、きのうの昼、一個大隊の軍隊を全滅させたんですよ……」

客席は水をうったようにしーんとなった。それからダイモンジャは、声明書を読みあげだした。

「われらアパッチは……」で始まる堂々十五分を要する声明は、途中で主語が、「わいら」になったり、「おれたち」になったりということはあったが、いちおう聞かせられるだけの力があった。最初アパッチの発生の歴史を簡単に述べ、私たちが、社会から放りだされ、抹殺されようとしていた被害者であることを説明し、きのうの不祥事は、いわば売られたけんかで、正当防衛であることを強調した。――そして、次の四か条を声明かつ要求したものである。

一　アパッチは、今後不当な攻撃を受けないかぎり、社会の安寧をみだす意思はない。
二　アパッチは、現在ほとんど無籍者でなりたっており、今後とも日本国籍を要求する意思はない。ただ、国籍離脱者として、日本国内に居留地をもうけ、居留する権利を要求すること――この権利を認めないなら、アパッチ族は、社会のあらゆる裏面へ潜行し、独立運動を行なう用意があること。
三　居留地内の自治を認めること――居留地として、近畿地区追放指定地、兵庫県尼崎市海岸地帯の一部、神奈川県横浜市の海岸地帯一部、北九州市八幡《やはた》近辺、その他数か所を要求する。過大な要求はしない。居留地内の自治を認めるなら、居留地外において、治安上、日本国のあらゆる法律に従う用意があること。
四　アパッチは、独立自治の、平和的生活を求めている。
アパッチと日本国の平和的共存ばんざい！
アパッチ族　大酋長《だいしゅうちょう》ばんざい！
アパッチ族大酋長　二毛次郎親分

この番組は、大阪をキー局として、民間テレビ最大のネットワークにのっていた。ゴールデンアワーだったし、全国視聴率平均は四〇パーセントを割ったことがない。とくにここ二、三週は、五〇パーセント台をマークしているのである。――かりにこの当時の全国のテレビ台数二千万台として、セカンドテレビをわりびいて、ざっと千八百万台、このうちゴールデンアワーのセット・イン・ユース（受像中のテレビ）八〇パーセントとして千四百万台、さらに、このうちの五〇パーセントが、このネットワーク・チャンネルに合わせているとすると――全国七百万世帯、世帯構成員平均四名として、じつに二千八百万人の人々が、このアパッチ声明を見ていた。――これもあとからアパッチに投じてきたテレビ局員の思い出話からわかったことだが、そのときダイモンジャの声明が始まるや、都会地では一躍、視聴率が六五パーセントまではねあがったそうだ。

お互いに、今どこそこのチャンネルでおもしろいことをやってるということを知らせあったのだろう。――コマーシャルのばかさわぎとばかり思っていた東京や名古屋《なごや》の局は、さすがに中途からじゃんじゃん電話をいれてきたが、交換室をおさえておいたので、応答なしというところだった。しかも、電波法や、スポンサーの関係もあって、放送時間の電波はやたらに止められない。マイクロウェーヴ回線は、リモコンでオートメ化しており、保安要員が中枢指令室にいるだけだった。冗談か本ものかわからずに笑っているうちに、時間はどんどん過ぎていき、あっと思ったときは、ダイモンジャがK新聞の夕刊と、それにのった写真の原画を拡大して、その中に自分の顔がうつっていることを確認させてしまったあとだった。

テレビ・スタジオと送信所の占拠は、じつはこの最後の十五分間、もちこたえればいいのだった。用がすんだとき、アパッチたちは、さっさとひきあげた。十五分——それで十分だった。今まで社会の外に、人に知られず、こっそり暮らしてきたアパッチ族は、全国三千万の人々に向かって、堂々と名のりをあげたのだ。私は、今夜、テレビ局や新聞社に視聴者の問い合わせがじゃんじゃん殺到し、あすの朝には、全国津々浦々で、朝の話題が盛りあがるだろうと確信した。

アパッチってなんだ⁉

それで十分だ。とにかくアパッチは、この時代と社会に向かって、最初の刻印をうったのだ。これから先、いったいどういうことになるのか?——テレビ局が、報道関係が、いまや上を下への大騒動を起こしていることはたしかだ。だが、そんなことはたいしたことじゃない。これから先、その波紋がどういうぐあいにひろがり、どんな受けとめ方をされるか!

ああ、まことに神のみぞである!

テレビ局占拠のことは、村田部長に知らせてなかったが、ニュースネットはK新聞系列にはいっていたから、これが特ダネということでぶっとばされれば、部長にはかえって有利だろう。ただ問題は、これから先の軍——陸軍省、政府与党の出方だ。いずれにしてもアパッチ以外でこの情報を正確に握っているのは、村田部長と浦上と、東京の局次長だけである。そして——私はこの情報をさらにもう一人の人物へつたえるべく、村田部長の紹介状をふところに、東京行き旧東海道線《とうかいどう》の夜行列車に揺られていた。走り去る長い線路に、無限に続くウドンの幻を思い描きながら……。

第五章　アパッチ、進出す

1　東京への密使

ひさしぶりに訪れた東京は、一見なんの変わったところもなかった。相変わらず巨大で、無秩序で、人間であふれかえっている。

やたら建設中のビル、道路の、むきだしの鉄骨が、私になまつばをわかせた。この楽屋裏を半分むきだしにした都市は、まるで童話のお菓子の国だった。

私は猛烈に食欲をそそられて、八重洲口《やえすぐち》を出ながら、思わず口笛を吹いた。——自分の新陳代謝系の変化と、口唇部の変化を、うっかり忘れていたので、その口笛はすさまじい汽笛のように響き、ラッシュの人々をびっくりさせた。私はあわてて群衆の中へ姿を隠した。

村田部長の指示どおり、私はK新聞の東京編集局次長の自宅へ電話をいれた。唯一の気がかりは、局次長の身辺だったが、まだ今のところ、憲兵本部や秘密警察の手はのびていないようだった。

おそらく今度の問題に関して、局次長はK新聞上層部に起こる混乱の、渦中の人となるだろう。私には局次長が、どの程度われわれの役にたってくれるか、ちょっと見当がつかなかった。ただ目下の目標は、アパッチ問題を、完全に公開された政治上の論議の対象にすることである。

局次長と八重洲口の喫茶店でおちあうことにして、待っている間に、新聞を読んだ。どの新聞にも、ゆうべの「アパッチ放送」のことが、社会面にでかでかと出ていた。それにまじって、珍妙な推測記事みたいなものも出ている。K新聞にすっぱぬかれた軍隊全滅事件をカバーしようとして、その点いちじるしく誇張して書いているのもある。起こったばかりなので、この事件に関する「評価」のほうはまだはっきり出ていない。せいぜい、「テレビ界始まって以来の怪事件」とか、「現代の怪物、アパッチ族」という呼び方をしているだけだ。

私はひそかにほくそ笑んだ。「怪事件」「怪物」という呼び名は、彼らがまだわれわれに対して、善悪敵味方の判断をくだしていない――いや、くだせない証拠である。怪物とは、彼らの日常的な判断基準を狂わせるような、超常識的存在にほかならない。そして、敵の判断基準を狂わしっぱなしにしておくのは、つねにこちらにとって有利である。私自身の託された使命も、またそこにつながるのだ。

「あんた、ゆうべのテレビ見た?」と給仕の女の子がしゃべっていた。「とってもおもしろかったわよ。あたし、最初コマーシャルかと思ってた。「友だちに知らされて、中途から見たの」ともう一人が答えていた。「あれコマーシャルじゃなくて、本もののアパッチですってね――だけど本もののアパッチって何さ?」

私は漫画を読むふりをして、クックッ笑った。――本もののアパッチは、ここにいるんだ。

局次長がふとった体をゆすって現われた。私が合図に出しておいた鉄鋼関係の本を見て、近よってくると、あなのあくほど私の顔を見つめた。

「木田さん?」

「そうです」

「見たところ、ちっとも、普通の人間とかわりませんね」局次長は向かいの席に腰をおろしながら言った。「あなたも――そうなんでしょう?」

「ぼくは、特別に普通人と似ていますねン」と私は言った。「そやから、連絡係に選ばれたんです」

そう言うと、私は指をぐいとテーブルの上につきたててみせた。プラスチックばりの合板は、ハンマーでぶんなぐったような、深いくぼみをつくった。――局次長は目をまるくして、指のめりこんだあとを見つめた。

「それで、どないでっか?」と私は言った。「軍なり、内閣筋なりから、何か言うてきまへんか?」

「政府関係は、目下のところ、たいした心配はなさそうです」と局次長は言った。「要するに、うちの社がすっぱぬきをやった。それは、事実にもとづくことだから、政府はどうともできないんです。秘密保護法にしたって上層部では、解釈が分かれていますからね。軍機保護も、結局は地方師団司令部の、地区ごとの判断が強くて、もしこれが、実際例にしたがって、憲法と照応しながら、公な論争になると、相当あいまいになってくるんじゃないですか。その点は村田部長がよく知ってるけど――秘密演習に関する情報統制は、地区指令でしょう」

「そうだす。――中央はあずかり知らんでっしゃろな」

「だからむしろ、此下中将の失態のほうが軍内部で問題になるでしょう。どっちにしたっていずれ知れることですからね。その責任が軍上層部に波及するまで、軍のほうは時をかせごうとするでしょうな。此下中将は、いま、陸軍省に呼びつけられてますよ。――彼には軍内部に敵がいるんです。この際、当分謹慎でしょうな。さあ、そこで、だ」

局次長はちょっと舌をしめした。

「演習地内の状態をよく察知していなかった此下中将に、損害の全責任をおっつけて、この問題にいちおうけりをつけるか、それとも与党内の反軍派が、野党とむすんで軍をおさえる口実にするところまで持っていくか……」

「ゆうべの放送のこと、知ってはりまっしゃろ」と私は言った。「問題はもうそんなていどのもんやおまへんで。――軍のほうは、うんと高飛車に、政治的規模でおさえるよりしようがおまへんやろ」

「あんたは知らないんだ」局次長はそっと汗をぬぐいながら言った。「軍人というものは、ものすごく執念深い復讐《ふくしゅう》心を持ってるもんです。――また、それでなきゃ、強い軍隊とはいえん。仲間が殺された、戦友が殺されたとなると、かならず仇《かたき》をとろうと誓うもんです。暴力には暴力を――これが軍人の精神的支柱です」

「中ほどの連中だけやと思いますねン」と私は言いかえした。「ずっと上のほうは――こら官僚ですわ。そしてうんと下っぱの連中は、直接的暴力の交換を通じて、かえって敵と心を通じあうチャンスがあります。それでなくても、命令で、いやいや動かされとるちゅう意識が強いからね。――抽象的執念や復讐心を持ってるのは、暴力の直接的指揮者だけやと思いますねン。それはつまり――自分のほんとうの能力の限界を知らんからですよ。抽象的にいばってみたり、抽象的にくやしがったりするからですわ」

「かといって、軍全体を敵にまわすのは、ぶっそうだ」と、局次長は言った。「手続きを踏んだうえででしょうが、どうせ憲兵隊か、あるいは陸軍省から直接、私に召喚が来るでしょうな。――軍のほうは、まだ事態の真相をはっきりつかんでない。此下中将をいくら問いつめたところで、起こったことはつかめても、問題の全貌《ぜんぼう》はつかめんでしょう。そうすると、事件直後にニュースの核心をつかんでいたわれわれのほうに鉾先《ほこさき》を向けてくることは確かだ。ニュースソースの秘匿権をたてにとっても、どの程度ねばれるか――」

「そやからこそ、先手をうって、この問題を政治段階まで持っていこうというんやありませんか」と私は言った。「それから、おたくの新聞は、現在アパッチ問題に関する真相を一手に握っとる。この線で、社内上層部をまとめたらどないです？　いややったら、ほかの社と交渉を持ちまっせ」

「いや、そいつは……」と局次長はあわてて言った。「ただ、新聞全体の立場を野党に近づけることになるのは、役員関係から問題があるような気がしますがね。——ねえ、あんた、わかってるでしょう。新聞が社会の公器だということは——つまり、新聞はつねに国策的立場を自主的にとらされるということですぜ」

2　問題は議会へ

私たちは、それからすぐ、車で社会革新党の代議士のところへ行った。——午前九時だった。自宅で首を長くして待っていた代議士は、すぐ車に乗りこんで、四谷《よつや》へんの仕舞屋《しもたや》ふうの旅館へ行った。

「おもしれえ問題だね」と四十そこそこの、野心まんまんの代議士は、伝法口調で局次長に言った。「あんたんところの新聞読んでから、どうせきょう午後の本会議で野党三派の緊急質問を出そうと思ってたんだ。手続きはもう秘書にとらせるように言ってあるが、つっこんだところがわかるとなおいい。——あんたが村田部長の言ってた大阪の人だね。アパッチとかいうのをほんとうに知ってるのかい？」

「知ってま」と私は言った。「ぼくがアパッチでっさかい」

「あんたが⁉」代議士は、妙な目つきで私をねめまわした。「まさか――アパッチといえばインディアンのかっこうをしてるっていうじゃないか。あんたはトップ屋さんかなんかだろう？」

私は黙って、さっきから目をつけていた床の間の茶釜《ちゃがま》に手をのばした。それから、そいつをきれいに食ってみせた。――ちょうど朝飯ぬきで、腹もへっていたし、時代ものの南部《なんぶ》鉄の舌ざわりはなんともいえなかった。舌なめずりしながら、ふりかえると、代議士と局次長は、目をとびだしそうに見ひらき、口をあんぐりあけて青ざめた顔をしていた。

「うへエ！」と代議士は言った。「鉄を食うとかなんとか、ゆうべの放送で言ってたが、ほんとうなのか！」

「あんたかて鉄ぐらい食べられまっせ」私はにやりと笑って言った。「その気になればね」

力を見せるために、卓《テーブル》をぶちぬいて見せてやろうかと思ったが、それはやめにした。今のところ、この代議士には、アパッチを「あわれな社会の被害者」として印象づける必要がある。――彼を恐れさせてはならない。鉄みたいなものを食わなければならなくなった悲惨な事情。社会の外に暮らし、ついに人間と似ても似つかぬ、怪物になってしまった悲しみ、これをしも、現代社会の歪《ゆが》みの象徴と言わずしてなんぞや！　私は十分あわれっぽく持ちかけたつもりだった。アパッチ発生史について、まんまと思うつぼのかたちでのみこんでくれた代議士は、大はりきりで言った。

「よし、わかった！　これは、わが党全体の問題にしてやる」

「それでも、アパッチは、まだ当分隠れとらなあきまへんねン」と私は悲しそうに言った。

「それで、もっぱら、窓口は、先生だけをたよりにしまっさかい」

「たよりにしたまえ」と代議士はドンと胸をたたいて言った。「きみたちの問題はおれの問題だ。おれはアパッチの味方だよ」

これでいい――と私は思った。彼はアパッチ問題の専門家として、ぱっと売り出すだろう。アパッチの情報は当分このK新聞と社会革新党のラインで行く。何しろ敵は、アパッチの実情を、ほとんど知らないのである。この有利な態勢を、むざむざくずすことはあるまい。敵とは――むろん、あなたたち非アパッチ、つまり普通の人間全体のことである！

その代議士の緊急質問を、私は鶴見の海岸近くの、ごみごみした街の安食堂で見た。さいわい客がほかにいなかったので、私はその汚ない食堂の霜ふりテレビを独占することができた。私はソーダ水をちびちび飲みながら（普通の食堂で、何か飲み食いしなければならない場合、たいてい、これを注文した。炭酸水だって、質は悪いが酸にちがいないから。――もっとも、普通の料理を注文して、その料理が、ほとんど手つかずであり、客が立ったあとナイフやフォークやスプーンが消えていたら、まず、その席にはアパッチがすわったと思っていい)、テレビの国会中継を眺めていた。

「旦那《だんな》はNHKなんか見るんですか?」と、そっ歯の、首に黒い布をまきつけた、うすぎたないおかみは言った。「インテリなんですね」

「国会の質問、おもろいことやっとるで」と私は言った。「アパッチの話や、聞いたことないか?」

「ヘーエ、このごろは代議士さんまで、西部劇の話をするんですかねえ」おかみは興味なさそうに言った。「また子どもに悪い影響があるとかなんとか言うんでしょう。あんなこと言うたんびにテレビがおもしろくなくなっちまうんだから、いやになっちまう」

夜は飲み屋になるらしいこの店では、ゆうべの「放送」も酔客にまぎれて見なかったのだろう。私はひっこんだおかみに、ちょっとがっかりした。

「政府は、かかる不祥事をまきおこしながら、これについてなんら公式態度を表明していないことは、怠慢としか思えない」とあの代議士が質問していた。「この陸軍の損失について、総理の見解をおききしたい」

「なんの誰兵衛くん……」とあの独特なふしをつけた議長の声が響いた。——総理登壇。

「大阪における近畿師団の怪事件は、まことに遺憾なことでありまして、目下陸軍省において調査中でありますので、その結果を待って公式見解を発表したいと思います」

どうやら、政府答弁は同じことのくりかえしをやっているらしかった。

「それでは、政府は昨夜八時よりSテレビの番組途中において行なわれた、アパッチ声明なるものについて、どう思われますか？　あの声明は、アパッチから日本政府に対して行なわれたと解釈すべきものです。――政府はあの声明をなんと思われますか？」

郵政大臣答弁　社会の公共物たるテレビ電波を悪用し、かかる悪質ないたずらを行なった連中は、まことにゆるせないものと思います。警察当局と協議し、目下犯人を厳探中であります。

代議士　アパッチの出した声明をどう考えるか？

総理　アパッチなどという無頼の徒党が、法の秩序を無視し、テレビ電波を悪用して行なったいたずらなど、まことにとるにたらない問題であり、神聖な国会において、貴重な会期をついやして質疑する必要はないと考える。

代議士　（アパッチ声明文を読む）この内容をどう思うか？

総理　筋が通らない、子どもマンガみたいなものだと思う（笑声）。

代議士　どこが筋が通らないのか？

総理　鉄を食うことなどである。

代議士　ところが事実だ。私はアパッチの一人に会い、彼が私の目の前で鉄を食うのを見たから（爆笑、満場ヤジ）。陸軍大臣におききしたい。大臣は、近畿師団所属の歩兵一個大隊と戦車隊一個中隊が、一昨日《おととい》、午後一時より国警武装警官隊との共同のもとに、大阪市と近畿地区追放指定地にて行なった秘密演習において、国警機動部隊および軍隊が、全滅したという報告を、此下中将より聞いたか？

陸軍大臣　詳細は軍機にふれると思うのでお答えできない。
代議士　では、損害の明確な数字はともかく、軍が損害を受けたことは認めるか？
陸軍大臣　認める。
代議士　（鋭く）原因は何か？
陸軍大臣　（相談）原因については目下調査中である。
代議士　此下中将の報告書にはなんと書いてあったか？
陸軍大臣　正体不明の敵……とあった。
代議士　アパッチであろう。
陸軍大臣　なんともいえない。
代議士　では、別のことをきく――あなたは、今から七年前同じ大阪市東区杉山町において、沈黙作戦《タシタニティ・オペレーション》という秘密演習が行なわれたことを記憶されているか？　当時あなたは、その作戦の実施許可書に署名されておられるはずだ。
陸軍大臣　記憶している。
代議士　この作戦当時、その地はまだ追放指定地として囲われておらず、当時大阪近辺でアパッチと綽名《あだな》のある、屑鉄《くずてつ》業者の集団が、その中に多量に出入りしていた。その人々は、作戦のとき、どうなったか？
陸軍大臣　知らない。
代議士　知らんことはない。彼らの掃討《そうとう》作戦については、あなたも知っておられたはずだ。少なくとも、その作戦のとき、民間の被害者が出たということは、事後報告を受けておられる。

陸軍大臣　よくおぼえていない。

代議士　あなたの配下の軍隊を瞬時に全滅させたのは、当時、今の追放地内に閉じこめられたアパッチの変化した連中だ。彼らがなんら近代的武器を持たないのに、戦車をともなう近代装備の歩兵に立ちむかって、これを破ったのは、彼らが鉄を食う怪物に変貌《へんぼう》していたからだ。彼らをかかる奇怪《きっかい》な怪物に変貌させてしまったのは、政府の責任であり、彼らは、政府の政策失敗によるあわれな犠牲者にすぎない。

総理　早急に、アパッチなるものの実体を調査する。

（野党代表より、調査委員会設置についての緊急動議提出、午後より動議討論にはいることにして、議長休憩を宣す）

3　関東食鉄人

最初、おもしろがって見ていた私も、しまいには、しだいに退屈になってきた。——民主主義の運営とは、のんびりしたショーに似ている。

しかし、とにかく、あの代議士を通じて、アパッチ問題が公になってきたことは確かだ。このうえは、彼が新しく設置されるであろうアパッチ問題調査委員会をリードし、アパッチを、社会の被害者として印象づけ、その補償として居留地を手に入れる方向にひっぱっていってくれることを望むだけだ。――当面の目標は居留地にある。なぜそれが目標なのか知らないが、すべては大酋長《だいしゅうちょう》の胸三寸にあることだ。軍隊の被害の問題だって、それがある意味で正当防衛だという印象が、世論にうえつけられれば、当面なんとかしのげるはずだ。

――軍隊との衝突事件には陸軍の責任問題という、かっこうの分岐点がある。さらにつっこんでいけば、陸軍には、七年前のアパッチ殺戮《さつりく》という、いたいシッポがあるのだ。この点について、与党内閣が七年間も居すわりを続けていたという点に、かえってうま味がある。当時の責任者で、現閣僚の中に顔を連ねているものもいるのだ。――軍隊に被害を与えた点については、アパッチたちが、それまで自分たちの力を、ちっとも知らなかった、ということにしておけばいい。――事実そうなのだから。なんにせよ、アパッチが近代戦の常識からいえば、完全な無防備にひとしい状態で、攻撃をむかえたということは、軍への一般的反感と相まって、強く世論の同情をひくはずだ。

とか、なんとか、これからの作戦について考えながら、食堂を出て石炭ガラの工場を歩いていると、突然カチッという音がかたわらでした。はっとしてふりかえると、手拭《てぬぐい》で頰かむりした、ニコヨンふうの男が、ぎょっとしたような鋭い目で、立ち止まって私のほうをふりかえっていた。――その男の尻《しり》には、小さな馬蹄《ばてい》形磁石がくっつき、それにむすびつけられたひもが、私の手もと、かばんの横にのびていた。

「あんた……」私はその男の赤銅色に陽焼けした顔を、じっと見ながら言った。「鶴見の〝鉄食い〟やな」

それを捜し出すために、私は自分の体にくっつかないように、長いヒモをつけた磁石をひっぱって歩いていたのだ。

ぎょろっと鋭い目を光らせた男は、やにわに身をひるがえして逃げ出そうとした。私は一足とびに、その男の前にまわりこんだ。とたんに彼は、握りかためた拳《こぶし》を、ブーンとまっこうからふりおろしてきた。その腕を、こちらの腕で受けとめると、ガチッと音がして、赤い火花が散った。

「待て！」と私は叫んだ。「おれかて大阪の鉄食いや。アパッチや。新聞で見なかったか？」

男は意外そうに拳をおろしたが、まだうたがい深く、じりじりとあとずさりした。―私はつとかがんで、路傍から、赤さびた建築用ボルトを拾いあげ、そのねじのついたほうをかじりとってみせた。――はじめて男の顔から、警戒の色が消えた。私がかじりさしのボルトをさしだすと、男はそれを受けとって、にやりと笑って六角の頭のほうを嚙《か》みとった――このとき、期せずして、アパッチたちが、のちに友愛のしるしとしたあの「ボルトの食べまわし」の儀礼が生まれたのだった。

「大阪から来たのか？」と男は言った。「アパッチって、聞いたことがあるぜ。――そうか、大阪にも鉄食いが出たってのはほんとうだったのか」

「おれ、キイコ」と私は言った。「それで、こちらにゃ、なんの用だね？　アパッチの兄さん」

「三平《さんぺい》だ」と男は言った。

「あんたらの仲間は？」

「かなり大ぜいいる」と男は言った。「昼間はあっちこっちに散らばってる。こないだポリ公とやりあってよゥ……」

「ニュースで聞いた」私はあたりを見まわしながら言った。「わいらは軍隊やっつけて、きのう、テビレでアパッチ声明ちゅうの出したんやで。知らんか？」

「ああ、うすうすとな……」三平は人気《ひとけ》のない、工場の塀沿いの道を、歩きだしながら言った。

「えらいことをやったもんだな……おれたちのほうも、連絡がとれねえかと思ってたんだ」

「あんたらの仲間の指導者だれや」と私はきいた。「わいらの大酋長から、ソーセージ、やないメッセージをあずかってきたんやけど……」

「指導者ってべつにいやしねえ。――まあ臨時に、屑鉄《くずてつ》カッパライだけは、おれたちもだったもんが指揮をとってるが……」

「それやったら、あんたに言おう。――じつはな、アパッチはもといた場所を追い出されかかって、そのかわりでっかい政治的芝居をうとうとしとる」

「どんな？」

「アパッチや他の地区の鉄食いを、公式に独立種族と認め、居留地と自治権を要求しとるんや」

　男はぎょっとしたように立ち止まった。

「じゃあ、名のりをあげろというのか？」

「今すぐやない。当分は大阪のアパッチが矢面に立つし、それかて、ここしばらくは地下組織みたいなもんや。ただ、今のうちに全国的な組織をがっちりこしらえときたいんや」

「全国的——というと、大阪、東京以外にも〝鉄食い〟が発生してるのか？」

「まだわからんけど、かならずいると思う。不景気で失業者や乞食《こじき》は、全国にあふれかえっとるさかいな——なあ、突然変異かなんか知らんけど、〝鉄食い〟の生まれる条件は、社会的にも、ひょっとしたら自然的にも熟しとるんやと思うで。今までほとんど出てこやへんかったのは、誰も鉄を食うなんてこと思ってみいへんかったからや。鉄なんて、人間の食べ物やないという常識にしばられとったからやないか？——そやけど偶然が、自然と人間とを接触させる。そうすると鉄が食えるということを発見したやつは、自分が潜在的アパッチやったということを発見し、ずっと鉄を食べつづけることによって、ほんもののアパッチになっていく。——もうわいらによって、アパッチとはどんなものかということが、はっきりしたんや。あとは、鉄が食えるということを指摘するだけで、どんどん仲間が増えるんやないか？」

「ああ——」と三平は言った。「ほんとに今でも増えてるんだ。おれたちの間じゃ、いったいだれが、鉄が食えるなんてことを発見したかわからねえが、とにかく増えてることは確かだ」

「その仲間を、今後ももっと増やしてくれ」と私は言った。「それから、ほかの地方にも、〝鉄食い〟が発生してないか調べて、声をかけてくれ。そのままほっとかんと、じゃんじゃん組織するんや――というてもべつにむずかしいことない。会議を持って、いざというときはいっしょに行動できるようにしとくんや」

「あんたらの仲間は何人ぐらいいる?」

「さあ――もとは二百四、五十人やったけど、今は荷抜き屋はんをあわせて四百人ぐらい――いや、尼崎のほうにも、神戸のほうにも、仲間ができたちゅうから、もっと多くなっとるかな」

「おれのほうは三百人はいる」と三平は言った。「これから仲間が増えるとなると……」

「そうや。おれたちは組織を持ち、団結すべきや。一つだけ確かなことは、おれたちは、生理的にもう二度ともとの人間にもどれんちゅうことや」

「アパッチか――いい名だな」と三平は腕組みして言った。「〝鉄食い〟よりゃ、聞こえがいいや。なアおい、おれたちもアパッチにしてくれんか?」

「ええとも!」と私は叫んだ。「できたらそのほうがええ。――二毛の親分かて、きっとそう言うで」

「それじゃ、二毛の親分さんとやらに、アパッチ族の関東地区の酋長は、もうじき代表が寄り集まって決めると言っといてくれ」三平は言った。「おれたちのほうでも、何かいい知恵が浮かんだら知らせる。だが当分は、地下にもぐったまま、仲間を増やすことにしよう――そうだな、これからの連絡はどうする?」

「電話でいこう」と私は言った。「とりあえず、あんたらの仲間に紹介してくれへんか? いろいろと情報を交換したいんや。それにここしばらくは、あんたらは隠れとってほしいんやけど……時によったら、陽動作戦に出てもらいたいが、かまへんか?」

「ああ、いいよ」と三平は言った。「あんたらのほうがどうやら〝鉄食い〟よりすすんでるようだ。当分あんたらの指示に従うように、仲間をときふせてみる」

4　巷《ちまた》の中で

冷静に考えてみれば、だれだってわかることだが――たとえ、大都市のまん中で大騒ぎをひき起こそうと、テレビを十五分間占拠しようと、夕刊のトップになろうと、議会でとりあげられようと、わずか三、四百人のアパッチなぞは、この巨大な社会の中で、まさに九牛の一毛にすぎない。しょせん、アパッチのやったことは、社会のすみっこをかるくひっかいた程度のことにすぎなかった。

しかし、アパッチのほうには、その圧倒的な劣勢にかかわらず、いくつかの有利な点があった。われわれが、ちょっとしたスーパーマンほどの体を持っていたことは、計算にいれないとしても、まず第一に、その実数と正体が相手方（つまり、あなたがた人間のことである）に全然つかまれていないこと。これは陽動作戦によって、いくらでも多数に、かつ奇々怪々な存在に見せかけることができる、という利点がある。それからアパッチは、いちおうその登場ぶりから、まずマスコミにのった。K新聞一社にスクープされた他社は、必死になってアパッチ情報を追いはじめた。マスコミこそは、小さなものを巨大に見せ、その実体を矛盾錯雑したとらえがたいものに見せる、藁人形《わらにんぎょう》の役目をはたしてくれるからである。

そしてさらに――ここにこそアパッチの最大の希望があるのだが――食鉄人種が、人間たちのまっただ中で増加していくという現象があるのだ。いつのまに、こんな変異が準備されていたか知らないが、あなたたち人間の中に、無数の潜在的アパッチが生まれだしているのである。はたしてこの潜在的アパッチが、最大限どのくらい存在するかという見積もりは、今のところまだ不可能だ。しかし、なぜ、人間がアパッチになるかという原因がはっきりすれば、ある程度の見通しは立つだろう。しかし、考えてみれば、「異常嗜好《しこう》」というやつは、人間にとってべつに珍しいものではない。サナダ虫をわかしたものや、妊婦は、壁土や炭を食べることがある。あなたもちょいちょい爪やエンピツの尻《しり》を噛《か》むことがあるだろう。また、――ガラスや瀬戸物をバリバリ食べないと、胃の調子が悪いという人だってたくさんいるのである。――人間の食物の歴史を調べれば、おそるべきイカモノ食いが、後に当たりまえのこととなり、人生をかえることだってあるのだ――とくに、インディアンが人類にもたらした奇妙な嗜好の持つウェイトは大きい。タバコが、ガムが、それである。そして今アパッチが、人類に新たな嗜好を――鉄を食うことをもたらそうとしているのである。――とにかく今のところ、アパッチゼーション、つまりアパッチ化現象は、社会底辺の生活困窮者層にそって、急速にのびつつあることは確からしかった。そういった人々の中には、ただ鉄が食えるものだと呼びかけただけで、アパッチ化する人もいた。生活困窮とアパッチゼーション――この二つの間に、何か本質的な関係があるのだろうか？　あるいは――と私は考える――この異変の原因は、ひょっとしたら自然条件だけでなく、人間の意識の中に胚胎《はいたい》しつつあるのではないだろうか？

横浜の「鉄食い」たちとの連絡をすませて、いったん大阪に帰ってみると、たった二日の間に、関西の情勢は一変していた。あきれかえったことに、大阪港の荷抜き屋の巣《そう》窟《くつ》はじめ、尼崎、神戸海岸の鉄鋼産業地帯にアパッチたちがどんどん杭《くい》を打ち、針金をはりめぐらして、「アパッチ族居留地」のばかでっかい立て札をたてはじめていた。

「鶴見の連中とは、話がつきましたで」尼崎の海岸地帯の杭の中で、やっと大酋長《だいしゅうちょう》を見つけた私は、あたりを見まわしながら言った。「こらまたいったい、どういうわけです？」

「べつにどういうわけちゅうこともないけどな」大酋長はのんびりと鼻くそをほじくりながら、だだっぴろい「居留地」を見まわした。「せっかくそこまで新聞がさわぎよってんから、また次に何かやったらんと、新聞ダネが切れよるやろ」

「つまり、宣伝をかねた陽動作戦ちゅうわけでっか？」

「さいな——鉄は熱いうちに打たんと、うもうない、ちゅう諺《ことわざ》があるやろが」

杭のまわりには、つとめの終わったらしい工員たちが立ち止まって、あんぐり口をあけて作業を見ていた。

「やアごきげんさん。ええ夕焼けでんな」杭打ちのアパッチたちは、ごく気さくに声をかけた。

「あんたらほんまにアパッチでっか？」

中年の工員が、信じられないように問いかけてきた。

「そうでんがな。そこがまたええとこで」

「アホかいな」と別の工員があきれたようにつぶやいた。「冗談《てんご》言うてはるんとちがうかいな」

「だれも嘘言うてしまへんで」とアパッチは言った。

「嘘やと思うんやったら、まあこれ見てみなはれ」

そういうなり、そのアパッチ——東西屋《とうざいや》という綽名《あだな》の男は、片手のかるい一撃で、ガンとばかりに長さ二メートルの杭を打ちこんだ。ホウ、と工員たちの間に溜息《ためいき》がもれた。

「ここは埋立地で、地が柔《や》らこいさかい……」とうるさ型らしいのが文句をつけた。

「ほたら、そこの兄ちゃん」と東西屋は地面に半分埋まっていた長い鉄のアングルを、片手でずるずると引き出して、その文句屋の前へどすんと放りだした。

「このアングル、あんたの手で曲げられるけ？」

文句屋はちょっと鼻じろんであとずさりした。五〇ミリ×五〇ミリ、厚さ五ミリで長さ一メートル半ほどのアングルだ。ちょっくらちょいと、人間の力で曲がるわけがない。

「さあ、近う寄ってよう見てや。なんならさわって曲げてみてもええ。これなるはたねも仕掛けもない、ほんものの鉄のアングル……」

うたぐりぶかいのが、それを持ちあげ、一方の端を地面にあててへしまげようとした。かすかにたわむだけで、曲がりそうもない。

「ではこれより、このアングル曲げてごらんにいれます。――キイコ、おはやし、やれ」

私が口三味線をいれると、東西屋は両手と膝《ひざ》を使ってひょいひょいとアングルを曲げ、みごとにむすんでしまった。――見物してる連中の間に嘆声があがった。

「なんで、わいがこんなに力が強うなったか？　ええか！　みなさん……」東西屋は、もと香具師《やし》か何かだったのだろう。見物人をひきつけたと悟ると、ひどく手なれた調子で口上を述べはじめた。「それはほかでもない、わいらアパッチが、鉄を食って生きとるからであります！」

「鉄を食う？」文句屋がつぶやいた。「そんなことができるかいな」

「おうおっさん！」東西屋はどなった。「食えんちゅうのか？　ほたら、もし食えたらどないする？」

「千円やるわ」

「よっしゃ、それやったら掛けや。そこへ千円出せ。さあ、あんたがたもみんな証人でっせ。——キイコ！　おはやしや」

ドイツ菓子のプレッツェルみたいにむすばれたアングルを、東西屋がはしからもりもりと食いだしたとき、見物人の間にどよめきが起こった。アングル一本食べてしまうのに、ものの三十秒とかからなかった。最後の一片を飲みくだすときには、わざわざ口をあけて、嚙んでいるところをみんなに見せた。

「ごついもんやなア」とだれかが嘆声を発した。「鉄を食うちゅうのは、テレビで聞いたけど、ほんまやってんなア」

「わてらでも、鉄が食えまっか？」と中年の男がきいた。

「そう食えまっせ。その気になればな」東西屋は千円札を尻のポケットにねじこみながら言った。「みなさんのお宅でも、まあためしにやってみなはれ」

「あんた、何か本を売りはるんとちがうのン？」もう一人がきいた。「それだけの芸当、ただで見せるの惜しいな」

「いや、これはべつに商売やおまへんさかいな。みなさんのご家庭でできる簡単な料理法お教えしまひょか。まず、どのご家庭にもある、便所《せんち》のお掃除に使う塩酸を持ってきましてエ……」

「やっぱり、鉄を食うと、あんなにすごい力が出るんでっしゃろか」東西屋の口上を聞きながら、胃弱らしいひょろひょろ痩《や》せた男が、感にたえたように言った。

「そら当たりまえやがな」もう一人がしたり顔で言った。「ポパイ見なはれ。ホウレンソウ食うたら、あんなに力が出るやおまへんか」

「ホウレンソウとこれと、どんな関係がおまんねン」

「ホウレンソウには鉄分が多いというやおまへんか——あんた、家で料理させられたことおまへんか？」

「長生きしなはれ」


　そのうち、杭打ちをしている一画で小ぜりあいが起こった。やくざらしい連中が車で乗りつけて、だれにことわって杭を打つとかなんとか押し問答をしていた——どうやらここはどこかの大工場の持ちものらしかった。アパッチがとぼけたことを言っていると、やくざたちはいきなりドスをぬいて突いてかかった。——しかしたちまち匕首《あいくち》を食われてしまい、驚いて逃げようとすると、彼らの車がきれいさっぱり食われてしまっていた。やくざたちは悲鳴をあげて逃げていった。

　しばらくすると、連中はほんとうに警官隊を連れてやってきた。投光器で居留地の中をあかあかと照らしながら、警察はおっかなびっくり、スピーカーでたちのきを勧告したが、アパッチは居留地の中で、のんびりねころがっていた。警察ぐらいではどうにもならないことは、向こうにも多少わかっていたらしい。一度暴力団といっしょになって、突撃してきたが、鉄カブトもピストルも、争議鎮圧用の楯《たて》までもきれいさっぱり食われてしまって、あわててひきかえした。——警官隊との対峙《たいじ》はしばらく続いていたが、まだ食いたらない連中が、のこのこ柵《さく》の外へ出ていって、装甲車を食いつぶしだしたので、ついに後退しはじめた。

その次は、もう真夜中の二時ごろだった。

「ホレホレ……」耳ざとい一人が、はるか北のほうに地響きを聞いてつぶやいた。「また軍隊や……」

「ちっとはゆっくり寝かしたれや……」大酋長はぶつくさ言った。「みんな、うるさいから、おきへどいとろうやないか」

居留地から二百メートル手前で、戦車隊は投光器をすえて横陣をひいた。それから居留地内へ向けて、七五ミリ砲と、無反動砲をぶちこみはじめた。——尼崎南部の住民たちは、ときならぬ砲声にきもをつぶしたことだろう。斉射が終わって、砲煙が吹きはらわれると、戦車隊はへっぴり腰の歩兵を従えてそろそろとはいってきた。——もぬけのからの居留地の中へ……。アパッチたちは、とうの昔に軍隊の後ろへまわって見物していたのだ。

「あとで弾丸《たま》がら拾いに行こか？」とアパッチたちは物陰でのんびり話し合った。「あの真鍮《しんちゅう》わりとうまいで」

二十数名の大食らいが、こっそり背後からまわって、戦車のわきっ腹に食らいついていた。光線の陰にまわったとき、連中はすばやく七五ミリ砲の砲身の根もとのあたりをかじって穴をあけた。——それがすむと、お調子のりの連中が、物陰からおどり出て奇声をあげた。あわてて砲塔をまわして、ぶっぱなしたとき——惨憺《さんたん》たることに、ほとんどの戦車が、砲塔を吹きとばしてしまった。

明けがた——それでもアパッチ居留地は歩兵に占領されていた。おびえた顔の一個中隊の歩兵たちのところに、アパッチたちが四、五人ふらりと立ちよった。

「おはようさん！」と彼らはあいそよく声をかけた。「あんたらそこで何してはりまんねン？」

「よくわからないが……」アパッチの現物をまだ見たことのないらしい歩哨《ほしよう》は、おどおどした目で、異形のアパッチを見た。「なんでもアパッチが不法占拠して、かってに居留地だと言ってるところを、占拠して守ってるんだ」

「それやったら、そんなところにおったらあきまへんわ」とアパッチは親切に教えてやった。

「居留地はずっと向こうに宿がえしてまっせ」

5　アパッチの人気沸騰《ふっとう》す

その日を皮切りにアパッチはぞろぞろ街中に進出し、わけのわからない小ぜりあいは、阪神間のいたるところで頻発しだした。アパッチときたら——まさにゴキブリみたいなもので、軍隊、それも戦車隊や大砲が来たと知ると、さっさと姿を隠して別のところで居留地の杭《くい》打ちをやる。居留地を決めたところで、べつにその中にいるわけでなく、外へ出て、街中を二、三人でぶらぶら歩きまわる。軍隊が戦車や弾丸を持ってきてくれるので、食い物には不自由せず、街中で迷惑をかけるようなことは全然なかった。——大酋長《だいしゅうちょう》から、とくに武器や、スクラップ大集積場のスクラップ以外は、あまり食うなと指令されていたのだ。

街中で彼らを見かけたところで、取締まり側はどうなるものでもなかった。警官隊がおしよせてきても、四、五人のアパッチをとりおさえることができない。ピストルの弾丸ははねかえしてしまうし、へたをすれば戦車が食われてしまう。一度、おもしろ半分にわざとつかまって手錠をかけられたものもいたが、その場で手錠を食って逃げてしまった——はずかしながら、そのアパッチは私である。おぼえておられるであろうか？私は、いちばん最初、まだ生身の人間として追放されるときに、ふと手錠に対して食欲をおぼえたことを思い出し、手錠ってどんな味がするのか、長い間味わってみたかったのだ。

そのほか、自分からすすんで留置場へ入れられ、鉄格子をみんな食ってしまって、署長のピストルで歯をせせりながら帰ってきたものもいた。——警察側としては、アパッチをつかまえてもどうすることもできないことがわかってくると、途方に暮れた。アパッチを留置場にぶちこめば、留置場を食いやぶられて、アパッチばかりでなく、ほかの留置人まで逃げ出してしまうしまつだ。へたをすると官給品をきれいに食われてしまう。ついに署長クラスが、アパッチ対策に音をあげだした。

市民は、はじめのうちはひどくおそれていた。一つには警察の宣伝もあったろう。しかしアパッチが平気で市民の間を歩きまわり、自分たちに全然危害をくわえず、話してみると、自分たちとあまりかわりない精神構造を持っていると知ると、こんどは積極的に話しだした。

「そらなア、あんたらが鉄を食わな生きていけんようになったちゅうなら、そらわてらが飯食わな生きていけんちゅうのと同じこっちゃ。――ひもじいもんは、堪《こら》えしょがないわな」食いだおれの、大阪の人々――とくに戦争を体験した庶民たちは、ひもじさについては、つねに深い同情と理解を示した。「おばはん（大阪では妻のことをこう呼ぶ）！　アパッチはんが来てはるんやで。なんぞ古バケツか、洗面器の穴のあいたのでも出したげなはれ！」

市民の間を、白昼ゆうゆうと歩いているアパッチたちを見かけても、軍隊はどうすることもできなかった。――大阪や尼崎の人間であふれかえるごみごみした街中で、バズーカや大砲をぶっぱなしたら、どんなことになると思われるか？　アパッチが街を歩いていると、市民はたちまちそのまわりにむらがった。ものめずらしさばかりでなく、アパッチが純然たるアウトロウであり、おたずねものでありながら、警察が彼らをどうすることもできないというのが、市民たちにとってひどく痛快に見えるらしかった。パトロールの警官たちは、できるだけアパッチに会うことを避けるようにしていた。それなのにおせっかいな市民たちは、いじわるく走って知らせに行くのだった。

「お巡りさん、あそこにアパッチ歩いてまっせ。どないしまんねン？　つかまえへんのでっか」

警官たちはノイローゼになりかけていた。道でぱったりアパッチと顔を合わせると、青くなって、気まずそうな顔でまわれ右する。

「まあ、そんなに逃げんでもよろしやないか」アパッチは気の毒そうに肩をたたく。

「なにもあんたらが悪いのとちがうんやさけェ、——わてらにかまわんと、コソ泥や愚連隊の取締まりにせい出しなはれ」

とにかく、阪神間の市民の間に、アパッチが公然と姿を現わすや、わずか数日の間に、街の話題の中心になった。その話題は、海岸ぞいの下町から繁華街へ、またたくまに浸透し、日がたつにつれて、人々の口から口へ伝えられる「アパッチ」という言葉は、あの煮えたぎるような巷《ちまた》の喧騒《けんそう》の中で急速にふくれあがっていった。

大衆はつねにスーパーマンにあこがれを持っている。いや、それ以上に、スーパーマンのマンガにあこがれを持っている。アパッチの名がこれほど急激な人気を得たのは、一つには彼らが、あまりにも滑稽《こっけい》な——というよりは、常識破りの荒唐無稽な存在だったからだろう。アパッチ自身がひどくユーモラスな存在であるうえ、彼らがいたるところでまきおこす、珍妙な光景と事件は、人々を笑いの渦にまきこんだ。鉄を食うことと自体が普通の人間には、およそばかげたことに見えるらしく、アパッチは、しまいには街を歩くたびに、鉄を食ってみせてくれとせがむ、おとなたちや子どもたちにとりかこまれて立ち往生した。

人々は、浮かされたようになって、アパッチが何か起こさないかと毎日つけまわし、よるとさわると、アパッチの話でもちきりだった。

——むろん、今は報道陣も、K新聞を抜こうと、大っぴらに、必死になってアパッチを追いはじめた。アパッチ発生の歴史は、もう大阪界隈《かいわい》の人たちは、口から口へ伝え知り、新聞はその成立のいきさつをじゃんじゃん報道しはじめた。最初は社会面に、やがて学芸欄に登場し、ついにスポーツ新聞が一面にアパッチの珍事を毎日はでにあつかいはじめてから、アパッチの人気はプロレスなみに上昇しだした。だが、これらは、アパッチが最初に公然と人々の間に姿を現わしてから、次の段階に達するまでの空白期間におけるエピソードである。人々の間に「社会現象」としてアパッチが登場するのと並行して、K新聞、社会革新党のあの代議士を仲介として一つの政治的交渉が展開されつつあった。——これを語るためには、少し話をもどさねばならない。

第六章　政府乗り出す

1　訪れた男

政府はアパッチ問題に関するかぎり、情報面でK新聞および野党に大きく出しぬかれていた。しかも、この事件を、気ちがいじみているという点から、過小評価もしくは不信の目をもって見るというあやまりをおかした。ただ大きくクローズアップされたのは、軍隊全滅問題だけだったのである。——これにしたところで、もし頭のかたい閣僚たちが、「食鉄人種アパッチ」なるものの存在を、——この気ちがいじみた怪物の存在を容認しないかぎり、どうやっても原因がのみこめないにきまっていた。そして、うっかり容認してしまえば、こんどは与党側や、社会のオピニオン・リーダーである保守的文化人に、その正気をうたがわれるにきまっているというジレンマに立たされていた。

そうこうするうちに、社会に出たアパッチたちの噂が、しだいに全国的にひろまりだした。——大酋長二毛次郎の指令によって、京浜地区をはじめ、東海《とうかい》、北九州地区（この二か所における〝鉄食い〟の発生は、京浜地区の三平酋長および荷抜き屋によって発見され、連絡をとっていた）の食鉄人——いずれもアパッチと名のっていたが——が、ひんぴんと示威《じい》行動を開始したからである。全国紙が、しだいに足なみをそろえて、アパッチ問題を大きくとりあつかいはじめた。——にもかかわらず、政府はアパッチと名のる、う奇怪な存在を、公的に認めることをためらっていた。せいぜい「アパッチと名のる、不逞《ふてい》暴力団体」ないしは、「ひじょうに強力な武器を持った、破壊的集団」というあいまいな表現をとるにすぎなかった。政府としては、今の段階では、この程度の線をまもらざるを得なかったのである。——つまり、アパッチの実態が、政府のほうでなかなかつかめなかったからである。

国会の「大阪事件特別調査委員会」——これは、アパッチ問題特別委の名称が、まだアパッチの存在が不明確だという理由で、変更されたものだが——は、当初もっぱら陸軍の責任を追及し、やがて大阪地区へ「アパッチ調査団」を派遣してきたが、アパッチは市民の中をのうのうと歩きまわっているにかかわらず、けっしてこれらの調査団の思うとおりにはならなかった。

なんども言うように、アパッチは、普通のやり方では、つかまえておくことができないのだ。

いや、国会調査団よりもだれよりも、直接の被害者たる陸軍当局と国家警察が、面子《メンツ》にかけても、と必死になって、アパッチをとらえることに力をそそいだ。憲兵隊も秘密警察も、CIC（諜報《ちょうほう》部隊）までも動いた。——だが、結論は、アパッチをつかまえるのには、特別な方法と、特別な監房が必要だということだけだった。この権力によるアパッチ調査は、しまいにアパッチ横行地帯の、何も知らない人々を、ひっぱるところまで血迷っていった。——だが、アパッチは単にのんびりしていただけでなく、「けっしてつかまるな」というかたい命令をまもっていたのだ。今の段階で、こちらの身体機構が向こう側に研究されて、退治法が発見されたりしたら、まずいことになる。

そうこうするうちに、陸軍の二度、三度の敗退や、地方警察からのアパッチ情報がぞくぞくと中央に集まってくるにつれて、さすがの政府も本腰を入れざるを得ないようになってきた。われわれは、政府の腰をあげさせるのが目的で、新聞、ラジオのあらゆるインタビューを通じて、居留地請求の意図を表明していた。——国会で、この居留地問題が質問されたとき、首相は憤然と立って答えた。

「アパッチと申す輩《やから》は、わが陸軍に無警告襲撃をかけて貴重なる武器人命を損失せしめ、治安を乱し、国家および個人の財産を、つぎつぎに強奪し、今なお国家の法に向かって反抗しつづける天人ともにゆるしがたい不逞の輩、暴虐なる集団盗賊、破壊的集団であります。かかる連中が、厚顔にも、この日本国内に、彼らの居留地を求めているということが、はたして政府としてまともに考慮するに値する問題でありましょうか？　これは国家主権、政府国家の威信に対するゆゆしき侮辱であります。かかる無頼の徒の要求をいれる意思は毛頭ありません。政府としては、彼らを一日も早く法の制裁のもとに服せしめ、場合によっては実力行使をもって、絶滅せしむるを辞さない所存であります」

「ほう、この総理大臣、なかなかりっぱなこと言うわい」首相の答弁を、かくれ家の中のテレビで見ながら、大酋長《だいしゅうちょう》は感心したように言った。「まったくや。政府の大酋長いうたら、ああでなければいかんわい。この大臣お粗末な顔しとるけど、なかなか腹のすわったえらい男やで」

「向こうの親玉に感心してたら困りますがな」と私は言った。「そやけど、えらい強腰に出てきよったな」

「その強腰が、あのおっさんの命とりになるわい」大酋長はつぶやいた。「性根がすわっとるちゅうことと、視野が広いちゅうことは、また別やさかいな。こっちがうまいこと立ちまわったら、今度ははたがよってたかって、あのりっぱなおっさんをひきずりおろしよるやろ」

「それでどないなります?」

「この次に、もっとふにゃふにゃした、その代わり、わりと顔のええやつが出てくる。それから――時計の振り子や」

「なんでんねン、それは……振り子食うんでっか?」

「こいつ食うことばっかり、考えてくさる」大酋長は首を振った。「今度はまた、そのふにゃふにゃの反動が来る、ちゅうこっちゃ。わいらが上手にゆさぶってやればな」

「お客はんでっせ」とアジトの外からスカタンが声をかけた。「新聞社のなんとかいう――ほれ、入れ歯のおっさん」

「一人か?」大酋長はきいた。

「いえ、なんやなまっちろい若造といっしょに……」

「やア……」と村田部長がアジトの入口に現われた。

「きょうはちょっと、大事な話があって来ましたんや」

Ｋ新聞の村田部長がひっぱってきた若い男——といえば、当然私の友人だと想像していたが、部長のあとについてきたのは、端麗な顔に眼鏡をかけた、みるからに秀才らしい三十五、六の男だった。みなりは、おしのびというていいで、わざと新聞記者みたいな無造作なかっこうをしているが、ひと目でそんななまやさしい男ではないとわかった。その青白くひいでた額、血統のよさを思わせる秀麗な眉目《びもく》は、うまれついての選民という感じを抱かせた。

「このおかたは？」大酋長はとぼけた顔できいた。「やっぱりブンヤはんで？」

新聞記者連は、大酋長に直接会おうとして必死になっていた。街を歩いているアパッチをつかまえて、いくら話をきいたって、もう社会周知の事柄を除いたほかのことになると、雲をつかむみたいで、どこまでがほんとうで、どこまでが嘘かわからず、しゃべってる本人も見当がつかないといったありさまであったからである。アパッチ情報は、ダイモンジャの組織した情報部の公式声明のみであり、大酋長側近と直接ルートを持っているのは、Ｋ新聞の村田部長だけだった。なぜそんなやり方をしたのかわからないが、大酋長は、その形を厳守していた。

「いいや、この人は——」と村田部長は、ちょっと後ろをふりかえって言った。「本職はお役人やが、ある政治家のふところ刀や」

「政治家ってだれだんねン？」大酋長はきいた。

「あんた知らんか？——Tや」と、部長は声をひそめて言った。——与党内反主流派の、かくれもない実力者の一人だった。

「ああ、さよか……」と大酋長は言った。「知りまへんわ」

若い男は顔色一つ動かさず、穏やかな目つきであたりを見まわしていた。その目つきはふてぶてしくさえなく、それでいて人を人くさいとも思わぬところがあった。

「で、ご用は？」大酋長はきいた。

青年は酋長の顔を見もせず、さりげなく言った。

「政府と本気で交渉なさる気は、おありですか？」

私たちは一瞬緊張した。とすると——この青年は政府の密命をおびて来たのか？

「政府のほうはどないでんねン？」大酋長もごく気軽に言った。「今の段階では、こっちに意思があっても、政府にはおまへんやろ？」

「政府は、まあ言ってみれば、どうにでもなります」青年は眼鏡をきらりと光らせて言った。

「それで、あなたたちどうなんです？　ほんとに居留地を求めているんですか？」

「ヘエ」と大酋長はのんびりした声で言った。「居留地がなかったら、困るのはおたくらのほうでっせ。わてら、まあいうてみたらかまへんようなもんやけど、——ほっといたらよう責任持てまへんで」

「今、あなたがたの総勢は何人います？」

「ざっと——全国で、二万ちょっとでしょうな」

私はびっくりして、大酋長がはったりをかけてるのだと思った。——だがあとで調べてみて、それがまだひかえ目だったことを知った。二百数十名が二万名に！……一挙百倍だ。

「これ以上ごたつくのはお互いよくありませんしね」と男は言った。「どうでしょう？　居留地さえできたら、あなたがたそれで満足しますか？　それ以上のことを要求するつもりはありませんか？」

「いンまのところはな……」と大酋長はうなずいた。「ずっと先はどうなるか、またおたくらの社会がどうなるか、これは知りまへんで。そやけど、何か起きたときは起きたときで、また考えようやおまへんか」

「希望地は、あの声明にあるとおりですね」その男は、はじめてちょっと片頬で笑った。

「あれ以上増やしませんね？」

「まあな——あんた政府にうんと言わせることができますか？」

「そうは言いません」と青年は言った。「ただ本気に交渉の意思があるかどうか、確かめに来ただけです。——おじゃましました」

「わてはしばらく大酋長と話して行きまっさ」と部長は言った。

「ちょっと、スカタン！」と大酋長は言った。「お一人さん、お帰り、ご案内！」

青年は来たときと同様に、なんでもないふうに帰っていった。大酋長は、彼の姿が、スラムの路地に消えるのを見て、やにわに鋭く口笛を鳴らして、アパッチの一人を呼んだ。

「おまえ、あの男のあとをつけてな、なにかおかしそうなそぶりをせえへんか見張って
こい」

「おかしなそぶりがあったら、いわしてもうて、鉄雑炊くわしたりまひょか？」

「よけいなことせんでええ。とにかく見張っとりゃええんや」

それから、ちょっと溜息《ためいき》をついて、村田部長のほうをふりかえった。

「なかなか頭の切れそうな男やな」と大酋長は言った。「ここまで来るとはたいした度
胸やし、たいした頭や。あんなの、鉄を食わせてこちらの仲間にひっぱりこんだらええ
んやけど、――ああいうのは金輪際アパッチになりよらん」

「どういう意味で、あの男連れてきたんです？」と私はきいた。「こないだ会《お》うた、ほ
れ、あのなんとかいう野党の代議士――あれとはもうやめだっか？」

「まあ待ちなはれ」村田部長は入れ歯のぐあいをなおしながら言った。「あんたら、結
局あの要求を通したいんだっしゃろ」

大酋長は無表情に、黙っていた。

「よろしか、いま政府は不況問題というやっかいな問題と、そのほか二つ三つの政治的失敗をかかえて、頭のいたいところです。おまけに与党内に派閥があって、とくに主流派連合にはいれん党内野党の連中は、だいぶハッスルしとる。――そこへもって今度の事件や」

「その与党内のごたごたがどないや言いまんねン」大酋長は言った。

「それを利用せいちゅうことですわ」と部長。「つまり、いま野党側がようやくハッスルしかけとりまっしゃろ。あのいつかキイコはんに会ってもろた野党の代議士、自分がまっさきたって内閣たおすいきごみですわ。なんせ、アパッチ通をもって任じとりまっさかいな。――野党全体が、単に政府をいじめる材料に使うだけでなく、そろそろこの問題の重要さに気づいてきとる。そうなると与党のほうもぼやぼやしとられまへんがな。与党内部に危機意識がたかまって――とくに反主流派は、これを利用して、主流派に詰め腹きらそうとしとる」

「とすると……」と私は言った。「倒閣の主導権を、野党から党内反主流派にとろうというわけでんな」

「さいな、そのために、ある程度は反主流派のほうが、こっそり野党をあふりまっしゃろな。そやけど野党がどないやっても、自分たちだけで内閣をぶっつぶすわけにはいかんし、こちらも反主流派をある程度利用したい。とくに軍備縮小を叫ぶ野党としては、与党内反軍派とむすびたいと前々から思うとった」

「ややこしもんやな」私は感嘆した。「で結局、どっちがどないなりまんねン」

「まあ聞きなはれ――ところが政府首脳は陸軍の圧力もあって、逆にアパッチ問題で国民の公憤をかきたてることによって、野党と新聞関係をつぶそうと思うとる。――しかし、これははっきり言って無理だっしゃろな。政府はまだこの問題を過小評価しとる。ところが、その内閣情報機関が政府に楽観的情報送っとる」

「そらまたなんでんねン！」

「さっき来た、あの男のさしがねや」部長はちょっと口もとをひきしめた。「あれは滝《たき》井《い》いうて、まだ若いけどこわい男やで。秀才で、こっそり反主流派のTのふところ刀になってな。内閣情報機関の、これまた一番のきれものともこっそりむすんどる」

「つまり――内閣を強気にすることによって失敗させようとしとるんでっか？」

「さいな――ところで、今の内閣の失敗のあと、彼のボスが現実的に力を握っていくために、アパッチ問題に関する具体的な施策が一つのポイントになってくる、と彼はにらんだんやな」

「へーエ、えらいもんでんな」と私は言った。「アパッチ問題が、政権争いの決め手になってくるとはな」

「そやけど、あの男は、どこからそういう見通しをつかみましてン」と大酋長《だいしゅうちょう》。

「あの、いつかあんたも会うた野党の代議士からや……」

「えっ？」さすがの私も驚いた。「野党が、与党に情報流すんでっか？」

「そこらへんが、もう今の政治はわけがわからんようになっとる――あの代議士、野心満々やさかいな」

私は多少頭がいたくなってきた。敵かと思えばまた味方、味方の中に敵がおり、敵の中にねがえりがあり、そして結局だれがいちばん……。

「あの男、それでどのくらいの見通しを持っとる？」と大酋長はふいにぶっきらぼうにきいた。

「それをつかみに来よったんですわ」と部長は言った。

「それであんたは？――なんのためにあの男ひっぱってきた」

部長はにやりと笑った。

「大酋長、あんた居留地がほしいんでっしゃろ？　あの男、居留地を強引にこしらえるつもりでっせ」

大酋長はそのとき、一種謎めいた表情を浮かべた。

「あの男はかなり正確に、この問題の将来を見とおしてるんやないですか？」と部長は言った。

「彼は居留地を政策的に必要やと思ったんでっしゃろ。どないだ？　ひとつあの男と……」

そのとき、大酋長は急に目をそらせた。――スカタンと、それからもう一人、あの男をつけていったアパッチが帰ってきたのだ。

「どや？」大酋長は鋭くきいた。「何か変なそぶりはなかったか？」

「べつに……」とスカタンは言った。

「そうでんな――そういえば……」もう一人のアパッチは言った。「べつにたいしたことやおまへんけど、スカタン酋長とわかれてから……」

「どないした？」

「やらしい男ですわ。つまり、その――仲間の一人が野ぐそたれとるところを、じっと見とって……」

「なに？」大酋長はそのふとい眉《まゆ》をぐっとよせた。「それで……」

「けったいなやつで、たれとったやつが行ってしまうと――まあ、なんとも、けったいなやつで……」

「何をしたちゅうんや？」大酋長の声はけわしかった。

「たれたてのくそを拾うて、封筒の中に入れて持っていきよった。――あの人お医者はんでっか？」

「なんでそんなこと思うんや？」と私はきいた。

「そやかて、検便しはるつもりやろ」

「あの若造のボスのTいうたら――たしか鉄鋼屋と関係おましたな――ずっと前、まだ屑鉄《くずてつ》屋やっとるときにきいたことがある」大酋長はつっ立ったまま早口で部長にきいた。

「そうです」部長は大酋長の知識に、ちょっと意外そうな顔をしながらうなずいた。

「それも問屋筋とか中小鉄鋼界をバックにして出てきた男です」

「ふむ……」大酋長はぐっと考えこんで歯の間から吐き出すようにつぶやいた。「こら乗ってみても、おもろいかもしれんな……」

2　特別委員会動く

すでにあのK新聞のスクープとテレビを通じての「アパッチ声明」事件から、相当たっており、毎日のマスコミ番組に、大小問わず、アパッチ問題が登場しない日はないようになっていた。——もう一般の人たち、とくに関西一円では、アパッチの名を知らない人はいなかったが、その受けとり方は、社会階層によって少しずつちがっていた。この時期における大衆のアパッチに対する反応の分類を、私は「度はずれな悪ふざけ」に対する反応によって段階づけてみたい誘惑にかられる。——それを徹底的に支持する階層は、アパッチを一種の社会的チャンピオンとして、胸をとどろかせながら見ていたろうし、それに一種の社会的節度をつけて支持していた連中——まあ二、三流サラリーマン層だろうが——は、その程度に応じて支持していた。それ以外の連中は、そういったことを徹底的に憎む連中と、これを冷然と無視し、自分たちの生活にまで直接はいりこんできたとき、はじめて問題にする連中だった。

新聞だけでなく、テレビやニュース映画がどしどしアパッチの姿をとらえはじめた。

ニュースマンたちはものめずらしげな群衆といっしょにぞろぞろあとをついて歩き、アパッチをまるでスターあつかいした。

しかし――やがて、圧力がかかりはじめた。アパッチを、マスコミが人気者あつかいするのはけしからぬ、というのだ。テレビでは、アパッチの姿を画面に出すことを、各局の申し合わせ事項で禁止しようとしだした。ニュース論調も徐々にかわらせようとし、アパッチ関係のニュースは、アナウンサーがあるニュアンスをこめて読みあげるか、せいぜいスチール写真に出るくらいになった。――その写真が、警官隊と衝突しているところなど、「選択された」決定的瞬間であることはいうまでもない。

新聞は、まだ報道の客観性をまもっているように見えた。しかし、論説の調子がかわりはじめ、目に見えないような変化がじりじりと起こってきた。たとえば――ちょっとした見出しの変化が……。

アパッチ、また武装警官隊と衝突

この大見出しに続く言葉によって、そのニュアンスがどうかわってくるか、とくとごらんねがいたい。

（1）――警官隊、まったく歯がたたず
（2）――警官二人投げとばされて重傷
（3）――惨！　公僕の血で染まる深夜の路上

記事内容も、これにつれてわずかずつ変化を見せてきた。――しかし、当初の印象は強烈であり、大衆が直接受けたアパッチのイメージは、そう簡単に訂正できるものではなかった。「アパッチ」という名を聞いた人々には、公憤より先に、まず笑いの衝動がおそってくるのだ。

報道の傾向が徐々に硬化しはじめるところを、今度は芸能番組がそれをあつかいはじめた。しかし、それもすぐにコントロールされはじめた。マスコミにのせられる芸能やお笑い番組には、報道番組よりコントロールしやすいところがある。芸能人は場末の小屋の舞台に立つときより、その「芸」や「笑い」において、一種の不誠実さをしいられるのだ。アパッチは、政府攻撃、社会風刺の痛烈なシンボルから、しだいに「アホくさい人気者」「無害な冗談」にかわっていた。――しかし、それがいってみれば、体制側にとってぎりぎりの統制範囲だった。なんとか芸能番組の題材から消してしまいたいと思ったろうが、アパッチが、たとえ「無害な範囲」であろうとも、いちばんフレッシュな笑いのたねになることを制することはできなかった。制限された範囲で、冗談はしだいにあくどくなってきた。――アパッチに扮《ふん》して舞台に立った漫才師がいたが、かれはテレビからしめ出された。――しかし場末のストリップ小屋のエロコメディに、アパッチの大群が出現するのを、どうやって取り締まることができよう。

こうなると、テレビ局よりもスポンサーのほうが、よっぽどアナーキイだった。――「アパッチ声明」に利用されてかんかんになったあの「インディアン印」のスポンサーは、あの事件が逆にすさまじい宣伝効果を持ったということが、営業実績として現われてきたことを知ると、こんどはアパッチの写真を登録し、自社番組出演の専属契約をむすぼうと、猛烈に動きはじめた。——財源問題もあり、アパッチ自体の宣伝ともなるので、大酋長はそれを許可し、アパッチはコマーシャル・フィルムにおさめられた。かくて、あなたがたテレビ好きの人々は、ありとあらゆる民放ネット系列で日に無慮数十回、集中スポットで、

「アハウ！　私、アパッチ、鉄食う。あんたら人間、インディアン印のチキン食う、ある！」

というコマーシャルをくりかえしくりかえし聞かされるはめになったのである！　このアパッチ商会なる会社が、外資系だったので、まして民間テレビとなれば、政府もどうすることもできなかった。公取委あたりを通じて、過大広告でひっかけるという手も使えない。さらに目先の早い、大阪の業者が、冬をむかえて、突如「A型アパッチ」というのを売り出した。なんのことはないメリヤスのパッチに股のところに横にはでな色線がはいり、股を開いて立つと、Aという字に見えるというだけの代物だったが、「ことしの冬はA《エー》パッチ——A《ア》パッチでいこう」というコマーシャルがきいて、ばかみたいに売れたというのだから、まったくばかみたいな話である。

そして、そのころようやく完成しかけた自然発生的食鉄集団の、全国的な連絡組織を通じて、全食鉄人種は、その地区において公然と「アパッチ」の統一名のもとに名のりをあげ、いっせいに居留地獲得要求をかかげつつ、活発な示威行動を開始したのである。

そのほんとうに社会的な影響が最初に現われだしたのは、屑鉄《くずてつ》相場だった。——当初、アパッチの屑鉄襲撃によって、投げ物が出て、ちょっと下降した屑鉄の国内価格が、アパッチの大量進出の兆候が見られるやいなや、猛烈な勢いで急騰しはじめた。国内相場が、トンあたり一万四千五百円から、一挙に一万八千円台にはね上がり、国際屑鉄カルテルの建て値にさえ微妙な影響が予測されるにいたった。早くもアメリカからの思惑輸入が殺到し、輸入価格がぴんとはね上がりはじめた。

——政府が急にその態度を軟化し、アパッチ問題いや大阪事件特別委に、参考人として、アパッチ代表自身を呼ぼうというところまで踏みきったのは、例のTの影響のほかに、こういう情勢の変化をふまえていたのかもしれない。

特別委からの非公式申し入れが、交渉委員——村田部長を通じてあったとき、最初アパッチの中でも、だいぶ意見が分かれた。

「そんなもんに出る必要おまっか？」と、すわり馬酋長《しゅうちょう》は懐疑的だった。「どうせ、向こうのきくことはおんなじや。なんで軍隊をつぶしたか、これからどないする気か、——そんなこと、もうこっちゃかて、何回も言うてあることや」

「まあ待ちよし」と大酋長は言った。「どっちゃにしたって、一回は国会に出といたほうがええ。これは宣伝の場になるしな」

「そやけど、宣伝したところで結局どんな効果がおまんねン？」と気違い牛酋長が言った。「政府と本気で交渉にはいるつもりでっか？　らちのあかんこってっせ」

「まあ、待てちゅうのに……」大酋長は言った。「宣伝ちゅうたかて、べつにそれだけやあらへん。ここはむしろ——なあ、三平酋長、京浜地区のアパッチの動員数はどのくらいある！」

「いまんところ、三千ほどでやすね」と、鶴見から会議にかけつけていた京浜地区アパッチの三平酋長は言った。「半分なりかけの連中をあわせると五千ぐらいになるけど、統一行動に出られる連中はそんなもんですな」

「三千——ちょっと少ないな。北海道室蘭《むろらん》と、東海《とうかい》地区から千ずつ呼びよせよう。それから九州地区からもう千増員や」

「何をやるんです？」私はきいた。

「地方の指揮は、今から指名するものがとる」と大酋長は言った。「きっかけの指令は……」

3　アパッチ、国会で踊る

衆院「大阪事件特別調査委員会」に、特別参考人として日本アパッチ族大酋長二毛次郎が現われるという日には、国会周辺には、ちょっと緊張した空気が流れていた。陸軍はその日の数日前、突如関東《かんとう》平野臨時演習を発表し、東部軍の最精鋭の野戦ミサイル機甲部隊が、閲兵と称して皇居前の広場に集結していた。警察関係も強力軽火器——走っている自動車のエンジンをぶちぬくといわれる四四二ジェットマグナム強装弾装塡《そうてん》のMMSライフル、それに二〇ミリ機関砲数挺《ちょう》を持った武装警官隊二個中隊を、夜明け前に、ひそかに国会周辺に配置していた。

それに右翼団体が、アパッチ国会召喚反対を期して、この日、実力行使を含む示威行動に出るという噂があった。むろん、アパッチ問題に対する政府の軟弱な態度を責めるのと、「軍の権威を守れ!」というのが、その主張だった。——この右翼団体を扇動したのは、じつはアパッチの特別工作班だったのだが——この特別工作班については、またあとで説明する機会があろう。とにかく、一時的、部分的作戦として、アパッチが右翼団体の攻撃目標になることが、ぜひ必要だと考えられたのである。

衆院会議室の特別委には、めずらしく定刻までに全委員の顔ぶれがそろい、緊張した空気が流れていた。

定刻——廊下のざわめきの中を、大酋長一行が現われたとき、委員会の連中は度肝をぬかれて、あっとばかり息をのんだ。いつのまにどこで——と考えるのは人間的考えで、前の晩のうちからこっそり国会の中へしのびこんでいたアパッチ代表団一同は、はれの舞台衣装を、議事堂周辺のしげみの中へ隠しておき、当日の朝、あたかも忽然《こつぜん》というにふさわしく、国会の入口に出現したのだった。

まず酋長スタイルの二人が、先頭を切って委員会の室にはいり、入口の横にたかだかと腕組みしてつったった。そのあとから大酋長二毛次郎が、しずしずと現われた。大酋長その日のいでたちは、ローマ元老院の寛衣《トガ》を思わせる純白に赤、青、黒の線のはいったガウンを身にはおり――じつはシーツだったが――胸に三重の頸飾《くびかざ》りをかけ（夜店で買った安物のアクセサリーだったが）、頭には目を奪うばかりにみごとな羽根飾りがそびえ、大雪崩のように背中から踵《かかと》のあたりまで流れおちていた。悠然と歩をはこぶたびに、五彩の羽根飾りがゆらり、ゆらりとうねり、揺れるといっしょに、まるで風鈴のようにチャラチャラと涼しげな音がたちこめるのだった。――この羽根飾りは、むろん、かざり職出身のアパッチのこしらえた金属製のものだった。

さすがに委員一同、あのアパッチ通と自称する野党代議士にいたるまで、あっけにとられて口をあんぐりあけたまま言葉もなく、この華やかにして突拍子もない登場ぶりに見とれていた。――大酋長のゆうゆうと運ぶ一足ごとにキシキシ、チャラチャラと金属製の羽根飾りが鳴りわたり、踏みしめる床からは、いましも大会議《パウ・アウア》の大太鼓の轟《とどろ》きが、おどろおどろしく鳴りわたるかと思われた。――そのきらびやかな色彩と異様な服装の集団の出現したとき、国会の、古びてくすんだ部屋の中に、一瞬広大な原野の光景が現われたかと思われた。陽はゆるやかなスロープや森に照り、四囲の峰からは、青空に向かってぽっかりと会議の白い狼煙《のろし》があがり、丘のかなたには野牛ののどかな鳴き声が聞こえてくる……。

「参考人が来たようですので……」委員長がやっとひからびた声で言った。「会議を開きたいと思います」

会議場の真ん中の床の上に、大酋長は胸をはり、腕組みをして立っていた。彼の両横に少しさがって、二人の酋長が、同じかっこうをして立っていた。さらにその後ろには、ドアの両わきをふくめて、六人の戦士たちがひかえていた。

「参考人は着席してください」と委員長は言った。――しかし、一同は、岩にきざんだような無表情なまま、組んだ腕をたかだかと前にあげ、微動だにしなかった。

「どうしたんです？　着席しないんですか？」

議長はとまどった声で言った。――大酋長はゆっくり首を振った。

「いや……」大酋長は野太い声で言った。「私たち、すわらない。私たち、参考人ではない。――私たち、あなたがたのやり方に従う必要ない。――私たち、アパッチだからだ」

一瞬しーんとした会場の中で、カメラマンがたまりかねたようにフラッシュをきった。きっとカラー原板を入れてきたらとくやしがっていたろう。

「委員長！」たまりかねたように与党側委員の一人が叫んだ。「これはどういうことだ。われわれ、西部劇ごっこをやりにこの会場へ来てるのか？」

いちばん青くなったのは、野党側委員として、この会を牛耳っていた、あの勇みはだの代議士だった。――アパッチを参考人に呼ぶべく努力したのは彼であったし、いま、へたにここで、アパッチにごねられると、彼の責任問題が起こってくるからだった。

「きみ！　困るよ！」彼は酋長たちのところへ来てささやいた。「ここではいちおう規則に従ってもらわないと……」

「あなたから参考人として出頭せよという命令聞いた。しかし、私、参考人として出てくるとは言わなかった。私、ただ、出てくると言った。――私、あなたの命令に従う必要ない。私、日本人ない。アパッチだ」

「そのふざけたかっこうと、へんな言葉つきをやめさせろ。ふざけるのもたいがいにしろ。きみたちが日本人だってことはわかってるんだ。日本人なら神聖な国会では、法に従え」

「きみ！　ふざけるのもたいがいにしろ。ここは仮装舞踏会じゃないんだ！」与党側委員は憤然として言った。

「七年半前、そうだった」大酋長は言った。「しかし、七年半前、私たち、あなたたちに閉じこめられた。そのころから、籍のないもの多かった。七年たった。籍のあるものも、死んだことになった。私たち、日本人ない。私たちアパッチになった」

　大酋長はぐるりと一同を見まわした。

「七年半前、私たち、普通の日本人だった。だけど、あなたたち、私たちのこと、アパッチと呼んだ。そう呼ぶのは、私たちにそうレッテルはりたかったからだ。私たち、あなたたちがそうあってほしいと思うようになった。この言葉、この服装、すべて、あなたたちがそうであれと思うようなもの――そら、しゃべれちゅうたら、普通の言葉でしゃべりまっせ――だから、私たちア、パ、ッ、チ、として、あなたたちに礼儀をまもっている……」

委員会の連中は、頭にくるか、頭をかかえるかして、しばらく喧々囂々《けんけんごうごう》のありさまだったが、大酋長《だいしゅうちょう》以下のめんめんは、傲然《ごうぜん》とつっ立ったまま、それを見おろしていた。

やっとさわぎがおさまって、委員長が汗をふきながら発言した。

「この委員会は、いわゆる〝大阪事件〟ならびにそれに付随する、いわゆる――いわゆるアパッチ問題を調査する委員会なので、参考人の資格については、さして厳密さを要しない。あなたは参考人としてではなく、アパッチ代表として来られたかもしれないが、われわれのほうではあなたを、正式交渉代表とは認めず、あなたの陳述は、この問題に関する参考とするにとどめる。よろしいか？」

「見解の相違だ」と大酋長は言った。

「ただし、ここは神聖なる国会の一部である。したがって、この部屋、この委員会に出席されている以上、この会議における最低の秩序はまもっていただきたい。侮辱的な態度、暴力はつつしんでいただく。よろしいか？」

「アパッチ、礼儀正しい。平和的だ」大酋長はほえるように言った。「国会で乱闘やる、議長ぶんなぐる、しない」

委員長は苦虫を嚙《か》みつぶしたような顔をした。――それからやっとのことで、質問が始まった。

〝大阪事件〟に関する質問は、ほとんどその全貌《ぜんぼう》が彼らにものみこめていたので、最初から問題点がきりつめられ、水かけ論の様子を呈していた。――彼らがつっこんできたのは、なぜアパッチが、奇襲攻撃をかけてきたかという点だ。

「アパッチこそ、奇襲された」と大酋長は言った。

「しかし、攻撃開始前に、演習側はスピーカーで警告を発したと言っている」

「アパッチ、ちょうど昼寝の時間だった」大酋長はとぼけて言った。「あなたたち、昼寝しているところ、頭を踏みつけられる。だれでも怒るある、だろう。――警告、聞いたものもいた。しかし、警告、追放受刑者に呼びかけて、アパッチに呼びかけていなかった。自分のことない、思う」

「ではその後、あの追放地外へ出て、あちこちに分散し、不法占拠を行なったのは？」

「軍隊、しかえしにやってくる。じっとしているバカがあるか？」大酋長はほえた。

「あそこから追い出したの、あなたたちだ。それに私たち、どんどん増える。追放者、捕虜……」

「捕虜？」陸軍とつながる委員がききかえした。「捕虜が――アパッチ化したのか？」

「兵隊酋長！」大酋長は呼んだ。――ピンと髭《ひげ》をはやした酋長が前に進み出た。「この酋長、もとあの軍隊のエライさん、今は酋長の一人になっている」

それはいうまでもなく――あの捕虜の中にまじっていた少佐だった。

「きみは帝国軍人、それも上級将校の分際で……」頭にきたらしい陸軍系委員は、古い地金を出しながら喚《わめ》いた。「この化け物どもの捕虜になり、あまつさえ、こいつらに同化したのか？」

「委員長、この男、アパッチのこと化け物と言って侮辱した」と大酋長は言った。「頭の皮、はいでもいいか？」

「帰ればどうせ軍法会議……」と兵隊酋長は言った。

「アパッチもわるくない。私たちから見れば、あなたたち化け物、アハゥ！」

「居留地請求は、私個人の意見としては不当であると思う」委員長は言った。「むろん、きみたちのやっていることは不法だ。――窃盗、公務執行妨害、不法占拠……」

「言ったろう。アパッチ、日本人ない。日本の法の束縛受けない」

「それならば、きみを日本の主権において拘束しなければならん」

「それ、おことわり。アパッチ、もともと日本人だった。それアパッチにしてしまったの、あんたらの責任。なってしまったもの、しかたない。アパッチ、もともと日本に住んでいた。ちがう種族になってしまった今も日本に住みつづける。あなたたち、どうするか？　私たち、どんどん増えている。私、知らないよ。――私たち、ちっとも困らない。ただ、もめごと、お互いに迷惑。私たちとりきめしたい。あなたたちも、私たちとまじって暮らしたくはないだろう」

そのとき、会議室の中に、一人の男があわただしく駆けこんできて、委員長にメモを渡した。――メモを見た委員長は、顔色をかえて言った。

「今、通知があった……」委員長は怒りに震える声で言った。「平和的とか、もめごとはいやだと言いながらきみの配下にあるアパッチたちは、都内および各地方で、大示威運動を行ないつつあるというじゃないか？」

「デモ、暴力、ない」大酋長はすまして言った。「それならきくが、都内のあちこち、軍隊や武装警官隊集結させた。アパッチ、やっつけるつもり。これアパッチに対する敵対行動ないか？」

「そんなことは知らん！」ほんとに知らないらしい委員長は、意外そうに言った。「それは軍、および警察がかってにやったので……」

「私、アパッチ、あんた、日本のエライさん！」大酋長は言った。「アパッチ対日本、日本のだれがやったか、こちらの問題ない」

それから大酋長はにやりと笑った。

「アパッチ、何もしない。ただお祭りやってるだけ。軍隊、警官隊、アパッチ攻撃できるか？　ゆうべのうちに、アパッチのゲリラ、兵器みんなちょっとずつかじっておいた。大砲うつ、破裂する――そでなくても、都民のいる真ん中で、鉄砲、大砲うてるか？」

一座はしーんとなってしまった。――静まり返った室内に、国会周辺をデモっているらしいアパッチたちの太鼓の音と、ホ、ホホ、ホという奇声がかすかに聞こえてきた。そのときの委員一同の顔といったら――まるで山中に孤立して、四面インディアンの軍勢にとりまかれ、じっと彼らの攻撃を待っているカウボーイみたいな、なんともいえぬ不安な顔つきだった。

「居留地請求、すでにしてある。だが、ここであらためて、私、正式に請求する。あなたたち、私、参考人思う——それかって。私たち、これ正式の第一回交渉思う——これもかって。あなたたち、申し入れ、考えてほしい」

そう言うと、大酋長は、そのグローブのような手をパンパンとたたいた。——まるで二枚の鉄板のように聞こえた。すると突然背後のドアがあいて、二人のアパッチが太鼓をかかえてはいってきた。二人は会議室の真ん中の床にどっかとすわると、太鼓をドンドコドンドコとうちならしはじめた。

「き、きみ！」委員長は立ち上がって、手を泳がせた。「そ、それは困る！」

「安心なさい」大酋長はにたりと笑って、片手をあげた。「これ、戦争の踊り、ない。和睦《わぼく》の踊りだ」

たちまち小会議室の中は、うちならす太鼓につれて、奇声を発しながらぐるぐるまわる、アパッチの踊りでいっぱいになった。廊下もドアも、このさわぎを聞いてかけつけてくる議員ややじ馬でいっぱいになった。フラッシュがひらめき、ライトが照らしつけ、アイモがジージーなった。

「国会侮辱だ！」とだれかが叫んでいた。「やめさせろ！　つまみだせ！　衛視は何をしてる！」

「国会の周辺は、アパッチにとりまかれてるぞ！」別の声が言った。「公安委員は何をしとる。軍隊を呼べ！　警視総監は……」

なかにはばかみたいな声で、ゲラゲラ笑いだすものもいるしまつだった。もっと長く続けていたら、きっと感染して、いっしょに踊りだすやつが出てきたにちがいない。——あなただって、あの愉快なインディアン踊りなら、いちどやってみたいと思いませんか？　すごく調子のいい踊りで、だれだってすぐできるし、すぐやってみたくなる。踊り方は単純だが、この本の付録に踊り方をつけるつもりだ。——あっけにとられ、頭をかかえたり机につっぷしたりしている委員たちを尻目《しりめ》に、大酋長は委員長の横にどっかとすわって、手をたたいていた。

「いい踊り……」と大酋長は言って、腰から長い鉄棒をとりだすと、千歳飴《ちとせあめ》でも嚙みきるように、一方の端をあんぐり嚙みとって、委員長に反対の端をつきつけた。

「食べないか？」と大酋長は言った。「インディアン、友情のしるしにパイプ吸いまわす。日本のアパッチ、鉄棒、両端から食べまわす」

目を白黒させている委員長を見ながら、大酋長はうなずいた。

「鉄、食べられないもの、アパッチの友だち、ない」

4　奇妙な居留地《きょりゅうち》提供者

「アパッチ、国会で踊る！」の報道がとんだとき、都内はじめ、日本各地のアパッチデモ——つまりはごくだらしない行列と、祭礼よろしくのダンスだったが——とあいまって、日本中がハチの巣をつっついたようなさわぎになった。「神聖な国会を侮辱された！」と烈火のごとく怒る議員があるかと思うと、「それじゃ、てめェらは今まで国会で何をやってきたんだ！」とさっそく応酬する声があがる。――国会乱闘史は、つい最近ようやく幕を閉じたものの、まだ記憶になまなましかったし、ときおり与野党がハッスルするような問題があると、小規模な「実力行使」があったからだ。

「いや、彼らはかならずしも非礼ではない」と進歩的人間の中でしたり顔に言うものもいた。

「彼らが、その表明するごとく、みずからを日本人でないと思っているならば、彼らは彼らなりの流儀にしたがって、礼をつくしたにすぎない。――国会の前に、また地方都市において、祭礼の踊りの群れが議会にやってきて、踊って見せたところで、めくじらたてるものがいるだろうか？」

そんな論議が上のほうでなされている間に、国民はこの珍事に対して、腹をかかえて笑いこけているしまつだった。――なにしろ、日本の国会で、アパッチが踊ったというのだから、しまらないことおびただしい。

しかし、これを契機に、政府はアパッチ問題を本気で考えなくてはならない羽目に立たされた。――この珍事は、ついに外国に報道され、日本の国会では愉快なショーが起こるので、常日ごろおおいに期待していた連中を、抱腹絶倒させた。これがまた国辱ものだというので、一部の国辱好きの連中を怒らせた。――結局怒った連中はそれぞれの問題を書きたてて、原稿料をかせいだのだから、アパッチにしてみればもうけさせてやったも同然で、とやこういわれる筋合いはない。
このとき一部外電が、大酋長《だいしゅうちょう》の名まえを誤報した。だいたい日本に来ている外人記者なんて、日本語が読める者なんかほとんどいない。それで、めいめいかってに憶測をたてて、記事を送っているのだから、いいかげんうそっぱちだってまじっている。漢字はおろか、かなさえ読めない彼らが、これまたややこしい漢字の二通りの読み方をろくすっぽ知らない若い記者にきいて書いたのだから、誤読も当たりまえだろう。

AMERICAN LEGEND REVIVED IN JAPAN！
The Great Chief of JAPAN-APACHE, Jiro-Nimo, Danced in Japanese, Parliament House……

つまり、ニゲの親分の二毛を、ニモウと読んだところから、二毛次郎が、ジロウ・ニモウと報道されてしまったのだ。——これこそ、彼らにしてみればぴったりだった。西部開拓史の中で、もっとも勇猛にして果敢なるアパッチ族の中でも、とくに残忍無類、最後の最後まで白人に抵抗し、一度は捕えられたが、脱走してメキシコに逃亡、国境付近で白人を脅かしつづけ、〝鬼〟とまでおそれられたアパッチの酋長〝ジェロニモ〟に、奇《く》しくもその名が合致したからである。——アメリカのやじ馬の関心は、急にこの「日本アパッチ族」に向かい、問い合わせが殺到しだしたのはいうまでもない。
アパッチ族居留地問題が、国会に上程されるところまでいったのは、治安上の問題としてだった。——情報関係は相変わらずアパッチの外側をうろうろするばかりだったが、ただ一つ「食鉄人種」が、底辺社会を中心に猛烈な勢いで増えつつあるということだけは、いやおうなしに事実として知らされていた。アパッチが社会進出を行なってから三週間後に、その実数は各地の自然発生数を含めて三万人に達し、八週間後、内閣情報機関および公安関係がまとめたアパッチの実数は、次のような驚くべき数値になっていた。

①関東、東海《とうかい》、近畿、北九州ブロックにおいて、「アパッチ」の種族名のもとに、大酋長二毛次郎の統一組織下にある「純粋食鉄人種」——推定八万四千名。

②アパッチ密集地域、集団発生地域周辺部において、明確にアパッチ集団組織には参加してないが、その影響下にあって食鉄習慣に染まっているもの（近い将来、アパッチ集団に投ずる可能性のあるもの、および集団組織に投じなくとも、一朝事あるときは、アパッチ統一行動に同調すると考えられる人たちを含む）——推定二十一万名。

③直接、間接にアパッチの影響を受け、食鉄嗜《し》好《こう》を起こし、あるいは、単なる興味本位から食鉄経験を持ち、現在なお食鉄習慣に興味を持ちつつあるもの——推定四十万名。

計、六十九万四千名。

——なお、推定一週間一〇～一五パーセントの割りで増加中……

しかもこのデータには、北海道、東北地区が含まれていないのだ。——政府が何はともあれ、あわてふためいたのは無理のないことだろう。容易ならぬ事態だということは理解できたろうが、その現象の原因がわからないことが、政府の判断をなおとまどわせていた。

　とりあえず、食鉄現象をその伝染性と習慣性から、一種の伝染病ないしは麻薬中毒類似現象と見て、厚生省麻薬対策本部、伝染病研究所に拡大防止案を検討させた。――しかし伝研からは、食鉄現象が、単なる食鉄細菌の消化器内寄生による異常嗜好とは見なせないという報告があり、麻薬対策本部では、食鉄習慣をやめさせることは、事件の性質の相違上当本部の手にあわないという報告があった。――ここでも政府の判断のくるいが、対策をおくらせた。「食鉄病」を、暫定的に新種伝染病と見なして、急遽《きゆうきよ》臨時防疫態勢をとるか、「食鉄習慣」を麻薬習慣と同様に見なして、習慣感染者の摘発と徹底的隔離を行なうか、そのどちらかを、とにかく強力に押し進めればよかったのである。

　しかし、政府のとった態度は、事態収拾について、ある程度活発な努力は続けつつも、本質的には、従来と同じ――すなわち、さわぎがしずまるのを「待とう」とする態度だった。暫定的に処置をとりながら、いつかは事件のもっとも過激な部分が、安定化するのを待って、抜本的な手をうとうとしていた。それは、たいていの場合、成功してきたやり方だった。――しかし、こんどの場合も、アパッチが「全体の中の特殊部分」として、ちゃんと社会的な枠におさまるかどうか、なんの保証もなかったといっていい。――その危機感が、一方において、居留地問題をまともにとりあげることを――少なくともまともにとりあげるふりをすることによって、若干時をかせごうとする態度を、とらせたのだった。

――「大阪事件」における、軍の責任問題は、陸軍大臣に詰め腹をきらせることによって、いちおうけりがついた。軍内部、とくに統合参謀本部内に、ひじょうな不満が残ったが、与党内の反軍勢力が、これに追いうちをかけるように、文官出身の陸軍大臣を任命し、軍の失態をネタに、軍勢力を封じようとした――あいかわらず海軍は傍観していたし、空軍もわれ関せずだった。

そして――。

一挙に問題が新しい側面を見せだしたのは、アパッチに対して、公有地でなく、私有地を、居留地として提供しようという奇妙な人物が現われたからである。

その人物はえたいの知れない山師として、政財界に名の通った野田《のだ》という、まだ四十代の男だった。いわゆる実力者との交際も広く、資産は数十億ともいわれるが、それは実質的なものというよりも、どうやら資金背景があるらしい。政界スキャンダルの焦点になりかけたことがあるが、こういう男の常として、事件が発展していくにつれて、まんまと網の目から逃げてしまい、検察側がその膨大な証拠集めの努力がついに徒労に終わったことを悟って歯嚙《はが》みしているとき、彼は東南アジアあたりに出かけて、工業開発についてのとりきめなどをやって、涼しい顔をしている――といった男だった。――もっとも、そんな例は戦前戦後を通じて珍しくないことではあるが――その彼が、「アパッチ問題の平和的解決は民間の手で」とかなんとか言って、みずからの所有していると称する――それもほんとうに彼の所有かどうか、はたしてあやしいものであるが――広大な土地を、居留地として無償提供しようと政府に申し出たのだから、これはちょっとばかり、政治的ショックを与えた。

「ほほう……」その話を聞いたとき、大酋長はあいかわらず無表情な顔で、つぶやいた。「けったいなやつが出てきよったな」

「それとて、やっぱりただというわけやおまへんで」といち早く情報を持ってきた村田部長は言った。「なんや知らん、居留地提供する代わりに、アパッチとの交易権を持ちたいと申し出てるらしいです」

「アパッチとなんの交易をしまんねン？」と私はきいた。「べつにいまんところアパッチは何も民芸品をつくりだしまへんで。そら見世物にするとか、安うてタフな労働力を土木建築に使うとかいうのなら話がわかるが」

「土建関係にも、あの男のこっちゃから関係はおまっしゃろな」と村田部長は言った。「そういや、堤防工事で砂利食ったりセメント食ったりちゅう話も聞きましたな。――あんたらの上手《うわて》行きよる」

「その男、もともと何をしとったんです？」大酋長はきいた。

「なり上がりは、はっきりしまへんけど――若いころ地方都市で清掃業やって、もうけたというてましたな」

「清掃業？」と大酋長は目を細めた。「ははあ――Tとのつながりは？」

「ほら、あんた――野田ちゅう男は、Tの資金源を握っとるといわれる黒幕ですわ。こないだ来た滝井って男の異母兄にあたりますねン。滝井の親父ってのが、地方旅館の女中にうませたとか……」

「それで十分や」大酋長《だいしゅうちょう》はうなずいた。「その野田ちゅう男がTとつながっとることさえわかれば、あとはどうでもええ。――とにかくそれで決まった」

「何がですねン？」私はきいた。

「そいつの話に、こちらから乗ったろやないか」大酋長はなんでもないように言った。「ダイモンジャ――村田はんでもええわ。その男の申し出、大歓迎という公式デパートメント出してんか？」

「公式デパートメント？」村田部長はびっくりしてききかえした。「声明《ステートメント》のこってっしゃろ？」

「メントがついたら、どっちゃもかわらんがな」大酋長は平気で言った。「そのステトメントなりセメントなり、ぶっつけたれ」

「旦はん、親方、大将、中将、おや、こちの人……」珍しくもヘソ老人が、われわれの〝幕僚会議〟の席へ顔を出して、へなへなと大酋長に声をかけた。

「なんや、ヘソ」と大酋長は言った。「どっかでさびついとったんか？　長いこと顔見せへんかったやないか？」

「じつは、老骨にむちうって、頭ひねっとりましたんでっさ」

「老骨ちゅう面やないな」と大酋長は言った。「ポンコツもええとこや――何を考えとってん？」

「へえ――つまり、こうアパッチが増えてきたんでは、みんなに歌われるアパッチの歌をつくってはやらせたい思いましてな」

「〝梅田ちょいと出りゃ天満橋……〟あれ、あかんのか？」

「今のお人、とくに関東のお人なんか知りはらしまへん」ヘソ老人はしたり顔で言った。

「そこで考えましたんや」

「ふーん、それでなんぞええのできたか？」

「それが、その一つもできまへんねン、――どないしまほ？」

「あっち行っとれ！　このナンジャモンジャ！」大酋長はどなった。「アホか、ほんまに――骨のツガイがあんじょうあけたてしよるか、一度コウモリ傘の修繕屋に見てもらえ！」

第七章　動乱への序曲

1　居留地のからくり

政府との暫定協定が、まだ成立しないうちに、アパッチ大集団の「居留地」への移動が始まった。野田某の提供した「居留地」――まだ非公式のものだったが――東海地区静岡付近の海岸地帯にある広大な埋立地だった。

この居留地に集結したアパッチは総数約二万――つまり統一アパッチ族のごく一部だった。私にしてみれば、自分ではけっして顔を出さず、代理をもってすべての対アパッチ交渉をやった野田某の腹のうちが、さっぱりわからなかったのみならず、政府同様、私も彼のやり方に多少疑心暗鬼のかっこうだったのである。

政府との間に行なわれている居留地問題交渉において、徹底的に両者が食いちがってしまったのは、次の二点だった。――すなわち、政府は「原アパッチ族」総数約三百名と「二次感染者」すなわち、あの事件以後、食鉄習慣に染まった大多数の連中とを分離したいという強い意向を持っていた。できれば「原アパッチ」に、あの大阪東区の追放地を居留地として与え、その中に厳重に閉じこめてしまう。二次感染者は、小集団別に細分隔離する——しかし、そんな虫のいい居留地細分化が、アパッチに受けいれられるはずはなかった。

「居留地小分割反対！　全国のアパッチ、団結せよ！」そんなビラが——要するに一般市民に対する宣伝だったが——一夜のうちにべたべた街にはられた。「アパッチは一つだ！　われらにこそ、真の鉄の団結がある」

それともう一つは、アパッチが居留地外との交渉を持つことを強く禁ずる態度に出てきたことである。——これもアパッチ側からは、猛烈に反対されていた。政府の案としては、アパッチの生活確保については、「アパッチ交易公団」をつくり、ここを通じてアパッチは、その低廉にして強力、かつ特異な労働力を提供するとひきかえに、公団側はアパッチの食糧であるところの、屑鉄《くずてつ》または銑鉄、その他の薬品類の供給を行なう。そのかわり外部との交渉は、いっさい断つことを希望してきた。これに対してアパッチ側は、居留地内の定住はかたくまもるかわりに、その交易は、アパッチ側において自由に民間と直接行なうこと、また一般市民との交流も自由に行ない、居留地外においては、国内居住外国人なみのあつかいをすること、などを要望していた。

そのほか、居留地についても、現在北海道から北九州にいたるまで数か所に散らばっているアパッチ集団定住地域を、すべて居留地とし、この居留地間全部を通じての、アパッチの交流および自治を要求していた。——こんなことが、政府に受諾できるはずもなく、交渉は何回となくデッド・ロックに乗りあげ、何回となく決裂した。——そうこうしているうちに、大酋長は、みずから山師の罠《わな》に乗るみたいに、関西、東海、関東アパッチの中の選抜集団に、野田居留地への移住を命じたのである。

このことは、当然政府関係で物議をかもした。しかしこの狭い国土内で、アパッチのためにわざわざ私有地を提供しようとする篤志家が現われたことは、いくぶんなりとも緊張を緩和させるのではないかとも思われた。――もっとも政府は、野田ら自身が、すでに隠れたアパッチ感染者であって、このことを利用して、一気にアパッチの力を配下にひきいれようとしているのではないか、とかんぐったのだ。それにこのことは、民間交易を統制しようとする政府の意向を出しぬくことになる――政府のほうとしては、食鉄習慣に麻薬なみのきびしい統制をくわえるべく、「食鉄予防法案」や、「アパッチ登録法案」を準備しつつあったのである。――しかし一方では社会の中のアパッチの増え方は、巨大な圧力になり、どしどし拡大しつつあった。政府はついに野田居留地を、一時的かつ暫定的に、実験居留地として公式に認めてもいいという非公式見解を発表する意図があるかもしれないという非公式見解を、交渉経過の閣議中間報告の公式席上に向かう途中で行なわれた非公式記者会見席上で、交渉委員長個人の資格で非公式ににおわせるにいたった（かってにしやがれ！）。

こちらの予測としては、政府が山師野田某との非公式交渉をまって、一挙に野田居留地を公式居留地とし、同時に一挙に全アパッチ族をその中に閉じこめる手に出るのではないかと思われた。

政府交渉がまだまだ前途遼遠《ぜんとりようえん》と思われている間に、私はダイモンジャといっしょに、集団移住の終わったばかりの野田居留地の視察に出かけた。もと荷抜き屋、今は海上アパッチとして、相変わらず神出鬼没を続けている片目のゴン船長の機帆船に乗って、海路東へ向かったとき、私はまたもや奇妙な感慨にふけらざるを得なかった。

いったい、この先どうなるんだろう？

「熊野灘《くまのなだ》に出るまで、ちょっとひっこんどっておくれやっしゃ」と片目のゴンさんは、もちまえのやさしい口調で言った。「このごろ警備艇がだいぶマークしとるさかい」

「海上アパッチも増えとるんか？」

「増えてまっせ。――紀伊《きい》、瀬戸内《せとうち》の一本釣りの漁師いうたら、たいてい大昔の海賊の子孫だっしゃろ。へたにおとなしゅうしとったら、あの石ころだらけの段々畑にかじりついて、一生麦と芋ばかり食うとらんならん」

ゴンさんはそう言って手をかざし、水平線をにらんだ。

「ほれ！　あこを航行してる船がおまっしゃろ。あれが今度進水した、原子力空母の〝富士《ふじ》〟ですわ――あんなのかじったら気持ちええやろなあ」

静岡県海岸べり埋立地の居留地には、かなり大きな港ができていて――未完成だったが――かなり大きな船がはいっていた。見積もりは千四、五百トンの、見るからに船脚の速そうな――そう、たしか鉱石運搬船《バルク・キャリアー》だった。何か黒ずんだ緑色の粗いいましもバケットコンベアが船艙《ハッチ》の中につきささって、何か黒ずんだ緑色の粗い粉末粉末を陸揚げしている。海から見ると、居留地は、埋立て用のタコのようなテトラポッドの堆積《たいせき》の向こうに隠れていた。

私たちが上がっていくと、移住者の最高責任者である気違い牛酋長の姿は見えず、酋長腹心の〝二十八号〟と呼ばれるなみはずれて巨大なアパッチが、私たちを出むかえた。

「今、酋長は食糧供給係と話し合いしてますわ」と二十八号は言った。「食糧配分を、もうちょっとかえてくれ、言うて」

「どないや、居心地は？」

「まああでんな」と二十八号は、だだっぴろい居留地をふりかえって言った。

何万坪もありそうな平坦《へいたん》な居留地は、埋立地らしく、まだ、真新しい赤土のあざやかな色を見せて、茫漠《ぼうばく》とひろがっていた。アパッチたちの臨時のそまつな小屋や天幕は、埋立地の周辺をびっしりととりまき、大ぜいのアパッチたちが、てんでに中央の広場にかたまって、ぶらぶら歩いたり、火をかこんでうずくまったり、のんびりねころがったりしていた。なんとなく牧場を思わせる風景だった。

海鳴りの音が、テトラポッドの堤防のすぐ外に聞こえ、潮風が吹き、北のほうには遠く松原や人家が見え、その向こうに日本アルプスの山々がかすみ、薄い雲の上、青空の中に遠くぽっかり浮かぶ富士の山も見えている。――もっともこのほうは、原子力空母

〝富士〟とちがって、なんの食欲もおこさないから、たいした値打ちはない。

「あれはなんやねン？」ダイモンジャは、このだだっぴろい地域の中央を走っている、何本もの長いベルトコンベアの流れを指さした。

「ああ、あれでっか？　食糧運搬装置ですわ」

「あれは？」と私は、地域内の何か所にもつったっている、細長いコンクリート製の、頑丈そうな建物を指さした。どの建物からも、スクリューコンベアのような太いパイプが、港のほうに向かってまっすぐのびている。

「ああ、あれは便所ですわ」

「便所？」私は驚いた。「なんや、居留地内の施設らしい施設いうたら、便所だけか」

「ヘエ――来たときは、あれだけができてました。食糧コンベアのほうが、あとからできたようなぐあいで――アパッチかて文化人やからたれ流しだけはしてくれなと、えらいそのことばっかりやかましゅう言いよって……」

そのとき気違い牛酋長《しゅうちょう》が、そのがっちりした姿を見せて、こちらに近づいてきた。

「やあ、ごくろうはん」と酋長は言った。「大酋長にはもう報告だけしといたけどな」

「まあどうやらええぐあいやおまへんか」と私は言った。

「さいな、大人数なんでちょっと心配したが、いちおう向こうも約束どおり、ちゃんと食糧は提供しよるし、今のところ、労働力提供のさしせまった要求もないし――のんびりしたもんや。食うて寝て、たれるだけやさかいな」

「それにしても、あの野田たらちゅう男、何を考えとるのか、ちょっと気色悪いな」とダイモンジャは言った。「食物のことで交渉に行ってきたちゅうが、――なんぞつごう悪いことおましたんか？」

「いや、たいしたことないんやけど……」と酋長は言った。「ちょっとこの二、三日、食物の中に、砂鉄まぜよったんでな。それで下痢したものが出てきたんで、砂鉄はやめてくれと言うてきたんや」

「そらそうでっしゃろ」とダイモンジャはうなずいた。「砂鉄の中にはチタンちゅう金属がまじってまっさかいな。これが消化が悪いさかい」

「そやけど、えらいかわったもの食わしよりますな」私は船から積みおろされ、うず高い山になっている黒緑色の粗粒塊をふりかえりながらつぶやいた。――粗粒塊は、ベルトコンベアにのせられてアパッチたちのところへ運ばれてくる。「あれ、いったいなんですねン？」

「知らんか？」酋長は言った。「まだ食うたことないか？　硫酸滓《かす》やないか」

「屑鉄ほどうまいとは言えんけどな、あれも硫化鉄鉱を焼いて、硫酸のもとになる硫黄《いおう》をとばしたカスやさかい、鉄分はようけ含まれとる。慣れたらそう悪いもんやないで。――何よりええのは、硫黄分や銅分が含まれとるさかい、それほどようけ硫酸銅飲まんでも、あれを食うとりゃカッケにかかる心配ない。それに粉食やさかい消化はええし…

……」

「待っとくれやっしゃ！」ふいにダイモンジャは目を輝かせた。「屑鉄のほうはどのくらい持ってきよります？」

「今のところ、硫酸滓三、硫酸鉄鉱三、屑鉄一、銑鉄三ぐらいのわりあいやな」と酋長は言った。「そのほか、何やかや持ってきよるで。これどないや、これどないや言うて――試食会には鉄鉱石や硫化鉄まで食わしよった。これかて山元選鉱で、品位六〇パーセントぐらいになっとったら、けっこう食える。これから料理法を考えたら、新しい主食になるやろ。年寄りには、柔《や》らこうてええし……」

「どこへ行くんや？」私はいきなり走りだしたダイモンジャに、驚いて声をかけた。

「こい！　キイコ……」ダイモンジャは叫んだ。「酋長も来とくなはれ！――便所見に行こう！」

――便所は、そばで見ると、思いのほかがっちりしたものだった。奇妙なことに、床が一段高く、階段をのぼってはいるようになっている。酋長と私とダイモンジャと三人、ずらりと並んだ便所の一つにとびこんで、壺《つぼ》の中をのぞきこんだとき、ダイモンジャは、穴の底をさして大声で叫んだ。

「見てみい！　やっぱりそうや！」ダイモンジャはつくづく呆《あき》れたように、その大きな頭を振った。「なんとまあ――ぬけめのないやっちゃ……」

穴の底は――頑丈なホッパー、つまり漏斗状《ろうとじょう》になっていて、その底に、アパッチの排《はい》泄《せつ》物を運びさるスクリューコンベアの刃先が、にぶく光っていた……。

2　アパッチ製鋼《せいこう》

これが、日本アパッチ族問題におけるもっとも重大な転換期の幕あきだった。

これ以後アパッチ問題は、しだいに日本の政治経済産業界全般をまきこんでいき、そして、ついにあの「大アパッチ戦争」にまで突入していくことになるのである。

——大酋長は、私とダイモンジャの現地報告を聞くや、急遽《きゆうきよ》野田派交渉委員と協議の末、さらに八万名のアパッチ族を野田居留地に送りこむ決定をくだした。全国から海路陸路を通じて、蜿蜒《えんえん》たるアパッチの大移動が始まった。野田鉱山系の汽船に乗せられた老若アパッチが、大歓声に送られつつ船出していく光景は、全国いたるところの集結地に見られた。——武装警官隊が遠巻きにする中をつい最近、アパッチの歌としてはやりはじめた「抜刀隊」の替え歌、「鉄は幾トンありとても」の大合唱が巻き起こるのだった。

——これによってアパッチの姿は、社会の中から消えうせ、世の中はふたたび昔日の安定をとりもどすかのように見えたかもしれないが……事実はその逆であり、この大移動光景こそ、次にきたるべき大ドラマの序曲だったのである。——そして、そのことを理解するためには、日本の鉄鋼産業の事情と、それにからむ山師野田某のすばらしい着眼を理解していただかなくてはならない。

その当時、すでに一昔前にはやったなんとか倍増計画も一段落し、日本鉄鋼業界は、十年前に比べて、じつに三倍、年間生産能力粗鋼換算五千万トンという世界で三番目の大設備を擁するにいたっていた。大容量高炉を持つ鉄鋼一貫メーカーは、大小とりまぜて十二社、高炉四十数基をかぞえる一大鉄鋼王国をきずきあげてきた。

ところで――日本の鉄鋼業が、いかに大設備投資を行ない、設備の集約化、近代合理化を行なっても、日本における鉄鋼価格が、原料の制約から国際価格に比べて宿命的にコスト高になるということをご存じだろうか？

日本はご承知のとおり、天然資源の貧弱な国である。

日本における鉄鉱石の全国可採粗鉱量は、年産二十万トン程度の出鉱にすぎない。――鉄鋼三倍増計画により、アパッチ事件当時の銑鉄生産能力は年間三千万トンをオーバーしようとしていた。これだけの銑鉄を生産しようとすれば、およそこの倍の鉄鉱石、すなわち六千万トンが必要になる（高炉操業率の低下により、実際はこの三分の二を下回る程度だったが）。

おまけにもってきて、日本の鉄鉱石は品位が低い。世界の鉄鉱石の平均鉄分含有率五〇パーセントに対し、日本産鉄鉱石は平均品位三五・五パーセントという貧鉱である。そのうえ採掘条件が悪く、不純物が多い。

かててくわえて、高炉燃焼に必要な塊鉱が全体の半分ぐらいしかなく、ほとんどが粉鉱である。そのため高炉に入れるには、焼結装置や団塊装置《ペレタイジング》などによって塊状に焼きかためる、などという手間をかけねばならない。こんなありさまだから、いきおい日本の鉄鋼原料は、そのほとんど全部を輸入にたよっている。この時期において、国内消費鉄鉱石の九四パーセントが輸入に依存していた。――ところで、その輸入先であるが――。

戦前においては、日本は、国内生産の六～七倍にあたる約四百万トンの鉄鉱石を、ほとんどマレー、中国、フィリピンから輸入し、この三つの地域が、全輸入量の八割近くをしめていた。ところが、日華《にっか》事変が起こると同時に中国からの輸入が激減し、これにかわって南方やインドからの輸入が増大した。太平洋《たいへいよう》戦争にはいると、今度は船舶不足や、海上輸送の危険にともなって、軍事占領下の中国からの略奪的輸入が――いつだって、軍事占領下には資源財産の略奪がつきものだが――急激に増加し、昭和十七年には全輸入高の九〇パーセント、三百六十二万トンが中国からかっぱらわれた。それにともなって占領地における中国人の奴隷的労働が強制されたことはいうまでもない。

中国、マレー、フィリピン、インド……と、こう並べてくると、そこにあの「大東亜《だいとうあ》戦争」や「大東亜共栄圏」のおぼろげなバックボーンが現われてこないだろうか？　富国強兵の帝国主義時代をささえる鉄鋼産業という巨人は、巨人になればなるほどがつがつと腹をすかせて原料を求めた。年輩のかたたちは「海南島《かいなんとう》」の名をおぼえておられるだろう。大東亜戦争の直前、軍が突如、あの小さな島を占領したのは、南方海上からの支援ルートをおさえ、かつ仏印《ふついん》進駐の足がかりにしたという戦略上の問題もあろうが、一方、この小さな島が、品位六〇パーセント近い極上質の鉄鉱石を、ほとんど無尽蔵に産出したということを見おとしてはなるまい——。

ところで、この事情は、戦後変わってきたことはいうまでもない。日本鉄鋼業は、戦災と財閥解体と軍備放棄で、いわば壊滅的打撃を受けた。しかし、戦災復興のために、石炭鉄鋼の超重点復旧策、すなわち傾斜生産の恩恵を受けて立ちなおり、ついで幸運にも朝鮮事変に遭遇して特需ブームで大利潤をあげる。それがすむと、全日本的な設備投資、近代化合理化ブームで、いわゆる神武《じんむ》景気である。設備投資がほぼ一巡するころに、所得倍増計画で建設、国づくりブーム、オリンピックブーム、住宅ブーム、そして倍増計画が、自由化とからみあって、景気過熱で頭うちとなるころ、憲法改正、再軍備ブームという形で、鉄鋼業はつねにすさまじい拡大を続けてきた。——しかし、かつて鉄鉱石のもっとも大きな供給地であった中国からは、アメリカの極東軍事政策の圧力にあってほとんど輸入できず、当初鉄鉱石は、はるばる太平洋をこえてアメリカ、カナダから輸入されていた。海上運賃を考えれば、鉄鋼原価におよぼす不利な影響は論をまたない。そこで一九五〇年代後半から、日本鉄鋼業はその輸入先をしだいに東南アジアに転じ、鉄鉱石採掘プラントをマレー、フィリピン、ゴア、インドにどしどしつくりはじめた。——こうして一九六〇年代以降は、鉄鉱石の八〇パーセント以上が、東南アジアから輸入されることになった。

しかもなお、その海上距離は長く、太平洋戦争の傷跡がときにぶりかえして現地の排日運動の影響をこうむったり、とくにアパッチ事件当時は、こういった後進国において重工業化がブームになり、これらの東南アジア諸国における鉄鉱石の自国内消費の増加という面からも、日本の鉄鋼原材料はおびやかされかけていた。そのうえ、高炉コークス用の強粘結炭も、ほとんど海外輸入にたよっているのである。――ふくれあがった大鉄鋼生産設備を稼働させせつづけていくために、鉄鋼業が切迫した外貨事情も尻目《しりめ》に大量の輸入鉄鉱石の確保に狂奔しつづけたことはいうまでもないが、一方において貧鉱処理や、従来高炉投入の対象にならなかった硫化鉄鉱や砂鉄の利用まで、真剣に考えなければならない状態だった。

ところで、この硫化鉱であるが――日本は火山国であるせいか、硫化鉄鉱、すなわち黄鉄鉱などの埋蔵量はかなり多い。しかし、これはそのままでは高炉原料にならず、硫酸原料として焼溶して硫黄分《いおう》をとばしたあとの硫酸滓《かす》が、いちおう焼結されて高炉投入されていた。戦時中には七十万トンもの硫酸滓が使われ、最近でも、二百万トン近い硫酸滓が高炉原料に使われていた。しかし、硫酸滓には銅が含まれており、これが高炉銑に与える悪影響は、いわば頭痛のたねだった。――ここに着眼したのが、野田某だった。

八万人移動令が出たとき、野田某はあの小太りの姿を居留地に現わした。彼がどんなに妙な男であるかは、――その野田某というのが、本名であることを見てもわかる。私だって、彼の正方形で厚さ一ミリという名刺をもらうまで気がつかなかったのだが、野田某とは、野田ナニガシという意味ではなくて、姓は野田、名を某《ぼう》というのだった。——背が低く、でっぷり太った、まるで豆タンクのようにエネルギッシュな小男で、つるりとした小麦色の童顔には、いつも赤ん坊のような笑顔を浮かべていた。

「ご苦労さんですな」と野田某は言った。「設備はたりるでしょうな」

「たりまっせ！」とダイモンジャは無愛想に言った。「はじめから十万人のつもりで、つくったんでっしゃろが……」

野田某はオーバーにくるまった丸い体をゆすってハッハッハと笑った。

「敷地だけなら十五万人が二十万人でも収容できます。もともとここは化学工場をつくるつもりでしたからな」

「なんの工場でっか？」

「屎尿《しにょう》処理です」野田某はクックックと笑った。「テストプラントはもうりっぱに稼働しとるんです。——ねえあんた、屎尿処理ほどもうかる仕事はありませんぞ。原材料は自治体が金をつけて運んでくれる。しかも、これを百パーセント利用すれば、化学薬品、肥料、パッキング材料、家畜の飼料から、人間の食料や酒までできるんですぞ。——考えてみれば、こちらのほうが、はるかに有利ですな。ややこしいプラントはいらん。おまけに廃棄処分にしようかと思うとった関西の硫酸工場も、息を吹きかえすというもんですわ」

「ほんまにぬけめのないお人や……」私もあきれぎみに言った。「そやけど、ここで採取した分の処分先はおまんのかいな?」

「それは、あんたら心配せんでもよろしい。ぼくには有力な親分と、全国的な組織があります。――いずれ、大酋長《だいしゅうちょう》に、アパッチさんたちの〝衛生管理〟一手ひきうけのおスミつきをもらおうと思うんです」

野田某のころころした姿が、初冬の風に吹きころがされるようにビュイックに乗りこむのを見送りながら、ダイモンジャはつぶやいた。

「おわい屋が蔵建てるちゅうけど、ほんまにあんな男をいうんやろな……」

山師野田某――彼こそは、屑《くず》から出発して身をたてた男だった。名門の庶子に生まれながら、生い立ちにめぐまれず、人生のスタートを廃品回収業、すなわち屑屋《くずや》から始め、戦時中は、魚市場で捨てる魚の腸《わた》を煮て、魚油をとる方法を発見してしこたまもうけ、戦後、屑鉄屋をやり、再製紙業をやり、ついで日本ではじめての機械化清掃業をやり、硫酸滓や高炉滓の仲買をやり、屎尿化学工業を創設した。――屑ほどぼろいものはない、それにもましてぼろいのは屎尿処理だ。原材料はただ、もしくは二束三文であり、屎尿処理にいたっては、原材料に金までそえて渡してくれる、というのが彼の哲学だった。まことに彼の冷厳にして科学的な目は、屑や屎尿を人間とその社会の廃棄物と見なすよりも、人間とその社会こそが原材料――屑や屎尿の生産設備と映っていたにちがいない。――食鉄人種の存在を聞いたとき、彼がまっさきにその排泄《はいせつ》物の成分と利用法に熾烈《しれつ》な興味を抱いたのは、その経験と哲学からおして、当然のことだったろう。――あの異母弟にあたる滝井という男は、彼の意向も受けて、調査に来たにちがいない。

　第二章でくわしく説明しておいたが、アパッチが鉄類を摂取するとき、その体組織に吸収される鉄分は食べた鉄の六〜七パーセントであり、残りはほとんど排泄されることを、読者はご記憶であろう。そしてまた、この摂取排泄過程において、鉄中非鉄成分が、非常に高い効率で体内に吸収されてしまうことも……。

　すなわち鉄中の炭素をはじめ不純物、銅、硫黄、燐《りん》、砒素《ひそ》の類は、ほとんど完全に体内に吸収されてしまい、そこに出てくる低炭素鋼は、のちに「アパッチ鋼」として世界に名をとどろかした極上質の鋼となるのだ。――しかもなお、アパッチは、その代謝系をおぎなうために、多量の酸類、とくに硫酸を摂取しなければならなかった。しかるに今、硫化鉄の形で硫酸滓を摂取すれば、その銅と硫黄はおのずと補給され、アパッチの体にきわめて健康な食物となる。硫化鉄鉱そのままを食料とした場合でも、鉄分含有量の多い場合は、りっぱに銑鉄として排泄されるのだ。――いや、さらにすすんで、鉄分含有率六〇パーセント以上の鉄鉱石（主として赤鉄鉱、褐鉄鉱）を直接食糧にした場合ですら、もし、そこに若干の石灰分をおぎなってやるならば、鉄分は炭素含有量一・七パーセント以下の鋼として排泄され、不純物は鉄と分離して粒状塊となって排泄される。これを磁力選別、またはごく簡単に重力選別や篩別《しべつ》をやりさえすれば純良な鋼粒が得られるのだ。

　まことに革命的なことではないか――鉄鉱石から直接鋼が得られるのだ！

人類がはじめて鉄を知ってからじつに五千年、その形式は原始的な焚火《ふんか》加熱やたたら吹きから、一日出鉄量二千トンの近代式高炉や、酸素上吹き転炉にまで巨人的な進歩をとげたとはいえ、その原理は五千年前とかわらぬ加熱——溶融——精錬だった。しかるに、今ここに、熱源によらずして、鉄鉱石から鋼鉄をつくる可能性が生まれたのだ。——これをしも、エポック・メーキングといわずして、なんであろう？　アパッチはいまや、人類の文明をかえようとしつつあるのだ。——その吹きさらしのだだっぴろい居留地の中で、のんびり家畜のようにねそべりながら……。

「おーい……」そのとき、アパッチ集団間の連絡係をやっているアパッチの一人が、私とダイモンジャのほうに手を振って駆けてきた。「大酋長からの連絡やぞ。——あんたら二人、会議があるからすぐ来てくれいうて」

「大酋長は今どこや？」と私はきいた。

「東京さ——三平酋長のところにいる。なんや、右翼と警察が協同して、アパッチがだいぶ殺されたらしいで」

「えっ？」私とダイモンジャはぎょっとして顔を見合わせた。「それ、ほんまか？」

3　弾圧開始

だが、その報道は正確ではなかった。——純粋種アパッチが、軽火器類でそう簡単に殺されるものではない。

　東京都内江戸川沿《えどがわ》いの場末にあるアジトに駆けつけてみると、その「アパッチ虐殺事件」の内容は、正確には自由労働者の職よこせデモの群れに、右翼と警官隊が襲撃をかけたのだった。その中に、約三割がた、準アパッチ化した労務者がまじり、その連中がデモの途中でアパッチの歌を歌ったので、「アパッチ撲滅、日本人の血をまもれ」をスローガンとする右翼がなぐりこみをかけ、これを止めると称して介入した警官隊が、双方を検束する挙に出たため、発砲さわぎをともなう三つ巴《どもえ》の乱闘になり、自由労務者の側に三名の死者と七名の重軽傷者、二十数名の検束者を出した。その死者の中に一名、検束者の中に六名の準アパッチが含まれていた。

「殺されたなりかけアパッチは、もうだいぶおじんでな……」大酋長はさすがにちょっと暗い顔つきで説明した。「なんと、喉笛《のどぶえ》に三発、耳の穴から脳天へかけて一発、四発も右翼のピストルをうちこまれとった」

「アパッチの体の弱いところを、だれか知らせたやつがいるんでっしゃろか？」ダイモンジャがけわしい表情できいた。

「いや――そうでもないらしい。しかし、たとえなりかけアパッチでも、その死体をくわしく解剖して調べよったら、こちらも知らんアパッチの弱点をつかみよるかもしれん」

「解剖するちゅうたかて、メスは受けつけんやろな」いかれぽんち酋長がクスクス笑いながら言った。「金鋸《かなのこ》とドリルとガス切断器使わんならん。医者がポンコツ屋なみの仕事せんならんで」

「それより検束者が心配《しんぺえ》だ」と東北出の酋長は言った。

「おらが知り合《え》えの差入《さす》れ屋に聞いたども、ふっぱられた連中は、なんでも首だけ出スて、コンクリート詰めになっとるつうこんだ」

「なんやて？」私はさすがに驚いた。「畜生！　逃がさんようにか？——それにしても人権蹂躙《じゅうりん》やないか！」

「そらむろん、自由労組あたりも猛烈な抗議をやっとる」大酋長は言った。「しかし、警察当局は、アパッチは怪物であって、人間あつかいしなくてもいいという通達を受けとった、とほのめかしとる」

「しかし、それではアパッチ化のチャンスのある一般人が黙っていまへんやろ」ダイモンジャは言った。「もっとも、アパッチは人間やないとは、こっちも、さんざっぱら声明しとるけど……」

「じつは、政府のほうがいよいよ本腰をいれてアパッチ対策をやる決意をしたらしいんや」大酋長は、もちまえののんびりした調子をとりもどしながら説明した。「とにかく政府は、食鉄習慣の拡大と、アパッチの増大を必死になって食いとめようとしとる。食鉄禁止法案や、アパッチ登録法案が、あすの臨時国会召集と同時に上程されるはずや」

「そいつは、きょうの公安委員長の談話にも出てる」三平酋長が言った。「デモ隊衝突事件の責任のいっさいはアパッチ側にあるとぬかしゃがるんだ。——デモ隊の中に、アパッチがまじっていて、公安を害すべく、扇動したんだとさ。アパッチは、社会の安寧秩序とかいうもんに対して敵対する社会の敵たる怪物と見なす。したがって今後、あらゆるデモの中にアパッチがまじっている場合、それは国民が憲法に――ええとなんだっけ？――そうそう、憲法に保障されている権利のコウマ……」

「コウシやろ」とダイモンジャ。

「そう、その行使とは見なさず、その安全はいっさい保証しない。またデモまたは集会にアパッチが一人でもまじっていれば、そのデモや集会は非合法と見なす……」

「わかるやろ、だいたい……」と大酋長《だいしゅうちょう》は言った。「――とにかく国民とアパッチを分離し、接触を防止して、アパッチ化拡大を防ぐことにやっきとなっとるんやからな」

「アパッチ鑑別機っていうのが、もう公安関係に大量に納入されたとよ」三平酋長は言った。

「簡単なもんさ。――要するに磁石を利用した、人体内の鉄分含有量検出装置だ」

「すると、今までの交渉はどうなりまんねン？」ダイモンジャはきいた。「今までアパッチを、いちおう対等の相手として交渉してきたやおまへんか？」

「その交渉も、こっちゃの実態がわからんかったからやろ――それでひきのばしをやっといて、まず国内法できびしく締め出しといてから、こんどはアパッチの隔離閉じこめをおっかぶせてきよる」

「しかしでんな……」私は言った。「たとえ、居留地要求が、こっちの言うとおり通ったとしてもでんな、――全国八十万のアパッチ、準アパッチが、完全に世の中からひきあげられまっか？」

「こっちゃもひきのぼせるだけ、ひきのばしたる……」大酋長は言った。「わしは野田のやつに言うたったんや。もう五か所ほど、おまえの名で居留地を提供せい、いうて」

「いっちょう、モメへんのでっか？」いかれぽんち酋長が、例のトホンとした顔をつきだして言った。「ひとさわぎ起こしたったらどないだ？」

「そうもいかん――」大酋長は腕を組んだ。「アパッチは、まだまだ数が少ない。組織もしっかりしたものができとらん。――ここはもう少しの間、〝敵〟の全面攻撃の口実を与えんように、上手にねばらないかん」

そのとき、アジトである材木倉庫の外から、見張りのアパッチが、鋭く口笛を鳴らした。集まっていた一同は、ちょっと緊張した。しかし、続いて梟《ふくろう》の声が二度した。――仲間の合図だ。

倉庫の中へはいってきたのは、真っ青な顔をした浦上だった。アパッチについてのい記事を書くためには、アパッチの気持ちを理解しなければいけないという私の進言をいれて、鉄を食うことをおぼえだし、すでに体質的に八〇パーセント近くアパッチ化していた彼は、それでもまだ感性のほうがおっつかず、もとのK新聞に勤務しながら、ときおり自分が鋼鉄化《スティーライズ》していることをちょいちょい忘れるのだった。――そして彼の同僚もまた、記者特有の仲間どうしの私事に対する鈍感さから、まだ彼のアパッチ化にほとんど気づいていないようだった。

「どないしなはった？」ダイモンジャがまっさきに声をかけた。「何かおましたんか？」

「村田部長が――」浦上は震えながら言った。「部長、東京本社へ来てたんだ。局次長と、例の野党代議士といっしょに今夜本郷《ほんごう》の料亭で打ち合わせすることになってたんだけど……」

「それで？」

「さらわれちまった。むかえの車とかいうやつに乗せられて、局次長と二人で――」

「代議士のほうは？」

「料亭の横で、暴漢におそわれて虫の息なんだ。国粋なんとか団の天誅状《てんちゅう》とかいうやつがそばにあったから、その連中がやったんだと思うが――最初その代議士のほうが発見されて大騒ぎになり、それから二人がまだ着いてないということがわかったんだ」

「それも極右団体がやった仕事かな？」

「いや、どうやら秘密警察くさいな」と大酋長は言った。「極右団体のほうは、罪をかぶるためにやったんやろ。――部長と局次長をさらったとなると、これはアパッチについてのいちばん正確な情報をほしがっている連中のやった仕事や。新聞社みたいなならうるさいところの人間をさらうとなると、こら秘密警察なんて全然表面に立たれへんさかいな」

「部長を捜してくれませんか？」浦上は必死の顔色を浮かべていった。

「まあほっときなはれ。——いずれ帰ってきます」大酋長は冷淡な調子で言った。その声音の中に、大酋長の考えがはっきりあらわれていた。——村田部長は、あのT派との交渉を持って、利用するだけしつくした。もう用はない……。

「でも——もしものことがあったら！」

「そんなことがあった場合、あまり強情はらんと知っとるだけのことみんなしゃべって、向こうに協力するふりをしなはれと言うてあるんです」大酋長はけろりとした顔で言った。「それより、あんた〝アパッチ狩り〟について、何か情報おまへんか？」

「やりますよ」浦上は、ちょっと唇をひきしめて言った。「それも相当強引に……、政府は少し血迷ってきてます。今夜ぼくの聞いた情報では、あすの臨時国会冒頭に、アパッチ非合法化三法案を提出して、強行突破をやるつもりらしいです」

「三法案というと？」私はききかえした。「アパッチ登録法と食鉄禁止法は聞いとるけど……」

「もう一つは、厚生省で立案した、血液登録法さ」浦上は言った。「国民全部の血液の定期検査をやるというんだ。——これを一括上程するか、別に出すかで、与党役員会でも相当もめたらしいがね」

「野党側は？」

「むろん、いちおう決戦態勢さ——ただ、野党側としても、今のところアパッチ問題に関して、アパッチもまた同胞だというあいまいな観点以外に、積極的な反対の理由が見つからないんで、ちょっと足並みがそろわないんだよ。野党としては、むしろ過去の政府の失態をもっと突きたかったんだ。そして、この問題をもっと長びかせ世論をわきたたせたかったんだ。——労組組織に、きみたちはほとんど働きかけなかったんだって？」

「その代わり、そういった組織の中にどんどんアパッチ化した連中が増えよるやないか」大酋長が言った。「ええわい、アパッチはべつに政党をたよりにしとらん、政党を利用するだけや——与党と野党と、せいぜいかみおうてくれとったらええねン。今度のアパッチ狩りでいちばんひどい目にあうのはアパッチになりかけの連中やろけど、これはダイモンジャに言うて、いちおう自衛組織みたいなものをつくっとるし、希望者の引揚げも考えとる。——しかし、中途半端な連中いうたら、結局どちらにつくか、決めならんやろな。それまでいちばん大きな犠牲をはらうやろな……」

「その人たちを……」浦上はせきこむように言った。「半分アパッチになりかかっている人たちを、アパッチはまもってやらないんですか？」

じつをいうと、その問いは、私自身の問いでもあった。——しかし大酋長の無表情で、退屈そうな顔は動かなかった。

「なんでやねン？」大酋長は静かに言った。「そういった人たちは、——人間から鉄になりかかっている人たちは、人間としても、いちばんたっとい選択をする機会にめぐまれてるんやないか——かばったりすることは、かえってその人たちに礼儀を失することになるで。——アパッチになるか、人間の社会にとどまるか、その人たちが自分で決めたらええ」

街の様子を見に、私とダイモンジャと浦上は倉庫を出て、夜の街を歩いていった。——もう木枯らしめいた冬の風が、腐った川のにおいや、タールのにおい、しめった材木のにおいをまじえて、横なぐりにビュッと吹きつけ、人気《ひとけ》のない倉庫街の、暗い横町ににじむ街灯の明かりを、かすかにゆらめかせた。

通りの正面に、電車通りが見え、車の明かりが走り去るのが見える。

「中間層の自衛組織って、どんなものだい？」浦上はささやくように、ダイモンジャにきいた。

「ああ——ひとくちに言うと、料理教室みたいなもんや」

「料理教室？」

「まあ、鉄料理の講習会みたいなものを、ようけこさえて、それを〝食物と味覚の自由を守る会〟ちゅうものに組織してある」

「ははア——」私はうなずいた。「人間は松毛虫を食おうが、ジャリを食おうがかってやというわけか」

「さいな、——たとえば、サナダ虫を湧かしたやつや、妊産婦は壁を食うたり、炭食うたりしよる。そやけど、そんなもん法律でしばれるか。基本的人権の一つや、ちゅうわけや」

「そやけど、鉄を食うのは、基本的人権やないで。基本的アパッチ権やろ」と私は言った。

「ちょっと——」浦上が声をかけた。「わき道にそれよう」

三人は電車通りに出ていた。——ずっと向こうに、赤い灯がくるくると輪を描いたり、振り子のように左右に揺れたりしている。その前に来ると自動車の赤い目玉のようなテール・ランプが徐行し、ときには止まり、行きすぎる。——私たちはそれをちょっと見て、もう戸をたてた、煤《すす》けた中華料理店のかどを折れた。

「スピード違反の取締まりをやっているように見えるがね」と浦上はささやいた。「——ずっと手前の暗がりにレーダーが置いてあって、スピード超過の車はすぐメーターに出て、向こうの取締まり所に電話で知らされて、ストップを食う——だが、このごろは車だけじゃないんだ」

「鉄のアパッチ人間では、レーダー波の反射がちがうさかいな」とダイモンジャは言った。

「そうだ。——それにこのごろは、純アパッチかセミ・アパッチかの区別までつくほど、精密なやつができてる。——本格的な取締まりになったら、活躍するだろう」

「で、あそこでひっかかったら、どないしよるんや。ひっぱるんか？」

「いちおうな——だが、危険とみたらすぐ釈放する。いじめられるのは、大酋長《だいしゅうちょう》も言ってたように、中途半端な連中なんだ。それに、要所要所にあいつを置いて、アパッチの動向も調べている」

私たちは、突然、地区警察の塀の外を歩いているのに気がついた。塀の中、建物の中庭にはあかあかと投光器が輝き、警察はこの時間に、息をひそめた活気に満ちていた。明日《あした》。――そう明日だ。

法案成立を見こして、朝、一部は公安委員会の以前の決定に即して、ぬきうち取締まりをやるかもしれない。それとも、どうせ成立と同時に即日発効の付帯条件をつけられた法案が通過すると同時に、一斉取締まりをやるだろうか？

「おれ、ちょっと見まわってくる」とダイモンジャは言った。「あすからの取締まりについては、もう地区組織に伝達が完全にまわってるはずやけど――人間として抵抗するか、それともアパッチ地区に逃げこむか、それは地区別、個人的に決めるように言うてあるんや。アパッチ地区へはいるやつの誘導が、うまくいっとるかどうか……」

「ちょっと……」私は前方を指さした。「あれも、そうとちゃうか？」

私たちは、船堀橋《ふなぼりばし》を渡って小松川《こまつがわ》にはいっていた。小さな家がびっしり並んだ横町の暗がりに、かなりの人数の影が黒々とうごめき、目をこらすと長い、ひそやかな列となって、辻《つじ》から辻へ、闇を求めるように動いていた。

ダイモンジャは掌を丸めて合わせると、低く、聞こえるか聞こえないほどの梟《ふくろう》の鳴き声を三度たてた。闇の中のうごめきがぴたっと止まった。しばらくたって、赤ん坊の泣き声のような、猫の声が二度した。――私たちは暗がりから出ていった。

「アパッチさん？」声をひそめて影法師の一つがささやきかけた。

「ああ……」ダイモンジャは答えた。「行く先わかってまんな？」

「ええ――この地区の集結場所は浦安橋《うらやすばし》をわたって、妙見島《みようけんじま》へ……そこから船です」

指導者らしい一人は、後ろを向いて、何か低声《こごえ》でささやくと、手を振った。――黒々とした声もない一行は、また足音を殺して動きだした。

人々はみんな手には何も持っていなかった。――着のみ着のまま……アパッチになるのに家財はいらない。

「うちの地区は、組織の半分が、残りました」指導者は動きだした列を見て言った。――ずんぐりと背の低い、中年男だった。「残りの半分は、やっぱし娑婆《しやば》に未練があるとみえて……家財だってありますしね」

「そらそうだっしゃろ」ダイモンジャは、しんみりした声で言った。「そやけど、これから娑婆の生活はたいへんでっせ」

「そうでさ――二、三割程度鉄《かね》っ気《け》のまじってる人たちは、じつは組織されてる連中の三倍も、四倍もいると思うんですが……その人たちはどうなることやら……」

「娑婆を捨ててアパッチになるいうたら、やっぱりなみたいていなことやおまへんやろな」

「そりゃそうでさア」男は暗がりの中で、風に顔を向けながら、ひとりごとのようにつぶやいた。「あっしだって人生四十年――やることなすことグレハマで、……二度もくせエ飯を食らって、……立ちなおろうにも、もういけねエ、嬶《かか》アと二人で、もう婆婆に未練はねエ、この先無事に暮らせても、しょせん死ぬまでアプアプなんだからと話し合って出てきたんですが……それでもねエ、婆婆にいさえすりゃア、まだなんかいいことでも起こりそうな気もする——人間てなアいくらだまされたってキリのねえもんですね」

別の地区を見まわりに行くというダイモンジャと分かれて、私と浦上はタクシーをひろって台東区《たいとう》へ向かった。下谷竜泉寺町《したやりゅうせんじまち》、——吉原《よしわら》の北、お西様《とりさま》で有名な鷲《おおとり》神社の近所に、彼の幼馴染《おさななじ》み の女性がいて、それに会っておきたいというのだった。——とんだ〝たけくらべ〟だ。

竜泉寺で車を降り、夜ふけの町の、細い路地にはいったとき、浦上は急に立ち止まった。

「どないした？」と私はささやいた。

浦上はオーバーのポケットに両手をつっこみ、体をかたくして、肩を震わせていた。

「いや……」彼はかすれた声でつぶやいた。「やっぱり、会わないでおこう……」

「恋人か？」と私はきいた。——浦上はちょっとうなずいた。

「従妹《いとこ》だけど……」彼はまだ体をかたくしていた。「東京へ来るたびに……だけど、このところずっと……」

「さよならを言いに来たんか？」

「わかってるだろ——おれは……おれはあすからもう社に出られない」浦上は少したかぶった声で言った。「取締まりが始まれば、新聞社なんか、とくにきびしくやられるだろうから——官憲が直接やらなくても、社の指令で検査され、摘発され、クビにされ、ひきわたされるのはわかってるんだ。アパッチは、あすから麻薬患者なみになるんだぜ……」

そう言うと、ふいに絶望的な声で叫びだした。

「きみたちがそうしたんだぞ！　ぼくをむりやりに……ぼくの生活をめちゃくちゃにし、ぼくを二度と娑婆に帰れないように……」

「しっ！」私は浦上の口を押えた。

路地をはいってすぐの仕舞屋《しもたや》——「易断、浦上点朱堂《うらがみてんしゅどう》」と看板のかかった家の台所のあたりに、パッと明かりがついた。かすかな下駄《げた》の音がして、裏木戸があき、ほの白い顔が浮かんだ。

「良男《よしお》さん？」若い娘の、押し殺した声がした。「おそかったのね、今夜来るというので……」

私は一歩しりぞいて路地の入口に立った。浦上は、ほっそりとしたその娘と、裏木戸の前で向かい合っていた。——わずかな沈黙の合間を、風がビュッと割ってはいった。

「おわかれを言いに来たんだ……」浦上の沈痛なささやきが、風にのってきた。「もう、二度と会えないと思うよ。わかってると思うけど——あすからぼくは、姿を隠さなきゃ

「……」

それからまた沈黙があった。――ずいぶん長い沈黙のように思えた。私はずっと向こうの常夜灯の下に、パトロールの影がちらと動くのを見つけて、唇を鳴らした。

「さよなら！」そう短く言うと、浦上は駆けだした。

「待って！」かん高い、しかし、思いがけぬほどせっぱつまった娘の叫びが路地に響いた。

「行かないで！　良男さん、もどってきて！　アパッチなんかになっちゃいや！」

辻から辻へ、すばやく走って、まだ紅灯のざわめきがうずもれている吉原の中へ足を踏みいれたとき、私たちはやっと足をゆるめた。通りをかざる紅緑のネオンの灯に、ふと照らされた浦上の顔は、涙にぬれていた。――アパッチは泣かないものだ。おそらく、それは彼が人間として流す最後の涙だったろう。

「アパッチは……」と浦上は唇を嚙《か》んでつぶやいた。「けっして、ある限界以上増えないよ、けっして」

私はさからわずに黙っていた。――彼の言わんとするところは、だいたいわかっていたからだ。

「人間的な喜びや悲しみや生活を失うことが、どんなにつらいことか、きみにはもうわからないんだ。そして、その価値を、あらためて悟った人は、断固として、アパッチ化することを拒否するようになるだろう。人間は豊かさといろんなたのしみに満ちた、いまの生活を、けっして、けっして捨てやしない」

浦上は立ち止まった。その頬を、まだ涙が伝わっていた。

「おれの失ったものが、どんなに大きいか、きみにわかるか？——記者としての仕事、巷《ちまた》で飲む酒、友人、——恋人……。アパッチにいったい何があるんだ？　アパッチであることに、どんな喜びがあるんだ？　要するに汚ならしい〝鉄食い〟じゃないか？」

「今、アパッチである連中は、たとえ人間であっても、そんなものは味わえなかったか、ほんのちょっとしか味わえない連中やで。——一生人間として生き延びても、死ぬまでに結局わずかしか人間的喜びを得られないということを悟った連中や——きみらは、中途半端に貧しいだけで徹底的に貧しゅうないから、そんな連中のこと考えへんかったやろ」私は冷たく言った。「あの人たちに何がある？　定年までに部長になって、社の車を乗りまわす機会があるか？　高級バーやナイトクラブに行く機会があるか？　ガレージ付きの大邸宅に住める機会があるか？　あの人たち、あのまま人間でいるよりはアパッチになるほうがましやと悟ったんや。アパッチには、とにかく、力と、社会の中の怪物としての自由があるさかいな」

「だけど、——アパッチになることは、結局人間としての多くのたのしみや可能性を失う不幸だ」

「不幸？」私は思わず声が高くなった。「きみにとっての不幸は、おれたちにとっては普遍的状態や。おれたちには、きみがこれからなろうとしている状態が基本的であり、出発点なんやで」

浦上はちょっとけおされたように口をつぐんでいた。

「おれが――あの焼けただれた追放地の中に追いこまれたとき……」突然かすかな痛みをともなう記憶がよみがえってきた。――しかし、私は全然冷静でいられた。「おれは、自分のおかれた状態を、不幸とさえ考えることができなかった。おれは死にかけとったんや……。人間として死ぬか、アパッチとして生きるかの選択に立たされとったんや……」

「恋をしたことはなかったのか？」浦上はささやくように言った。

「そら、あったかもしれんけど、――恋がなんやちゅうねン。セックスが、人間にしろ、アパッチにしろ、どれほど大きな意味を持つというんや」私はまったく冷静にしゃべっていた。彼をやっつけてやろうという気さえなかった。「人間が大事にしがみついとるものなんて、――考えてみたらあっても無《の》うてもかまへんもんやないか。青空や、小鳥や、女の髪のにおいや、赤まんまの花や――恋やヘチマいうても、そんなもんにしがみついて、いったい戦争が起こるのを防げたか？　変革の一つもなしとげられたか？　どっちつかずの、今あるみみっちい幸福に必死になってしがみつこうとする連中は、現状がひっくりかえったら、それといっしょにほろびるだけや」

「アパッチには、どんな未来があるんだ？」浦上はかすかにひきつった声で叫んだ。

「アパッチにはどんな文明が約束されてるんだ？」

「未来？　アパッチには、あんたが考えてるような未来はあるかいな」私は鼻くそをほじくりながら言った。「あんたの考えてる未来て、どんなもんや？　役付きサラリーマンか？　ガレージ付き住宅か？　月への銀婚旅行か？――そんなもん未来といえるか？　今の世界とちっとも変わらへんやないか。あんたがおジンになって収入がちょっと増えとるだけや」

「じゃ、アパッチには、どんな未来があるんだ？」浦上は叫んだ。「どんな約束の地があるんだ？」

「言うたやろ、そんなもんあらへん。――アパッチはあんたらの考えてるような未来やのうて、お先まっ暗のだれも歩いたことのない未来があるのや。――このほうが、アパッチにとっては、よっぽど未来らしいで。何がどないなるかわからへん。アパッチが完全にほろぼされるかもしれん。そやけど、アパッチにとっては、そんなこと問題やないんや。わいらは――ただ前へ進むだけや。暗やみの中を手さぐりで……文化とか、幸福とか、そんなもん先へ行って、考えんならん時がくれば、おのずと考えるようになるやろ」

浦上はそこに立ちつくしていた。強制的で急速なアパッチ化が残した、彼の中の人間的要素が、このお説教で一通り洗い流されたかどうか、私には判断がつかなかった。――まさか、彼がアパッチとして、はじめての裏切者になるとも思えなかった。

「さあ、去《い》の……」と私は言った。「もうおそい。――あしたから、アパッチとして、動いてもらわんならん」

「いやだと言ったら？」

「ここで、あんたを、殺さんならん……」と私は言った。「あんたは古い友だちやった。今度のことでいろいろ世話にもなった。そやけど、それとこれとは別や――あんたが、人間たちのところへ帰ってって、いま言うたみたいなこと宣伝したって、こっちはたいして痛いと思わんけど、――完全アパッチ化したやつが、敵の手に渡るのはまずいさかいな。殺してばらばらにせんならん」

浦上は立ちすくんでいた。

「どないする？」私は促した。「あんたなりたてで、まだ体の使い方もよう知らんやろ、急所もわからんやろ。わいのほうが年季はいっているさかいな。けんかやったらかならず勝つで」

浦上はしばらく路上に動かなかった。――ややあって、ようやく諦《あきら》めたように言った。

「行くよ……」彼は肩をおとした。「愚痴ってみてもしようがない。――おれももうアパッチになっちまったんだから……」

「今夜のこと、大酋長《だいしゅうちょう》に話す」と私は宣告した。「気の毒やが、当分あんたは、仲間の監視付きやで。だいじょうぶとわかるまでな――アパッチには、鉄の規律があるんやで」

4　世論の反撃――なお小康《しょうこう》状態

翌朝明け方を期して、全国いっせいに行なわれた「食鉄病患者取締まり」は、その規模において、また、激しさにおいて、今までに見られないものだった。しかもそれが、アパッチ非合法化三法案成立に先だって行なわれたということは、そこになんとなく陰謀くさいところが感じられた。すでに、そのときまでにマークされていた、全国三十数か所の「食鉄病多発地域」――ほとんどがスラム、貧困家庭密集地帯だったが――は暁天四時を期して国警機動部隊に強襲閉鎖され、住民は食鉄病感染度の強制検査を受けるようスピーカーで呼びかけられた。

冷たくよどんだ朝もやの中に、黒々と汚ならしい虫の卵のように沈む、たてこんだ長屋街や、貧民窟《ひんみんくつ》の辻々《つじつじ》に鋭くブレーキを軋《きし》ませながら次々と大型ジープや灰色の装甲車が止まり、ヘルメットをかぶった機動隊員が道路を閉鎖していった。――顎《あご》ひもをかけ、新兵器「アパッチ探知器」を手にした警官たちが、四、五人ずつ、迷路のようにいりくんだ路地の、こわれたどぶ板を踏みならしながら、家々の戸をたたいてまわった。

「××町住民のみなさん、どうか食鉄病摘発に協力してください……」ラジオカーのスピーカーが、説得調に、しかし威圧的な調子でしゃべりながら、封鎖地域の中を移動していった。「すでに食鉄習慣をお持ちのかたは、自発的に検査をお受けください……治療は無料で受けられます……食鉄の悪習は、みんなの協力でなくしましょう……」

強制捜査を受けた各地域で、かなり激しい住民の抵抗が起こった。——その摘発の法的根拠が、政府厚生省間で、伝染病予防法の拡張解釈によって独断的に決定された臨時行政措置にもとづくものにすぎないということは、残留セミ・アパッチ組織の指導者クラスの連中がよく知っていたことだった。そしてなお——彼らは、すでに前夜の脱出によって、全国総数数十万に達したはずの、アパッチ族の動きを暗黙裏にたよりにしていたことも確かである。しかし、非合法の、あるいは不法占拠の居留地に、または摘発区域の外にあらかじめのがれていた統一アパッチ族分散集団は、このさわぎに対して沈黙をまもっていた。警官隊も野田《のだ》居留地をはじめ、はっきりアパッチ族の集団がいると考えられている地区に対しては、まったく手を触れなかった。しかし、アパッチの出方に対しては、暗黙の警戒が払われ、野田居留地、および尼崎集落の沖合には、数隻の巡洋艦と駆逐艦が「演習」の名目で出動し——このときはじめて海軍が、あからさまな対アパッチ行動に出た——その艦砲とロケットランチャーは、何万というアパッチの群れる地区に、ぴたりと向けられていた。居留地上空には、空軍の戦闘爆撃機が威圧的超低空飛行をくりかえし、陸軍の機甲部隊は陸上包囲陣をしいていた。——「手入れ」に対する抵抗は、数か所でついに暴動的要素をおびてきた。そして一部では、とうとう住民組織まで動きだした。労働組合組織間で残っていた、いくつかの、いろんな「共闘組織」の残骸《ざんがい》においても、この問題に関して、臨時会議を持とうとする動きが出てきた。——

しかし、それも結局は、暴動鎮圧につれて、しだいに冷え、これをアパッチ問題でなく、人権問題としてあつかうと申し合わせだけができた。

この全国一斉取締まりが行なわれつつあったころ、臨時国会では、もう一つの茶番劇が進行し、与党おとくいの奇襲戦法によって、アパッチ三法案は、衆院を通過した。――参院与党勢力から見て、参院通過は時間の問題となった。そして、まさにこの点に対して――たびたび言うように、私のようにアパッチの一員として物事を見ているとき、どうも人間社会の視点に立って諸事態を正確なプロポーションで描き出すことは、はなはだ困難になるのだが――奇妙なことに、「世論」は猛然と立ったのである。政府が法案成立およびアパッチ問題の処理にあたって、「民主主義的手続き」をとらなかった、というのだ。――アパッチにとってみれば、いまさらばかばかしいと思うだけだったが、法案の参院通過を阻止するための大国民運動がまきおこり、それは倒閣運動にまで発展していった。――野党、労組その他の諸団体指導者が、がぜん、はりきったのはいうまでもない。全国各地にアパッチ法阻止運動がもりあがり、連日、大デモが行なわれた。――しかし、アパッチにしてみれば、こんなさわぎは、いわば対岸の火事のようなものだった。なぜなら――。

めんどうくさいから、このアパッチ法阻止国民運動について個条書きしてみると、
①　アパッチ法成立によって、国民の基本的人権が、強制的血液検査その他によって重大な侵害を受けるおそれがあること。とくにセミ・アパッチを社会的に差別しようとす

ることは、あらゆる「差別」をなくそうとする民主主義の原則に反すること。

② この法案反対に立ち上がった各層のねらいもまたまちまちの観があった。それをいちおう列記してみると、

i) 野党側は、これを機会に国民世論を動員して、反与党勢力をつくり、倒閣、政権奪取をねらった。

ii) 労組側も弱体化した横断組織の再建をねらった。

iii) 国民大衆としては、アパッチ法成立による人権侵害そのものよりも、この成立によって、従来すでにかなりの制限を受けつつあった民主主義的生活が大幅に制限されるのではないかという危惧《きぐ》を持ったこと。とくに政府がその強引な成立強行策をとったことにより——いちおう国会手続きは十分つくされていたのだが——国会の民主的運営がおびやかされたと考え、国会の多数決方式に対して不信の意を表明し、法手続き上はむしろ横車を押すような、アパッチ法の参院審議阻止の要求を表明した。

すなわち、どの階層からも、アパッチ問題を正確に考える考え方はみごとに脱落していたのである。国民にとって、ほんとうはアパッチ問題なぞどうでもよかったのだ。彼らはただ、従来の民主主義的な——というよりは、相対的に自由な、彼らのいう「人間的」な生活が、おびやかされるのではないかということが、いちばん大きな関心事だったのである。

しかし、この国民運動は、まさに民主主義とヒューマニズムの再確認という点で意義

があり、実効的には政府をついに総辞職に追いこむことに成功した。政府が総辞職すると、大多数の国民はそれでいちおう満足し、法案が総辞職前に参院を通過して、結局成立してしまったことも、たいして気にとめなかった。——これをもってしても、国民がほんとうは何を望んでいたかがよくわかる。

その国民の望みを見ぬいたかのように、柔軟な人柄で知られる与党内野党実力者の一人がかわって政権についた。彼は、賢明にも、アパッチ法案強行可決については日和見をきめこんでいた。——それを進言したのが例のTらしく、彼は次期内閣に国務大臣として入閣した。新政府はアパッチ問題に関しても、柔軟な話し合いの線でいくと表明し、総理府にアパッチ局設置を検討させることにした。——問題のほとぼりのさめるのを待って、解散総選挙に出たが、野党側のたのみにしたアパッチ問題共闘組織はさしたる効果がなく、与党はふたたび絶対多数を獲得するにいたった。

こうしてふたたび小康状態がやってきた。——あくまで小康状態であって、アパッチ問題の最終的解決でなかったことはいうまでもない。山師野田某の土地出資による全国五か所のアパッチ居留地に、分散居留せしめられた約六十万のアパッチは（つまり野田某と大酋長間で、アパッチの実数は四十万のサバを読まれていたのである。事実、アパッチ集団内の立入り調査が、アパッチ側から拒否されたまま、実行できない形だったので、アパッチ総数は、人間側からは、戸籍面での失踪《しっそう》者から累積推定するほかなかった。

残り四十万のアパッチ？——彼らは一部なにくわぬ顔でもとの住居に帰り、残りは大きなツラをして、社会の中を闊歩《かっぽ》していた）、政府といちおうの暫定協定を結び、野田某——T国務大臣ラインででっちあげられた「アパッチ交易会社」は、アパッチに対する食料日常品の供給と、アパッチの産物のひきとりを一手にひきうけることになった。——会社役員に、アパッチ側から三名の代表がはいっていた。

ところで、政府アパッチ間の暫定協定というものは、あくまで実情に対する臨時的措置にすぎず、日本国内におけるアパッチ族の存在を、なんら法的に規定するものではなかった。先に述べた俗にいうアパッチ非合法化三法は、正確には、アパッチ拡大防止法とも呼ぶべきもので、国内社会におけるアパッチ化現象、食鉄習慣の拡大を阻止しようとする、あくまで予防的なものにすぎなかった。——そして新政府が一種の行政措置としてとりきめた、暫定協定なるものが、今度は国内右派、とりわけ軍関係からの猛烈な攻撃目標となり、アパッチ問題に対する政府の軟弱さを非難する声がしだいに激しくなってきた。

「政府がアパッチを独立の交渉相手、日本国内において別個の主権を持つ、国内国家として認めたのか？」——非難の声はその点にもっとも強く集中した。「かかる怪物的暴徒集団に対して、いやしくも日本の主権を代表する政府が、それを国家外の交渉相手として認めたようなそぶりを見せることは、政府がこの怪物たちの暴力に屈したことではないか？　政府は断固としてアパッチに対し、国家の法に服することを強制せよ。政府は彼らをして、その国家および私有財産に与えたる損害の補償をなさしめ、刑に服せしめよ。すべてはそれからのことである」

一方、政府としてもアパッチの処置には今までどおり苦渋していた。——頭のいいやつが、領土内の独立自治体、すなわち、ヴァチカン、サンマリノ、リヒテンシュタインなどの、ヨーロッパ小国のことを持ちだしてきて、政府は自治省に本気になってその問題を検討させていた。——しかし自治省のほうは、アパッチ居留地制の、奇妙な副産物——地方自治体における独立の動きに、ひどくあわてていた。前から中央の地方に対する簒奪《さんだつ》とか、中央統制の強化とかで、地方自治体の間に不満がくすぶっていたのだが、政府のアパッチ独立自治体構想が、どこからどうもれたのか、それをたてにとって関西方面を共和国化しようという運動がにわかに活発になってきたのである。自治省としては、そういった地方自治体がもしアパッチと結びつき、この問題を利用する形で、反中央の火の手をあげたらたいへんだと思っており、アパッチのヴァチカン化どころではないありさまだった。

政府としては、対アパッチにはいちおう宥和《ゆうわ》政策をとりながら、国内世論をおさえるために、対内的に食鉄習慣絶滅には全力をそそいでいた。「鉄を食べるな」というＰＲも、あらゆるマスコミを動員して朝から晩まで続けられた。——ただし麻薬の場合とちがって、実質的に食鉄患者の悲惨さで、人々をおどせるわけではなく、むしろ鉄を食ったら強くなるというのだから、始末にわるかった。結局「鉄を食うと罰せられる」という道義心に訴えるほかはなく、これが逆に若い連中の法律反抗意識や、スーパーマンへのあこがれをあふるのではないかと危惧されもした。

国民の「鉄化検査」は、厚生省案のごとく、血液検査によらず、簡単な磁気鑑別法が大々的に採用された。しかしそれにしても、定期検査が法制化され、鉄化の兆候のあるものは強制隔離ということになったとき、国民の意識の中に重くるしい抑圧状態が出現したことは否めない――強制隔離といっても、目下のところ完全な治療方法がなに一つ見つかっておらず、三、四〇パーセントの段階にあるものを、「絶鉄療法」によって禁断症状――アパッチからいえば飢餓症状――に追いこんで、それから徐々に新陳代謝系の回復をはかるという手しかなかったので、時間のかかること、おびただしかった。鉄化五〇パーセントをこえるものは、ほとんど回復の見込みがないとされ、そのままほったらかして餓死さすか、アパッチ族のほうへ送りこむかするほかなかった。――まさか餓死させるわけにもいかないので、たいていはアパッチ居留地へ送りこまれてきた。

まさに「思想検査」「忠誠テスト」にも比すべき、この検査は、厚生省のみならず、あらゆる警察力の動員によって、情け容赦なく行なわれたが、にもかかわらず、食鉄習慣を撲滅することはできなかった。いや、むしろ部分鉄化した人々は新しく増えつつある傾向化さえあり、政府は治療よりも、その人たちにＡと緋文字《ひもんじ》で書いたでかいプラスチックの――金属だと食べてしまうおそれがあるので――五芒星《ごぼうせい》、六芒星のバッジをつけることを強制した。――こうすることによって、患者の分離をはかり、一種の社会的情緒において、「差別」の道義的圧力を生ぜしめようとした。――これとて、若い連中の中には、そのマークが保安官バッジみたいでイカス、などと感ずるのが出てきて、自分でつくってつけるのが流行したりするのには、お手あげだった。利にさとい小商人《あきんど》の一部が、これをつくってこっそり売ったりした。――おもちゃの札《さつ》、おもちゃのピストルが流行する時代におもちゃのバッジをつくってわるいはずがない、というのが彼らの言い分だった。若い連中の間では、上半身に茶色の絵の具を塗り、髪をオカッパにして鉢巻をしめアパッチそっくりのかっこうで、バッジをつけて街中を横行するのがはやったりした。

アパッチそのものが、一部は平気な顔をして街中をうろついていた。彼らに言わせれば、「居留地から出たらいかんというとりきめはないやんか」であり、また事実、その問題で交渉は難航していたのである。――とりきめがあったところで、うろつくのが好きなアパッチが、外へ出ないことは考えられない。

この短い安定期に食鉄習慣について、医学上の研究はいろいろなされた。しかし、それが人間を鉄化するという以外に、なに一つ積極的に「体にわるい」という理由は見つからなかった。身体組織の鋼鉄化が、精神に与える影響についても、感情の起伏の鈍化や、性的欲望の多少の低下以外、とりわけ恐怖すべき兆候は見あたらなかった。

「医学的に見て、食鉄はなんら身体に悪影響をおよぼさない」というのが、医学会の見解だった。「むしろ、鉄化によって身体の強健化、長寿化に役だつであろう」

だが、医学会のこの公式見解は、政府秘密機関によって、完全に闇から闇へほうむられた。このため、医学界の長老三名が、いっさいの公的機関をしりぞくはめになった。――かわって新聞の家庭欄などに「食鉄病の家庭における予防法」とか、「あなたの子どもに食鉄病の兆候が見えたら」などと言った、たわいない記事をのせることでお茶をにごしはじめた。――事実、食鉄習慣が生理的に積極的な悪影響をおよぼさないとなると、その防止は一種の擬似的モラルにたよるよりしかたがなかった。

「鋼鉄化は、すなわち非人間化である」という御用医学者の言葉が、ひとしきり新聞や総合雑誌をにぎわせた。「人間とは、単に抽象的精神的な概念ではなく、厳密に生物学的な規定を受けるものであり、さらに厳密には、生理学的な規定の枠に入れられる。哺《ほ》乳類《にゅうるい》霊長目ヒト科ヒトのみが人間であり、それは雑食性であり、蛋白質《たんぱくしつ》、炭水化物を摂取する――その生理的機構が、この規定よりはずれたものは、奇形というよりはむしろ、人間以外のもの、非人間、怪物と呼ぶよりしかたがない」

これに対して、「鋼鉄人は、食習慣の変化からくる、人間の高級化したものかもしれない」という見解も現われた。「たとえば、猿から人類への進化途上にあって、一つの画期的な段階を示すと思われる曙人《あけぼのじん》――アウストラロピテクスは、それ以前の段階における食物範囲の制限をうちやぶることによって、飛躍的な身体および脳の発達を見た。すなわち樹上生活時代は木の実その他の植物性食品がおもであり、これに昆虫類などのわずかな動物蛋白源をとるにすぎなかったものが、アウストラロピテクスにいたり、草原生活によって獣肉を食するようになった。この高級、高効率の動物性蛋白大量摂取が、曙人たちの身体と脳を大きくし、一歩高級化を押し進めたことは、明らかである。――これとアナロガスな関係が、人間とアパッチとの間でも考えられないだろうか？　アパッチは人間から出発した人間以上の存在ではないだろうか？」

むろん、この見解も政治的圧力によって闇から闇へほうむられ、この論文の執筆者は長らく秘密警察にひっぱられていた。――学問、それも自然科学の分野にさえ、弾圧が加えられだしたことは、アパッチ対策の末期症状ともいうべきだったろう。しかし政府は、貧困や社会矛盾を、つねに過渡的なものと思いこませるあのやり方でもって、これらの弾圧もまた、一時的でやむを得ないものと思いこませることに成功したのである。かわって科学の面では、アパッチ化と戦う方法のみが麗々しく宣伝されはじめた。「対アパッチ新兵器登場！　王水入りミサイル実験成功！」云々《うんぬん》の記事が写真入りで紹介されたりした。だがむろん、こんなものに対しても、国民はなんの反応も示さなかった。――思うに、中間層は、冬の到来を予測して、そろそろ閉じこもろうとしかけていたのである。

対アパッチの、精神的宣伝もはなばなしく行なわれはじめた。――とくに国粋派の神がかり論調が、一部の大新聞にまで現われはじめたのは驚くほかはない。

「アパッチはアカである」その一つは、正面からこうきめつけていた。「アパッチとはアメリカ・インディアンの一部族の名である。そしてアメリカ・インディアンは現地では、レッドマンと呼ばれている。レッドマン、すなわち〝赤い人間〟である。——また赤色ソ連の恐怖の独裁者スターリンの名まえの意味は、〝鋼鉄の人〟というロシア語である。これをもってしても、アパッチが、アカの手先であることは一目瞭然《いちもくりょうぜん》である」

まったく屁理屈《へりくつ》というよりほかはないが——ひと目でわかる屁理屈も、もってまわってもったいぶった屁理屈も、屁理屈という点でかわりはない。そして、ひと目でわかる屁理屈は、その語呂《ごろ》合《あ》わせじみた神秘性によって感性に訴え、もってまわった屁理屈は、もったいぶったことの好きな連中に訴えて、ある程度の効果はあるものである。

憂い顔の進歩的知識人が、こういった傾向を憂うる論陣を張ったのも型どおりだった。そのほとんどが「アパッチもまた人間である」という、誤った論点にたつ同情論に終始し、アパッチ弾圧にかこつけた政府の言論弾圧を非難するものも多かった。また、みずから「アパッチの味方」をもって任じ、「アパッチにこそ未来がある」と大見得を切る、自称アヴァンギャルディストもあった。——しかし、こういった知識人が、国会の「アパッチ問題調査委員会」によって、抜打ち的に、根こそぎ鉄化検査されたことがあった。その結果、意外にも、「アパッチの味方」を公言するグループを含めて、ほとんどの「進歩的」知識人が、全然鉄化していないことがわかった。調査委はこの結果を公表して、彼らを無害であると宣告した。——このことは、一般大衆のもの笑いの種になり、進歩派に深刻な打撃を与えることになった。

一方秘密通信販売などで、造血剤の名目で、こっそり鉄粉の丸薬などが売られはじめ、それが大人気を博した。厚生省は、造血剤中の鉄分含有量をきびしく規制したが、噂によると、この鉄剤は一部の政府高官も愛用しているということだった。スタミナをつけるというよりも、まさかの時の用意だというのである。

　だが、ひとしきり、ジャーナリズムやマスコミをさわがせたこれらの問題は、実質的には小康状態の中のささやかな事件にすぎなかった。――マスコミが、社会の実質的な動きを、つねに正しいプロポーションで伝えているとはかぎらない。むしろ、もっと本質的なことは、現場労働者の中には食鉄習慣がたえず拡大しつつあったということだろう。鉄鋼労働者、建設、土木、機械、……こういった労働者は、つねに鉄の中で生活し、むきだしの鋼鉄にじかに接触している。――彼らの孤独で、荒々しい労働の中で、ふと鉄のささやきを聞くことがあったとしても、当然ではないだろうか？

　私を食べてごらん……さあ、私を食べて……あなたは、地上百メートルの高さで、頬のちぎれそうな寒風にさらされながら、冷えきった鉄骨にすがり、何トンという鉄材をワイヤ一本でつりあげる作業をしたことがあるだろうか？――風がアングルを少し揺り動かせば、それは軽い接触であなたを空中にはじきとばす。――焼けた線材ロールの手前で、一分間千二百メートル近いスピードで吐き出される白熱した鉄の線条に向かって、耐火手袋にヤットコ一つで身構えたことがあるだろうか？――一つ呼吸が狂えば、焼けた線材はあなたの体に蛇のようにまきつく。——塩を嚙《か》んで、出銑を見る人々、電磁石に吸いつけられた鉄板が頭上を通る下で、ガス溶接機をあつかう人々、切り粉が青く虹《にじ》のようなきらめきを発しながらまきあがっていく中で、バイトの先をじっと見つめている人々……なべて物との危険な関係に身をさらす人々には、ふと物体がささやきかけるものである。——そして、この傾向は、別の意味で鉄との接触の多い人々、——兵士たちに現われてきたことは、軍内部に恐慌をまきおこした。

いや、食べられたのは、鉄ばかりではなかった。東北や、瀬戸内の貧農たちの中には、砂を食べる連中さえ現われてきた。彼らは貧しい食物と、単調な生活のため、常日ごろ、「砂を嚙む」思いを味わっていたことを思えば、食鉄習慣に刺激されて、砂を食ってみる気になったのは、ごく自然の推移であろう。あなたがたもまた戦中戦後の食糧危機のおり、さんざっぱら「砂入り南京米《ナンキン》」を食っていたではないか？——砂を食った連中は、その構成物質の性質上、もとの姿をたもっておられず、砂そのものと化してしまった。——ある村では全村の人間が砂と化し、村全体が建物を残して小さな砂漠となってしまったところもあった。しかも、この砂漠は無気味に移動し、行く手の岩や石を嚙み砕いて砂にかえ、徐々に成長をとげつつあった。——まさに「砂のような大衆」というところである。「砂男」——サンドマンと呼ばれたこの連中は、他所者《よそもの》に対してなかなか攻撃的であり、人間が普通の砂地と思って近づくや、その顔に砂をはじきかけ、砂が目にはいった人間は、視力を失って眠りこんでしまう。

また九州炭鉱地帯では、とくに中小炭鉱の廃坑内などに、石炭を食って生きる「石炭《コール》男《マン》」という連中が発生した。彼らは、落盤で坑内に閉じこめられたままほっておかれたり、また中小炭鉱が営業不振で倒産したあと、企業主に捨てられたりして、やむをえず、石炭を食うようになったのである。――このコール・マンたちのしるしは、鼻下にたくわえられた、ひどく場ちがいに伊達者《だてしゃ》ぶった、美しい口髭《くちひげ》だった。

だが、――これらの非人間の発生は、まだごく一部の現象だった。そして、これらのことを一切合財ひっくるめて、この小康状態をひっくりかえすほどの力にはなりえなかった。――アパッチに関していえば、政府はむしろ対アパッチ闘争を押し進め、彼らを「敵」にしたてることによって、一連の社会緊張をつくりだし、当時すでに慢性化しつつあった政治的経済的危機――なかんずくインフレ、くみふせられた過剰生産恐慌のあおりというものを、一時的に回避しようとさえした。そして一方、――本ものの破局は別のところで――生産機構の真ん中で準備されつつあった。

アパッチの存在が、しだいに生産機構を土台からゆるがしはじめ、それが軍内部のアパッチに対するヒステリカルな憎悪、国粋派の危機意識と重なったとき、ついに最終的な破局へとみちびいていったのである。

第八章　大アパッチ戦争

1　怒れる十二人の男

一九六×年九月三十日――

東京都心部にあるTビルの八階特別会議室で、十二人の男が沈鬱《ちんうつ》な表情で豪華なテーブルをかこんでいた。十二人とも初老をすぎた紳士で、その服装は誰も彼も地味ではあるがとびきり上等であり、そのすばらしい仕立ての服を、みんながみんな、どこかもっさりと着こんでいるところは、彼らの社会的実力の、なみなみならぬことを暗示していた。

十二人の紳士――すべて鉄鋼に関係ある人々――四十二基の高炉と、粗鋼換算年間五千万トンの大生産能力をほこる日本の鉄鋼生産のすべてを握る一ダースの人々――彼らは、いわば鉄鋼王国の諸侯たちであり、いまやほとんど公然となった鉄鋼トラストのおえらがたであり、「産業の米」といわれる鉄鋼を通じて、全産業界、政治経済界に、絶大な権力を握っているのだが――その人々は、なぜかその日、いらだたしい空気にとらえられているように見えた。

それはあながち、その日のむしあつい、台風でも来そうな、陰鬱な天気のせいばかりではなかった。むろん鉄鋼不況——十年間で三倍という巨大な設備拡大による過剰生産と、ここ数年の国内経済の慢性的停滞、それに世界経済の全般的な低迷など、数多くの悪条件が重なって、いまや悪化の一途をたどりつつある鉄鋼市況が、これらの人々の額にここ二、三年消えやらぬ深いたてじわを刻みこんでいた。過剰設備——生産能力五千万トンの鉄鋼設備は、操業率六〇パーセントを割るというみじめなありさまだった。かててくわえて世界的な鉄鋼過剰生産がある。USスチールが低操業率打開のためにうった、後進国輸出における価格面でのサービスは、それが実質的にはダンピングであるといわれながら、どうにもならないでいるうちに、世界的な規模での恒久的市況軟化が起こってきた。——昭和三十七年度実績で、当時三千二百万トンの鉄鋼生産量を誇りながら、なお百五十万トンの銑鉄輸入を行なっていたという事実から、高炉増設を強行してきた鉄鋼界は、現在操業率六〇パーセントというみじめな状態でいながら、なお銑鉄輸入が漸増の気配にあるという板挟みの状態におかれていたのである。

鉄鋼自由化が行なわれてしまった現在では、たとえ鉄鉱石輸入カルテルを通じて生産制限を行なっていても、国際価格の僅少《きんしょう》な差が敏感に市場に反映する。

鉄鉱石輸入のために、「長い足」を持たなければならなかった日本鉄鋼界は、たえず紛糾をつづける後進国民族主義運動による政情不安に、つねにおびやかされ、ときには革命による鉱山没収の憂き目にさえあわなければならなかった。このハンディにくわえて、海上運賃の恒久的軟化は、せっかく供給確保のために建造した鉱石運搬船《バルク・キャリアー》の値打ちを無意味なものにしたばかりでなく、膨大な未償却資産や長期借入金の額をまた増えさせる結果になってしまった。鋳物用、鋼原料用おのおの用途にしたがって、ちゃんと質を分けてくる高品質の外国銑を輸入したほうが、原材料の形――つまり無効量の多い形で輸入し、さまざまな利子ハンディを背負った高炉で生産される国内銑を買うより、よほどとくだ。鉄鋼業界は、実質的なカルテル行為である公販制によって建て値を維持しながら、国際競争の圧力でみずから裏値販売を行なわなければならないという、矛盾した状態に追いこまれていた。粗鋼の建て値トンあたり四万一千円を、裏値はすでに三万八千円台にまでさがっていた。つまり、せっかく高炉を持ちながら、つくればつくるほど損をするという状態に追いこまれ、高炉基数の少ない鉄鋼一貫メーカーでは、いっそ全部休止して輸入銑を使用したほうがいいのではないかという笑い話まで持ちあがっていた。――再軍備したものの、目下のところ、陸軍がおもで、海軍の原子力艦船建造計画は、予算上遠い未来におしやられ、国内に大規模な需要喚起を促す要因もなく、財政投融資も、大量の外貨赤字とインフレをかかえた現在では無理だった。銑鉄輸入制限のための、合法的な手段は遠い昔の夢だった。国際鉄鋼カルテルの一画は、くずれはじめ、いったん系列化された中小平炉メーカーは、この安い輸入銑目当てにまたぞろ系列支配を脱して、独立の気運を見せはじめていた。

それにくわえてアパッチ鋼《スチール》の出現である！　斜陽の憂色濃い日本鉄鋼界に、まさに決定的な打撃を与えたのがアパッチだったのだ。——その時期にまでいちおう仮登録に応じた〝正〟アパッチの総数は四十万をこえ、公安関係のつかんだ実数は約八十万、しかし準アパッチ潜在集団を含めるとその数は優に百万を突破していたであろう。この連中が一日平均鉄分換算六キロの鉄を食い、そのうちの約五キロを鋼として排泄《はいせつ》する（品位五〇パーセントの鉄鉱石なら一日十二キロを消費する）。すなわち一日五千トンの鋼が排泄されるのだ。これを一年に通計してみるとざっと百九十万トンである。——年産五千万トンの粗鋼生産能力、三千万トンをこえる生産実績に対して、これはあまりにわずかな数字かもしれない。しかし、アパッチ鋼《スチール》は、ほとんど原材料価格でできるという、とんでもない利点があるのだ。それも安い硫化鉄鉱や硫酸滓《かす》、鉄鉱石価格に毛のはえたほどの原価で……。

　野田某が、アパッチ交易会社の傍系で始めたアパッチ製鋼は、いちおう大企業への思惑もあって、一部銑鉄を食糧にまぜていたが、副食——つまり添加剤によっては、硫酸滓や鉄鉱石、または硫化鉄鉱を食わせても、ほとんど銑鉄主食の場合とかわらぬ高品質の鋼が採取できると知ってからは、断固として国内硫化鉄鉱、硫酸滓と輸入鉄鉱石供給に踏みきった。——屑鉄《くずてつ》はいまや間食程度のものとなった。食料の混合比がはっきりしないので、原価は明確でないものの、アパッチ鋼《スチール》は、シートバーにしてトンあたり二万円以下、つまり大手の建て値の半額以下で売っても十分ペイしたというから、たいへんな違いである。——だが、野田某は、むろん最初からそんなでたらめなダンピングをおおっぴらにやって、大手を刺激する方法をとらなかった。粒状のアパッチ排泄物を、鋼塊、またはシートバーの形にするには、簡単な炉と圧延設備さえあればよかったから、アパッチ鋼《スチール》は、当初野田某の入手した小規模の倒産鉄鋼工場でこっそり製品化され、一種のヤミ製品として市場に流れていった。――輸送や販売にいくら手間と金をかけても、なにしろ原価がべらぼうに安いからいくらでももうかる。中小問屋関係も、マージンをたっぷりもらって、しかも良質低廉の鉄鋼半製品を売れるのだから、こんなうまい話はない。しかも野田某は、その資金力にものをいわせ、問屋関係も、倒産しかかっているような小さな所を、金で横っ面をひっぱたいて完全に自家薬籠《じかやくろう》中にしてからでないと利用せず、ほとんど販売員を使って、小口需要家にこっそりと直接売りこみをやった。――アパッチ鋼《スチール》はだから、最初、処分品、ヤミ（といっても、大企業建て値に対しての話だが）製品として水がしみだすように市場に現われ、ふと気がついたときは、軟化した価格をとりかえしのつかないほど弱めてしまっていたのだ。彼が、このアパッチ鋼《スチール》に一千億といわれる大資金を投入し、その製品の大部分をアパッチの食糧として、スクラップなどを下取りした零細企業に直接販売をやったのは、まことに賢明だった。アパッチ鋼《スチール》は、大手問屋筋が、買いとって建て値を防衛するいとまもなく、数か月後には、市場需要の漸減という形で、徐々にその影響を現わしてきたのである。――まず末端小売商が、まっさきに音をあげだし、次にその影響は末端商社におよんだ。国内の全般的不況に、たださえ無理な負担を背負っていた末端販売機構は、針でつっついても倒産しそうな状態だった。大企業大手商社の系列から離れてよろめいた零細問屋の一部に、野田某の手がのびていった。大手の問屋筋にしても、長期にわたる在庫投資にいいかげん音をあげているところだったから、末端の危機にまで手がとどかなかった。――鉄鋼市況に、何か微妙な変化が起こりつつある、投げ物が若干現われている、ということに気がつきだしたとき、ひじょうにいいタイミングでアパッチ鋼《スチール》の噂が、耳から耳へささやかれはじめた。

市場価格の半値で、しかもきわめて良質の鋼が出まわりかけている！

今度は中ぐらいの問屋まで動揺が起こった。店をたたむ気で、在庫をはたいた商社が出た。――とたんに一連の連鎖反応が起こって、一部で投げがあり、親会社に対して、在庫品ひきとりを申しでた商社が出だした。下からの製品ひきとりの拒否も現われた。中間どころはいずれもだぶついたストックを整理し、身がるになって、情勢を見ていようという態度だった。――もっともこの程度では、まだ大口需要にまで響かず、市況混乱も、大商社の思惑さえなければ、たいしたことはなかった。――そしてまた鉄鋼界といえば、不況カルテルのきわめてがっちりしているところなのである。

だが――次に現われたのは、いったん倒産して大企業の系列下に吸収されていた、中小鉄鋼メーカー独立の気運であり、ここにいたって大企業ははじめて動揺しだした。朝鮮事変特需の反動が来た昭和二十八、九年から、合理化資金のない中小鉄鋼業はどしどし整理され、倒産したり大企業の系列下にくみいれられたりした。――この「系列化にはいる」というのがなんとも情けない状態で、つまり大企業によって好況不況のクッションがわりに使われるのだからたまったものではない。町の零細鉄工所のみならず、相当な中型鉄鋼会社でも、不渡り倒産して、大企業の系列にくみいれられたのが相当あった。これらはほとんどが高炉を持たない平炉単独メーカーであり、単圧メーカーであった。——安くて良質なアパッチ鋼《スチール》は、やがてこういった、かつての独立中小企業にも食いこんでいき、これらの系列化企業に、ふたたび系列から離れていこうとする気運を与えた。——つまり、アパッチ鋼《スチール》の出現は、日本鉄鋼界の組織を根底からゆるがしはじめていたのである。

十二人の紳士たちは、会議室に閉じこもったまま、長い間——じつに長いあいだおしだまっていた。彼らは表向き会議ということで集まっていたが、そのじつ、いっしょに集まって、何かを待っているような様子だった。

題目をプリントした紙が手もとに配られているにかかわらず、会議はいっこう始まろうとせず、議長席にすわった日本最大の鉄鋼会社の会長も、テーブルに背を向け、窓のほうをじっと見つめたままだった。——紳士たちは、隣席どうし、ぼそぼそ私語しあったり、紙にらくがきしたり、居眠ったり、天井を向いて腕組みしあっていた。そして——その席上の少なくとも四人の紳士は、なぜか頻繁に腕時計をのぞいては、時間を気にしているようだった。

「だいたい、こんなばかな話があるものか！」と、渋柿をほしかためたような頑固そうな老人が唸《うな》った。「あの〝鉄食い〟どものひりだした、糞《くそ》みたいなもので、世界第三の鉄鋼王国がぐらつくなんて！」

「糞といって、ばかにせんことだな……」隣席の太った禿《は》げ頭の紳士が、唇をゆがめて応じた。

「南洋の有名なアンガウル島や、南米ペルー沖合の小島でとれる燐鉱《りんこう》石はな――グアナといって、有史以来、何兆何億羽の海鳥がひりだした糞でできているんだぜ」

「そういえば、石灰岩にしたって……」横からやや若いエネルギッシュな感じの紳士が口を挟んだ。「何十億年にわたって、海中の微生物が、海水中の炭酸カルシウムを凝縮して殻をつくり、それが海底に沈澱《ちんでん》してできあがったものだ――生物系を原料製造に使う方法も、これから考えなければならんことかもしれんな……」

「自動車業界が……」別のところで、深刻な顔をして話し合っている組もいた。「アパッチ鋼《スチール》を使いだしそうだって？」

「全部とはいわんが……」相手はうめくように言った。「自動車業界も、国際競争では深刻だからな――もし一層の競争を、海外の大メーカーから強いられるとなれば、価格面ででも太刀打ちしないと……」

「わしのところにも報告がきとったが」またもう一人の紳士が話に加わる。「残念ながらアパッチ鋼《スチール》は優秀なんだ。薄板からボディをプレス整形するとき、アメリカの鋼板なら一回できれいにぬける。ところが国産鋼板は二度も三度もかけてプレスしないと、いけない――アパッチ鋼《スチール》は、スウェーデンや、クルップの鋼板より優秀だと言っとるぜ」

「きみのところでは……」眼鏡の紳士が斜め向かいの男に話しかけてきた。「アパッチ鋼《スチール》大量購入を計画しているという噂を聞いたが……」

「アホな！」関西弁の紳士があわててうちけした。「そんな、自分で自分の首をしめるようなことできるかい！　アパッチ交易会社が、分散販売で、こちらにまわさんようにやたらに気をつかっとるし……買い漁《あさ》りの手間なんかようかけんわ。だいいち――去年の暮れ、完成したばかりの自動出銑式の二千トン高炉をどないせいちゅうねン？　世界銀行に一文も返さんまま、新品の高炉をオシャカにする気になるか？」

ちょっと気まずい沈黙がながれた――それは鉄鋼一貫メーカー共通の悩みだった。――アパッチ鋼《スチール》を買い占めたい……各社とも、喉《のど》から手が出るほど、それを望んでいるのだが、今まで天文学的数字におよぶ長期投資をやって、鉄鉱石、石炭などの原料を含む一貫設備をととのえてきたことを思えば、それも簡単にはできないのだった。――うちつづく鉄鋼不況で、軒なみ額面割れの惨状を呈している大型鉄鋼株の現状では、証券市場に大衆資金を期待することもできず、社債の売れ行きも思わしくなく、――それでも国内国外の借り入れによって強気の設備拡大を続けてきた鉄鋼界では、最近国内に対しては、ほとんど居なおりの形で短期借入金を長期にふりかえたものの、全般的な借入れ超過状態は、重くのしかかっていた。不況カルテルによってかろうじて建て値維持をやっても、こんなに長くつづく操短状態では、膨大な償却設備の金利がばかにならない。——そこへもってきて、アパッチ鋼《スチール》による値くずれに、はさみうちされたとなると——この巨大な企業連合が、まるで風にそよぐ葦《あし》のように、激しい危機感におそわれたのも無理はない。特に現在なお年間推定一〇パーセントをくだらないアパッチの増加率が、将来の見とおしに対して、ますます焦燥感をあおった。しかも、その増加の中に不可避的に大量の鉄鋼労働者が含まれているのだ。

　このわりあいで、アパッチが増えていったら……五年先の日本鉄鋼界はどうなるんだ？

　かつてアメリカのゼネラル・エレクトリックが、新設白熱電球工場の償却がすむまで、蛍光灯のパテントを完全に握りつぶしたように、大鉄鋼メーカーもまた、できれば結束し、大金を投じてでも、アパッチ鋼《スチール》の市場出現を阻止したいところだったろう。だが、対居留地交易という特異な形態をもってしては、それもできない相談だった。おまけに政府はアパッチ問題に対して、依然日和見を続けているのだ。

「だいたい、今の政府はなっとらん！」あの干し柿みたいな老人が、私語の途中で大声でどなった。「いったい何をやってるんだ？　獅子《しし》身中の虫のアパッチのごときになんたる弱腰だ！——彼らは日本鉄鋼界をどう思っとるんだろう？　われわれの会社がつぶれる時は、日本がつぶれる時だということぐらい、わからんのか？　もっと強気な内閣を……」

突然、電話のベルが鳴った。そのベルの音を聞いて、さっと顔面に緊張を走らせた紳士は、議長を含めて四人いた。だが次の瞬間、その緊張がほかのものにも感染して、一座の空気が、凍りついたように、こわばった。

電話のベルは、二度、三度と鳴りわたった。

電話器は議長のすぐ手もとにあり、二十四の瞳《ひとみ》がじっとそれにそそがれていた。――四度目のベルが鳴りわたったとき、議長はめんどうくさそうに電話に向かって手をのばした。だがその指は、かすかに震えていた。

ぽってりした福耳にあてがわれた受話器の底から、ピイピイというかすかな声がもれ、それに対して短く応対する議長の声が、息づまるような空気の中に、刺激的に響いた。――やがて電話を切ると、議長は右手を上着のポケットにつっこんで、芝居気たっぷりに一同のほうを向きなおった。

「諸君――わるいしらせだ……」議長の声はこわばり、しわがれていた。――だがそれはショックのためではなく、内心の喜びを隠そうと、わざとよそおわれたものみたいだった。「たった今、軍が……」そこで議長はふと言葉を切った。――期待と不安をこめて議長の口もとを見つめる一同の耳に、突然激しく咳《せ》きこむような機銃の音が聞こえ、続いてごうごうと超低空で通りすぎるジェット機の爆音が聞こえてきた。

2　居留地、攻撃さる

三十日の午後零時五十五分――

ちょうど昼休みの番組が終わって、そろそろテレビやラジオの前から立とうとしていた全国の人々は、コマーシャルが突然プツンと切れ、受像器やラジオの向こうに何か、あわただしい気配が起こったことに気づいたはずだ。

〝しばらくそのままでお待ちください〟というテロップがはいり、それが消えると、今度はアナウンサーの緊張した声が呼びかける。

「ただいま重大ニュースがはいっております！　どうかそのままテレビやラジオを切らずにお待ちください！」

十秒、二十秒……受像器の前の緊張は高まっていく。向こうでは、何かただならぬさわぎが起こっているようだ。

「お待たせしました、臨時ニュースをもうしあげます」

アナの顔ははいらず、〝臨時ニュース〟と書いたテロップがガチャンとわりこんでくる。「本日零時四十五分、陸軍第一師団は、突如クーデターを行ない、第一師団麾下《きか》の三個中隊は首相官邸および政府要人自宅をおそって、政府閣僚全員を逮捕しました。なお、この際、T国務大臣はじめ数名の閣僚が死亡したもようであります。軍は臨時政府樹立の声明を発し、全国に戒厳令をしきました。くりかえします……」

ところが、くりかえしのところでプツンと切れて、また別の声がはいってくる。

「臨時ニュースをもうしあげます！　本日零時五十分、大演習の出動態勢にあった陸海空三軍の主力部隊は、アパッチ族居留地に向かって、いっせいに攻撃を開始しました。なお、アパッチ族は……」

ここでまた映像と声が切れる。今度のさわぎは長く、怒声やドタバタ走りまわる音、ものの倒れる音まで聞こえる。——やがて画面が映りだし、今度は緊張し興奮した情報将校の顔がとびだしてくる。

「全国民の諸君につぐ！」軍人は原稿もなしに、どなるように叫ぶ。「アパッチによる国家的危機を憂うる日本国軍隊は、本日ここに実力をもって新政府を樹立した。同時に傲慢《ごうまん》なるアパッチ族に対して、断固一斉攻撃を開始した。たび重なるアパッチ側からの挑発および軍に対する侮辱は、もはや隠忍の限度を越えた。さらに光栄ある日本民族の国家をむしばみ、産業財産をかすめ、その存立を根底からあやうくするアパッチ族に対して、なお妥協的態度をとりつづけようとする、腐敗し、かつ軟弱なる政治家に対して、断固たる鉄槌《てっつい》をくだしたのである。今回のクーデターは、かかる政治家どもに反省を求める以外他意はなく、新政府を樹立したのちは、ふたたび政治を国民の手にゆだねることを確約する。諸君らは冷静に軍に協力し、また対アパッチ戦闘に際しては……」

突然画面がすうっと遠ざかって暗くなる。もはや画面は輝かず、ウンともスンとも言わない。

「停電だ！」という声があがる。「ちぇっ、肝心なときに……」

窓々から首がつきだされる。お宅も？　お宅も？　いったいどうしたんでしょうね？

不安にかられる人々は、戸外へとびだす。クーデターですって？　アパッチと衝突？

いったいどうなったんです？　あなたお聞きになった？

「停電だ！」という声が聞こえてくる。「どこもかしこも、全体停電だぞ！　電車も列車も止まってるぞ！」

どうしたんだ？　どうなったんだ？――電力会社の電話はいっせいに鳴りだす。ところが三分後、その音もハタとやんでしまう。

「電話は不通になった！」

どうしたんだ？　どうなったんだ？――人々が不安に満ちた眼差《まなざ》しで見上げる空を、薄い煙の尾を引くジェット機が、三機編隊で超低空でとびさっていく。突然街や森や丘のかなたにパッと煙が立ち上がり、まもなくドーンという響きが伝わってくる。続いて砲声が遠雷のようにとどろきだす。――気ちがいじみたスピードで、軍用ジープが街角のカーブをぶっとばしていく。

「戦争だ！」という叫びが、電気が止まってしーんとした街の片隅からかすかに伝わってくる。

「戦争だ！　アパッチと軍隊との戦争だぞ！」

九月三十日――この日は、あの「大阪事件」からちょうど一周年にあたり、陸軍部内では、〝屈辱の日〟と呼ばれていた。クーデターとアパッチ戦争は、まさにこの日に火《ひ》蓋《ぶた》を切られたのである。

攻撃開始のとき、私は東海地区居留地の最後の撤収にあたっていた。片目のゴンさんみずから舵《かじ》をとる快速鉱石運搬船――フルスピードで、二十五ノットという高速が出る――でもって、東海地区居留地へ一路近づきつつあったとき、突然はるか高空から、単縦陣をつくってまっすぐつっこんでくる空軍のF一〇九戦闘爆撃機の姿を認めた。

「ワッ！」と私は思わず船橋で叫んだ。

「やった！」

急降下用の空気制動機《エア・ブレーキ》が、一番機の尾部で花のように、パッと開くと、その腹の下から数条の白煙がほとばしって、扇形にひろがりながら殺到した。ものすごい炎と黒煙が、地上に上がり、居留地のかまぼこ小屋が十ばかり、空中にふっとんだ。続いて二番機が……そのころになって、やっと超音速機の起こす衝撃波が、ドスンと船体にぶつかり、船橋のガラスにピピッと亀裂《きれつ》が走った。

「ゴンさん」私は叫んだ。「大急ぎで船を岸へ！　居留地には、女子どもと老人ばかり残っとるんや」

「前進《ゴーへー》！」ゴンさんは機関室へどなった。「全速《フルスピード》！　とり舵いっぱあい！」

「とり舵？」私は叫んだ。「ばかいうな。女子どもを見すてる気か？」

第二編隊が横揺れしながら、居留地上空で急降下態勢にはいろうとしていた。

「臨時ニュースでっせ！」通信員が船橋へとびあがってきた。「軍がクーデターやりました。同時に各居留地が一斉攻撃を受けています。ここにも艦隊が近づいています」

「水平線に軍艦！」見張員がどなった。「左舷《さげん》四十度、重巡三隻、駆逐艦二隻、接近中」

「砲撃が始まったら之の字運動や！」ゴンさんは舵手《だしゅ》へ叫んだ。「いつでも退避できる用意しとけ！」

「ゴンさん！」私はゴンさんの入れ墨だらけの腕をつかんだ。「女子どもは？」

「攻撃が始まったら、撤収作業を中止してただちに集結点へひきかえせちゅう命令を受けてますねン」ゴンさんはやさしいキイキイ声で言った。「今から大酋長《だいしゅうちょう》の直接指揮下にはいります」

私は思わず、黒煙をあげて燃えあがる居留地をふりかえった。すでに午前中から包囲態勢をしていた陸軍の重砲部隊の攻撃が始まったらしく、いんいんたる砲声とともに、土砂がまきあがりはじめた。――遠ざかりつつある居留地を眺めながら、私はあの砲撃の下に、一瞬にして鉄粉と化したであろう、アパッチ族三千の女子ども、老人たちのことを思って、舌の根がかわくのをおぼえた。

三千――と私は言った。実をいうと、つい一週間前まで、東海地区居留地のかまぼこ小屋には、十万のアパッチがいたのである。しかし〝屈辱の日〟の危機を察した大酋長のカンで、屈強なアパッチたちは、ほとんど全員夜陰に乗じてひそかに居留地を脱出し、そのときまでに都市周辺や山岳地帯に散開していたのである。陸のほうはすでに常時陸軍の夜戦レーダー網で見張られていたから、脱出は海中を通じて行なわれた。アパッチが、水中で約一時間の呼吸停止に耐えるという事実を見おとしていたのが、彼らのミスだった。海軍はもともとアパッチ問題に対して傍観者であり、海上警備は手うすだったから、この大脱出はまんまと成功した。――長時間呼吸停止に耐えない女子どもや老人だけが、居留地に残され、それも三日前から、各地で撤収が始まっていたのであるが――。

それにしても――大酋長はなぜ、女子どもを最後に残し、場合によっては見すてるように命令したのか？　その理由に思いあたったとき私は思わず唾《つば》をのみこんだ。犠牲《いけにえ》！

――そうだ。アパッチが最初に追放地に閉じこめられたとき、大酋長は軍隊の反応を見るために、女や子どもや老人の一隊に、白旗を持たせて矢面に進ませた。それは、うまくいけば、このあわれな集団を見て、相手が仏心を起こし、一瞬たじろぐかもしれない、という計算とともに、もしこういったか弱い連中が殺されたとすれば、その怒りを、アパッチの戦闘力、団結力に利用できるかもしれない、という一石二鳥をねらったものにちがいない。――今度の場合も同様だった。攻撃目標になる可能性の強い各地の居留地には、戦闘や移動の際、よくよくの足手まといになる連中だけが残され、彼らは戦闘開始の犠牲とされたのだった。

「みんな聞け！　日本全国のアパッチはみんな聞け！――わしは大酋長の二毛次郎や！」

突然船橋の短波ラジオがビンビンと唸《うな》り声をあげはじめた。洋上に近づきつつあった艦影からパッと朱色の火がひらめいた。――遠く重々しい砲声が水面に響きわたり、全速西進中の船の右舷《うげん》前方約百メートルにザッと水柱があがった。

「みんな聞け！　思うてたとおり、軍隊はきょうの午《ひる》、不意うち攻撃をかけてきよった。居留地に残っていた、全国三万の年寄り女子どもが殺された。――いつかはこうなることはわかっとったんや。こうなったらあとへひけんぞ！　あとへひいたら全滅やと思え。これがほんまの正念場やぞ！　人間が勝つか、アパッチが勝つか、軍隊を全部たたきのめすまで、食って食って食いまくれ！　全国のアパッチ、セミ・アパッチばんざい！　大酋長ばんざい！――かかれ！　いわしてまえ！」

この叫びが、全国に散らばった何百というアパッチの小集団に、無数の短波通信器と小型強力な中継器――それは倒産した弱電工場を持っていた野田某を通じて、ひそかに大量入手した唯一の「武器」だったが――を通じて鳴りわたったとき、日本全国の山という山、峰という峰から、どんよりとむしあつい、風もないうすぐもりの空へ向かって、いっせいに幾条もの煙があがった。尾根から尾根へ、谷から谷へ、こだまするように、こたえあうようにぽっかり立ちのぼるのろしは、人々の目をうばい、軍隊を狼狽《ろうばい》させた。

――軍にして見れば、まんまと日本軍伝統の不意うち奇襲攻撃に成功したと思ったのに、第一攻撃目標とした居留地はもぬけのからであり、裏をかかれた形で、彼らの背後から狼煙《のろし》をあげられ、しかも、その数からみれば、日本の全山岳地帯は、アパッチに占領されているように見えたからだ。――クーデター参謀本部は、一瞬見こみちがいをしたかと思って、青ざめたにちがいない。

しかし、これはアパッチの陽動作戦にすぎないのであって、要するに全国で数百か所に狼煙をあげるためには、数百人のアパッチがいればいい。――そして狼煙と同時に、アパッチの戦闘部隊は、軍隊が布陣した近傍の草むらから、丘の陰から、ワッと声をかけて襲いかかったのだった……。

私は砲撃にさらされ、狂ったようにジグザグ運動を続ける船の上から目を見はって、山脈のあちこちからあがる無数の狼煙の列を見上げていた。――一五サンチ砲の砲弾はすでに三発命中し、ミサイル巡洋艦のはなったミサイルが今またガーンと船腹に命中し、船は大揺れに揺れた。エンジンルームがやられたらしく、猛烈な勢いで蒸気の吹きだす音が聞こえた。

「とり舵いっぱい!」ゴンさんがどなった。「全員退避用意! 座礁させるぞ!」

舷側からシュウシュウと蒸気を吹きながら、船は今、惰性だけで岸へ進んでいた。まもなく足もとにショックが伝わって、船底がガリガリと岩を嚙《か》み、船はぐらりと傾いた。

「とびこめ!」ゴンさんはどなった。「ええか! 水にもぐって、集結地点に集まる。

それから、アパッチ水軍と合流や。――さアみんなたらふく食えるぞ！　胃袋と歯の続くかぎり、食わしたるぞ！」

「胃腸薬の配給はおまへんのか？」アパッチの一人はねじまがった手すりを、のんびりほおばりながら言った。

「商船はともかく、軍艦はどうも胃にもたれてかなわん」

「キイコはん、大酋長は、鈴鹿《すずか》山中にいるはずです。なんやったらそこへ合流しなはれ。それともわてらといっしょに来まっか？」

そう言うなり、ゴンさんは短刀をくわえ――べつになんの役にもたたないのだが、彼に言わせると、こうしないとかっこうがつかないのだそうだ――ザンブとばかり海に身をおどらせた。続いてとびこもうとした私は、眼前はるかかなたの低い尾根をわたっている高圧線の鉄塔が、ぐらりと傾くや、目のくらむようなスパークを発して、倒れていくのを目撃した。一つ、また一つと、鉄塔は倒れていった。目をこらせば、その鉄塔の下にかすかにうごめくアパッチの姿が見えた。――作戦第一号、「停電作戦」の開始だ！

東京発ＵＰ特電――三十日午後一時、陸軍を主とする日本軍部は突如としてクーデターを起こし、閣僚多数が射殺された。クーデター開始と同時に陸海空三軍は、国内の食鉄人種アパッチ族と全面的に衝突、各地に激戦が展開されているもようであるが、衝突開始とほとんど同時に国内は全面的に停電、電話電報のほとんどの有線通信は途絶し、状況は目下混沌《こんとん》としている。クーデター司令官オダ・ノブオ将軍は、「アパッチ殲滅《せんめつ》まで断固戦う」と声明を発している。

「停電作戦」は、歯と胃袋以外武器らしい武器のないアパッチが、考えに考えぬいた戦法だった。すでに一か月以上前から、北海道より九州にいたる全地区の、送電のポイントとなる高圧鉄塔の近辺には、二、三名のアパッチが四六時中配置されていた。アパッチ戦闘員は、みんな耳の後ろにドリルで穴をあけ、野田某から供給された超小型受信器をうめこみ、総司令部の指令はじかに彼らの耳に達するようになっていた（野田某は倒産した弱電工場を買いとって、こっそりこれらの超小型ラジオ、強力な短波通信器、小型中継器を大量供給した。これこそ交易を通じてアパッチが手に入れた唯一の「武器」だった）。——作戦開始と同時に送電線の鉄塔はあっというまに食いたおされ、ほとんど全国にわたって一斉停電が起こった。電気王国日本に衝撃的な運動神経麻痺《まひ》が起こったのである！——一部通信は途絶し、鉄道輸送はほとんど停止、エレベーターも大工場も、電灯もテレビも水道ポンプも、いっせいに止まった。続いて作戦第二号「沈黙作戦」（読者はおぼえておられるであろうか——皮肉なことに、アパッチが追放地内に閉じこめられたあの最初の軍の攻撃の名が「沈　黙　作　戦《タシタニティ・オペレーション》」だったのである！）。いっさいの国内通信を途絶させること。

まずテレビ、ラジオの送信アンテナが襲われた。東京タワーがわずか三十分の間に、ふんばった脚の鉄骨をかみきられ、轟然《ごうぜん》と音をたてて、増上寺《ぞうじょうじ》の上に倒れかかった。

山頂から山頂へもうけられたマイクロウェーヴ回線のパラボラアンテナも、かたっぱしから食いたおされた。市内線は、前日から地下ケーブルの渠溝《きょこう》にもぐりこんでいたアパッチたちが、線を切り裂いた。かくて戦闘が開始されてからわずか一時間の間に、電力と通信がしばらく復旧の見こみのたたないほど、ずたずたにたちきられ、一瞬にして日本全土は、麻痺状態におちこんだのである。――これは、まさに軍部の意表をついたやり方だった。

軍部は最初、クーデターをやって大義名分をたて、アパッチ攻撃は、居留地にかたまっているところをいっせいに奇襲、集中攻撃をかけることによって、ほとんど瞬時にかたがつくと思っていた。――武器もない野蛮人アパッチに対して根底的に侮蔑《ぶべつ》感を抱いて、たかをくくっていたのがまちがいだったのである。アパッチは居留地攻撃でみごとに肩すかしを食わせた。そして、逆襲と見せたのは、軍隊の注意をひきつけておく巧妙な陽動作戦で、まず第一段階は敵の正面攻撃をひっぱずし、日本のやわらかい大動脈に、がっぷりかみついたのである！――電気に続いて、ガスが襲われた。ガスタンクはかたっぱしから食いやぶられ、でかい穴からガスを空中に散乱させた。各精油所、貯油所、発電所、給油所のガソリン、重油、原油タンクが襲われ、何千万キロリットルという石油が、奔流となって地面に流れた。水道管の一部も襲われた――瞬時にして、日本全土は盲目で聾《つんぼ》となり、半身不随となった。

東京報告《レポート》　S・p・Y特派員、ヤン・ツウ・チャン

クーデターが起こったというので、まるで肉を見せられた空腹な犬みたいに、タイプライターにタックルした各国記者は、やがて外国通信が途絶しており、どんなにあがいても当分復旧の見込みがないと告げられ、空港あてのメッセージも、軍の手によって二十四時間封鎖されているということがわかると、急にがっくりして、記者クラブのおしゃべりにかえった。――日本というすばらしい文明国が、瞬時にしてこんな麻痺状態になるというのは信じられないことである。ましてそれが、クーデターの直接的目的となった「アパッチ」のせいだとなると、これは腹をかかえて笑うよりしかたがない。私たちが例によって日本人記者をからかうと、憂い顔の愛国者は、真っ赤になって怒って、「きみたちは、他人《ひと》の国のことだと思って笑っているが、これはなにも日本だけの問題ではない。きみたちの国みんながかかえているのと同じ問題だ」と力説した。

「そういえば、アパッチという名まえそのものがアメリカからの輸入品だったな」とイタリア人記者が言った。「アメリカは人種のルツボであり、今もなお黒人問題という噴火山をかかえている。歴史は、一度くわえられた残虐行為が、くわえたほうは忘れていても、くわえられたほうはいつまでもおぼえていて、やがてはなんらかの形の復讐《ふくしゅう》を行なわずにいられないということを教えている。してみるとアメリカが先住民インディアンを押しつぶし、現在なお、酒も飲ませないほどの人権無視を行なっているそのむくい

が、日本に現われたのにちがいない」

　直接加害者であるアメリカが報復を受けず、関係ないばかりか、むしろインディアンと同じ蒙古型人種《モンゴロイド》である日本人が、なぜむくいを受けなければならないのか、と反問すると、「それは日本がかつて、アメリカの極東軍事行動において、もっともよき協力者だったからだ。反撃はつねに弱い個所に向かって行なわれるものだ」としたり顔でこたえた。

　アメリカ人記者は、これを聞いてかんかんに怒り、

「それならば、アメリカは、イタリア人移民の持ちこんだマフィアの暴力にさんざんいためつけられた。アメリカの犯罪シンジケート、ギャングのほとんどは、今なおイタ公のマフィア組織であり、アル・カポネやビッグ・ジム・コロシモもみんなそうだった。きみの論法でいけば、アメリカが受けた生命、財産、法の権威に対する手いたい損害からみて、やがてアメリカはイタリアに宣戦布告することになるであろう」と、アンタッチャブルのエリオット・ネスのような顔で叫んだ。

「しかし、日本人記者の言うように、アパッチ問題はフランスにもあるかもしれない」とフランス人記者が口をはさんだ。「有名なパリの不良ども、アパッシュというのは、もともとアパッチのフランス語読みなんだ。しかし、ぼくとしては日本のアパッチがうらやましいくらいだ。フランスも人民戦線《フロン・ポピュレール》があんなにふにゃふにゃなものでなく、日本アパッチのごとく鉄の戦線《フロン・フェール》だったら、今のフランスはきっと変わっていたかもしれない」

「だが結論として……」と新左翼《ニューレフト》の息のかかったイギリス人記者は冷静に付け加えた。「アパッチ戦争もクーデターも、政財界を中心とした八百長《やおちょう》のような気がする。日本は過剰生産とインフレで悩んでいた。ここで一つ大消費と新体制をやって、国内をひきしめなければならない。消費もひきしめ、いちばん効果的なのは戦争だが、まさか今の世界に戦争をしかけるわけにもいかず、しかたなしに八百長国内戦をやって、だぶつきを整理しているのだ」

このイギリス人記者の説は、各自の胸にしみた。大消費時代にはいって、アメリカでは、十年使える自動車を二年たったらスクラップにしなければならない。また過剰生産の小麦を焼いたり、海に捨てたりしなければならない。日本でもそうであって、一方においては過剰生産、一方においては大量失業人口をかかえ、国内経済は慢性的行きづまりを見せている。そこで失業人口はアパッチになり、過剰生産分はことごとく軍備にまわし、ときたまこの二つをぶっつけて双方の整理と大消費をやれば、まことにうまくいくではないか？——これはつねに必要以上のものをつくりだしてしまう現在の世界が、ひとつまじめに考えねばならぬ問題である。

「戦況はどないでっか？」ようやく鈴鹿《すずか》山脈中に大酋長《だいしゅうちょう》の移動大本営をつかまえた私は、息を切らせてきいた。

「まだどっちゃも、たいした損害はない」と大酋長は言った。「そやけど、向こうもそろそろ補給関係がえらいことになりそうやちゅうことに気づいてきたらしい。——問題は今夜やな。向こうにレーダーがあるにしても、夜戦のほうが、なんぼかこっちのとくや」

一行のひそんだ山陰から見おろせる道路の上を、戦車が十数台、ごうごうと唸《うな》りながら通過していくのが見えた。——大酋長の話してくれた戦端開始時の彼我の勢力は、だいたい次のようなものだった。

○陸軍——十六個師団（北海道旭川《あさひかわ》、東北仙台《せんだい》の両師団は、クーデターに参加せず）

○空軍——戦闘機三百機

戦闘爆撃機百五十機

中距離爆撃機八十機

○海軍——主力艦隊をのぞく小艦艇

これに対してアパッチ側は、九州十二万、中国地方十万、近畿十五万、東海北陸十二万、関東十八万、東北七万、北海道八万の割りで、どの地区も山岳部と平野部に勢力を半分ずつ分け、平野部は都市破壊工作、山岳部は交通遮断にあたっていた。

「いざとなれば、山岳部にたてこもってもええけど……」と大酋長は地図を見ながら言った。

「山岳戦やったら、こっちのもんやさかいな——しかし、山岳部は食物がないさかいな」

「都市戦になったら、向こうも手をやきまっしゃろ」と私は言った。「なんぼなんでも住民ごとぶちこわすわけにいかへんやろし……」

「そやけど、小さな都市では、住民の立ちのきを命じたところもあるらしい」

そのとき、戦車の去っていった方向と、やってきた方向の両者から、狼煙《のろし》があがった。

「よっしゃ！　道をふさげ！」

大酋長がどなった。――とたんに両側の崖《がけ》の上から、大きな岩や土砂がバラバラと道に落ちはじめた。

「そら行け！」とアパッチたちは、岩の下につっこんだ梃子《てこ》に肩を入れながら叫んだ。

「お父ちゃんのためなら、エーンヤコーライ」

大岩が、はでな音をたてながら、道路の上に転げおち、ぽっかり二つに割れて、完全に道をふさいだ。――前方で、すさまじい砲撃の音が聞こえだした。それから、一部ひきかえしてくるらしいキャタピラーの響きが近づいてきた。――戦車隊は、完全に峡谷のような急斜面の中に閉じこめられた。

「よし！　あとはまア、あのタンク、煮て食おうと焼いて食おうとかってにせえ……」

丘陵から見おろす平野部にひろがる都市は、動脈を断たれて完全に仮死状態におちいり、廃墟《はいきょ》のような暗さの中にロウソクの火がちらちらまたたきはじめた。都市周辺部でときおりパッとさび色の炎が明るくひらめき、しばらくたつとドーンという爆発音が聞こえた。――そろそろ夜戦の時がせまりつつあった。

「どっちみち、やるところまでやらんならん」と大酋長は黄昏《たそがれ》の空を見上げながら言った。
「アパッチが勝つか、人間が勝つか——焦土作戦でもなんでもやったるぞ」

3　廃墟《はいきょ》作戦

九月三十日、ワシントン発ＡＰ——米大統領は、日本におけるクーデターおよび内乱は寝耳に水であり、深い驚きと注目を寄せていると、記者団に語った。しかし目下のところ新政府からはなんら通報を受けとっておらず、もう少し事態がはっきりしてから、態度を決定したいとの意向である。なお、軍と戦闘を続けているアパッチなる種族に関しては、アメリカ・インディアンの同名種族とはなんの関係もなく、むしろ某国よりの援助を受けている無政府主義者の集団ではないかと思う、と付け加えた。

夜がくるとともに、アパッチのすさまじい大夜襲が始まった。——夜間戦闘の有利さは、たしかに敵側レーダーによっていちじるしく減殺された。にもかかわらず、夜目がきき、地形を利用してこっそりしのびこむのを得意とするアパッチにとって、夜戦は昼間の戦闘よりはるかにつごうがよかった。——私自身もトマホークを持ち、弓矢を背負って、その夜の襲撃に参加した。敵にしてみたら、歩兵夜戦用の小型レーダーの数が少なかったことをどれほどくやんだことだろう。

地虫の鳴き声、こおろぎの鳴き声などで合図しながら、地面にしがみつくようにしてじりじりと野営中の敵陣に近づくと、突然前方でかすかなひそひそ話が聞こえた。

「気味がわるいな……」とまだ若いらしい兵士の声が言った。「何か、そこらへんにいるような気がしないか？」

「おれ、西部劇で、白人が夜のうちに、インディアンにとりまかれて襲撃されるのを見たけど……」もう一人の声が言った。「自分がその立場にたってみて、どんなに恐ろしいか、よくわかったよ」

彼らの恐怖は長く続かなかった。――私ともう一人のアパッチのはなった矢が、みごとに二人の喉《のど》をつらぬいたからだ。――われわれは、なおも近づいていった。ついに、鋭い警戒の声があがって、機銃が火を噴きはじめ、サーチライトの光芒《こうぼう》が走ったとき、われわれは彼らにとって悪夢のようなあの古典的な叫びをあげながら、陣地の中におどりこんでいった。たちまち射ちあう響きと、悲鳴があがった。サーチライトがボンと熱《あ》っぽい音をたててはじけとぶと、あとは暗黒の中に、絶叫と泣き声がいりまじって、阿鼻叫喚《びきょうかん》の修羅場が出現した。――それがものの二分間も続くと、ピタッとしずまり、あとは闇の中で、負傷者がおびえてあげる、胸をしめつけるような泣き声が、だらだらと尾をひいて聞こえるだけだった。それも消えてしまうと、あとはしんとした静寂の中に、重々しい足音がゴソゴソと聞こえるばかりだった。――やがて鋭い口笛が聞こえると、武器弾薬をうばいとったアパッチは、また、影のように暗闇へ消えていった。

「体につきささった鉄砲だま、自分で抜きとるなよ！」野戦病院では、ペンチやヤットコ、それに溶接用のガスバーナーをふりまわして、とれた腕や脚を溶接しながらアパッチの衛生兵が叫んでいた。「へたに抜くと、出血しよるし、ほっといてもたいてい体内に吸収されるからな」

「そやかて、これを見てみい！」全身にまるで釣鐘のイボみたいに、弾丸のつきささったアパッチがぼやいた。「体が重とうてかなわん」「見てくれ！　この男前が鉄砲ダマでぼこぼこや」別のアパッチがどなっていた。「どないしてくれる？」「ギャアギャア言うな、あとで板金屋がたたきなおしてくれるわ」

一夜あけたとき、彼らの態勢はわずかながらいれかわっていた。その夜、一夜の戦闘で、陸軍は全国で死者重軽傷者を含めて二万数千名の被害を出し、約一万五千名以上のアパッチが、ぶんどった軽火器で武装していた。――アパッチに対しては、あまり役にたたない武器も、いったん人間に向けられると十分その威力を発揮する。――戦闘のあとで、横倒しにされた戦車のそばに、あかあかと焚《た》き火をたき、コークスを真っ赤におこし、その火をかこんで、キャタピラーなり砲塔なり、めいめい好きなところの鉄をひと塊りかじりとっては舌つづみをうつ豪快さは、かつて白人がいまだ足跡を印《しる》さぬアメリカの原野で、野牛《バイソン》を屠《ほふ》っては野趣あふるる野外バーベキューをたのしんだ、勇壮なインディアンもかくやと思わせた。

「ヨコハマ発、至急報――警報！　日本に寄港予定の各国船舶は至急針路をかえ、もよりの港へ退避されたし。日本は目下内乱のため激戦中。〝アパッチ〟なる種族のため、停泊中または沿岸渡航中の船舶はいずれも水中より無差別攻撃を受け、沈没せざるも航行不能におちいりつつあり！　くりかえす、日本に向かいつつある船舶は至急針路変更せよ！　ギリシャ船オケアノス号」

片目のゴンさん指揮下の水上アパッチは、「小判ザメ戦法」または「人間機雷」という奇妙な戦法で沿岸に近づく艦船に水中攻撃をかけた。――すでに戦端が開かれる前から、「海賊」たちは大きなコイルの中にはいって、その体に強力な磁性をおびさせていた。敵艦が沿岸に近づくと見るや、浮力タンクを背負って水中にとびこんだアパッチは――アパッチは体が重いので、そのままでは泳げなかった――水面下に散開浮游《ふゆう》して艦の接近を待ちうける。艦が通りかかると、付近のアパッチたちは磁力によってぺたりと艦底に吸いよせられる。吸いついたらしめたもので、磁力によって、どんなにフルスピードでつっぱしろうと、ジグザグ航行しようと、小判ザメのごとく離れるものではない。そのままじりじりと艦尾に這《は》いよって、舵器《だき》やスクリューシャフトをかじって、航行不能におちいらせるのだった。――スクリューをかじられた軍艦なんて、だらしないもので、ぷかぷか浮いているばかりだった。この水中攻撃に気づいた海軍は、掃海艇や駆逐艦によって爆雷攻撃を行なった。だが水面近いところにいるアパッチは、はねとばされるだけでたいした害も受けず、かわりに海軍の潜水艦二隻が沈没した。

しかし、水上アパッチの多くはかえらぬアパッチになった。そして陣頭指揮にあたっていたゴンさん自身も、紀伊水道の戦闘で、かえらぬ人となった。――だが、この戦闘で、行動不能におちいった艦船は八十数隻、そのうち食われてしまったものが六隻もあった。

「原子力艦船の原子力エンジンは食うな！」という命令が出された。「燃料ウランが体内にはいると、デキモノができるぞ！」

これにかぎらず、総司令部は、旧約のモーゼみたいにやたらに何かを食ってはならないという指令を出さねばならなかった。アパッチの食い意地ときたらお話にならないくらいで、いったい戦うために食うのか、食うために戦っているのかわからないくらいだった。――まあ人間にしたところで、日ごろ食うために生活を戦っているのだから、似たようなものだが――彼らの健啖《けんたん》ぶりは、この戦闘の間に、日本の鉄道の半分近くが食われてしまったことを見てもわかるだろう。

「このレール、まずい。すがはいっとるぞ」などとぜいたくを言いだすやつもいる始末だった。

「ガソリンを飲みすぎるな！」というのは、軍の補給所を襲った連中が、ガソリンを飲みすぎて酔っ払ったからだった。

「鍋釜《なべかま》、電気洗濯機、冷蔵庫など一般市民の家庭用品をかじるな」

「パイナップルを食べるな」という通達は、白兵戦において、敵の投げこんだ手榴弾《しゅりゅうだん》を食おうとして被害を受けたアパッチが多かったからである。

十月一日、モスクワ発タス——日本の内乱についてはソ連政府は深い関心を寄せている。これは同国のファシズム擡頭《たいとう》に対する非武装人民の抵抗の爆発ではないかと判断する。アパッチとは、圧迫され、失業と飢餓に追いこまれた人民の抵抗のための秘密結社の名であり、ソ連政府は日本人民の実力行使に深く同情するものである。

「北九州地区……石炭男が大量参加してくれたばってん敵軍主力は寸断しよりました。敵はふとい打撃を受けて、残存勢力は本土のほうへ逃げちょります」

戦闘はしだいに激烈をきわめだした。徹底的な散開作戦と奇襲戦法をとり、都市の建物の陰から、山の中腹から、おしよせてはひき、ひいてはおしよせるアパッチは——、しかしながら装備において、はなはだしく劣っていた。近代的火器、戦車、ミサイル車、自走砲、航空機、それに完備した通信設備や電波兵器を持つ陸軍の精鋭と向かい合って、情勢はまさに一進一退だった。

「東海地区はなも、ミサイルにやられて、えりゃアことになりかけとるで、はよ援軍送ってちょうよ」

送電についても、工兵隊が応急処理をしたとたんに、別のところでアパッチが鉄塔をぶちたおすといったぐあいで、まるできりがないありさまだった。——だが、しかし、建設するよりは破壊するほうがたやすいにきまっている。日本全土はしだいに荒れはてていった。

「ぶちこわせ！」と大酋長《だいしゅうちょう》は叫んだ。「日本中を廃墟《はいきょ》にしてもかまヘン！——徹底的にぶちこわせ！」

廃墟作戦——このすさまじい戦法が発令されたとき、アパッチ側に軍事顧問団の格でついていた少数の知識人は、真っ青になって、抗議した。

「なんということをするんです！」と彼らは大酋長につめよった。「あなたは——この国の歴史的遺産を破壊しようとするんですか！　戦いのあと、また人々の生活が始まるということを、考えないんですか？」

「人々の生活？」大酋長は鋭く〝人間〟顧問団をふりかえった。「いや——ア、パ、ッ、チ、の、生、活、や。あんたらも、そろそろ腹くくったほうがええで。人間のままでいるか、それとも完全にアパッチになるか……」

東山《ひがしやま》の頂上臨時司令部から見おろした京都の街は、炎々と天をも焦がす火につつまれていた。——第二次大戦にも空襲をまぬかれた古都のいっさいは、アパッチに追いこまれ、最後の抵抗をこころみた第九連隊の砲火にさらされ、今、完全に灰燼《かいじん》に帰しかけていた。——アパッチは彼らの退路をたち、追いこみ、この由緒ある街の真ん中で市街戦をやるようにしむけたのだ。古寺名刹《めいさつ》も、今は紅蓮《ぐれん》の炎に包まれていた。清水《きよみず》の三重の塔が、次々に火の粉をまきちらしながら焼けくずれた。

「あんたらの廃墟が、アパッチにとって、もっとも豊かな土地やいうことが、まだわからんのか？」と大酋長は傲然《ごうぜん》と腕をくんで顎《あご》をしゃくった。「伝統、思い出、歴史——そんなもの、外にあらわれとるもんや——寺を焼かれて、ほろびるような伝統やったら、そんなもんとっとく必要ないわい。建物が焼けても失《う》せても絶対に消えんもんこそ、残る値打ちがあるもんや」

第九連隊は、京都北山《きたやま》付近で全滅した。それを見とどけながら南へ目をはせると、大阪をなおも焼きつくしつつある赤黒い炎が、夜空を焦がしていた。——中間都市も次々に火の手をあげ、天をおおった黒煙からは、熱い灰まじりに、ぽつりと大粒の雨が降りだし、やがて沛然《はいぜん》たる黒い豪雨となって、地上を洗いはじめた。

「ハロー、こちら日本アルプス放送局——自家発電で放送中です。ハロー、世界のみなさん、日本を救ってください。国連本部のかたがたに訴えます。日本の内乱に介入して調停してください。日本は今、軍隊とアパッチの闘争ですさまじい破壊にさらされています。都市はほとんど壊滅、電力、交通、通信は破滅的打撃を受けました。日本人民を代表して訴えます。どうか武力介入して停戦を呼びかけてください。ハロー、こちら日本アルプス放送局……」

ニューヨーク発――国連は緊急安保理事会を開き、日本の内乱について討議した。日本本土から短波を通じて国連に送られたメッセージは、各国代表をいたく動かし内乱停止の呼びかけ、もしくは武力介入による調停についての意見も出たが、席上日本代表は、あのメッセージは日本の正式代表の声とは考えられず、日本の国内問題は、もう少し国内事情の帰趨《きすう》を見てからにしてほしいと要望した。なお内乱勃発《ぼっぱつ》後日本代表は本国からなんら訓電を受けとっていないと言明した。

北九州市が焼け、広島市が焼け、名古屋も半分焼けた。そして、ついに東京も中心部からの火の手があがりはじめた――それが開戦以来わずか三日のことである。敵の火力を上手に利用して廃墟をつくりだすアパッチの戦術に、ようやく陸軍が気づきだしたころ、大都市のあらかたは灰燼に帰していた。――五つに、また六つに分断された軍隊は統一指揮を失い、しかも個々の軍団は、ほとんどやけくその攻撃を開始した。――姫路《ひめじ》師団が広島師団と合流し、陣容を立てなおして、大阪攻略にかかるという情報が流れたとき、私はちょうど、大阪をあとに西へ向かう避難民の巨大な群衆の波にのみこまれようとしていた。――車が、トラックが、荷物を山ほど積みこみ、人間で鈴なりになって、阪神《はんしん》国道、新阪神《しんはんしん》国道を長い列になってのろのろ動いていた。人々の顔は、あのずっと昔、戦争中に見たようなつきつめた無表情におおわれ、いきなりわけがわからずにまきこまれた戦火に対して、まったく判断能力を失って痴呆《ちほう》化したように見えた。

風呂敷包《ふろしきづつ》みが、トランクが、行李《こうり》が、彼らの肩にあった。その中には、生きるための急場の食料や炊事道具、それに彼らの気の動転を示す、ひどく場ちがいな品物——針のとれた掛時計とか、人形とか、電器釜、籐《とう》で編んだ椅子などがのっていた。それらの品物は、突如とした混乱に際し、今まで気づかれずにいた彼らの心の隠れ家からふいにあわてとびだしてきた、彼らめいめいにとっての、不思議な神のように見えた。

私がアパッチであるということは、ひと目見てわかりそうなものなのに、まわりの人々は、私の顔を見てもなんの反応も示さなかった。ただ、のろい車をかりたて、つきつめ、疲れきった灰色の表情で、機械的に足をはこぶだけだった。

「ちょっとききますけど……」信玄袋《しんげん》を肩にふりわけた老婆が、かすれた声で私にきいた。「神戸はまだ遠いでっしゃろか?」

「さあなア……」沿道に吹きちらされる煙の合間からのぞくと、そこはまだ尼崎を西へ出はずれようとするところだった。「まだもうちょっと……」

ふいに私の腕をつかんで、ぐいとひっぱるものがあった。ふりかえると、とってつけたような上着をひっかけたアパッチの一人だった。

「しっかりしいや、婆さん。神戸はもうすぐやで」とそのアパッチは、はげますように言った。

「さあ、荷物を貸しなはれ、持ってあげるさかい」

「どうもご親切さんで……」老婆はおがまんばかりに頭をさげて、袋を渡してよこした。

「神戸まで行けば、街も焼けてないし、戦争もやってないて、ほんまでっしゃろか？」

「ああ、ほんまやとも」とそのアパッチは言った。「西神戸《にしこうべ》まで行けば休めるで、さあ、がんばりや」

「おい！」と私はそのアパッチにささやいた。「神戸の西には、姫路、広島師団が……」

「しっ！」とアパッチは強い声で言った。「この連中、西に向かわせたのは、いったいだれやと思う？――アパッチが二千人ばかりこん中にまぎれこんどるんやぞ」

私はぎょっとなって、あたりを見まわした。――そこここに大八車を引いてやったり、子どもを四人もかかえあげたアパッチの姿が見えた。――なんとなく様子ののみこめた私は、間道を先まわりして走りに走り、神戸市の入口のあたりまでかけつけてみた。

と――はたしてそうだった！

西へ西へと、国道を何十キロという長蛇の列をつくって流れていく大群衆のそこここに、大阪へ鼻先を向けた戦車が何台も立ち往生していたのである。――先頭に近いほうは、すでに乗組員の姿はなく、アパッチのしるしである鋭い歯型が、ぽっきり折れた五〇ミリカノン砲の根もとに残っていた。そして、後方で群衆の流れにまきこまれて立ち往生し、砲塔から首を出して、道をあけろと喚《わめ》いている乗組員に、下からとびあがって一撃を食らわすアパッチの姿が見えた。東から西へ――何十万という群衆は、そんなことに関係ないように、恐ろしい沈黙の流れとなって、蟻《ぜんしょう》のようにうごめきながら、神戸の街に流れこみ、そこにあふれ、姫路広島合同師団の前哨部を、流砂に埋めこまれた猛獣のように、身動きをとれなくしてしまっているのだ。

砂のような大衆――と、ふと私は思った。しかし、ふとさっきのアパッチの言葉を思い出すと、顔色が変わるのを感じた。「神戸に行けば――」――大群衆にまぎれこんで、敵陣内に浸透しつつある二千人のアパッチ……。

牛追《キャトル・ドライヴ》い！――まさにそれなのだ！

かつて原始インディアンは、野牛《バイソン》の大群を追いたてて暴走させ、崖《がけ》からおとして大量に殺した。その技術が白人にうけつがれ、南西部から鉄道起点まで、牛の大群を追って移動させる、あの牛追《キャトル・ドライヴ》いとなり、そしてインディアンも白人も、ときに牛の大群の大暴走を、攻撃兵器として使った。中国の故事もあり、日本でも木曾義仲《きそよしなか》が小規模ながら、松明牛《たいまつ》の暴走で奇勝を得ているが、――まさかその戦法を、アパッチが人間に応用しようとは思わなかった。

これはいわば――人追《マン・ドライヴ》いなのだ！

もはや中衛近くまで人波に埋められ、行動不能になって、喚きちらしたり、威嚇射撃を行なったりしている合同師団の上に、間道づたいに、裏山から現われた新手のアパッチ軍が、ひよどり越えのさかおとしよろしく、ワッとばかりに襲いかかるのを見ながら、私はなんとなく苦い唾《つば》がこみあげてくるのを感じた。

こういう形で、軍隊とアパッチの衝突に、いやおうなしにまきこまれていった無辜《むこ》の――といってはなんだが――一億の国民は、あちらこちらで、こういった形で間接的にアパッチの味方にたってくれた。
そしてまた、ふいに廃墟《はいきょ》と化した日本の都市や街を前にして、呆然《ぼうぜん》とし、ついで断固として、むきだしにされた廃墟のはらわた――鉄を食いはじめた多くの人々がいた。――山間部へのがれれば、そこにまだ戦火をこうむらないささやかな村があり、田や畑には人間の食物がきたるべき実りの秋を前に、やさしい天地の恵みを準備しつつあったのであるが――その地の思い出が、あの前の戦争の疎開中の記憶につながったとき、芋一本をたねに行なわれた、あさましくもつらい争いに思いをはせ、身震いして二度とあんなことをやるものかと思ったにちがいない。彼らは気がふれたかと思われるほど激しく鉄を食いはじめた。廃墟に生きる決意をかためたとき、彼らもまた、あの追放地にとじこめられたときの原始アパッチと同じ出発点にたっていたのである。

サンフランシスコ邦字新聞――当地の一世および二世の一部は、日本の国内戦について深く心をいため、日夜教会に集まって祈りをささげるとともに、日本からの難民受けいれについて、州知事、および連邦政府に活発に運動を開始した。なお三世はおおむねこの事件に冷淡であり、中には「日本てどこにあるんだい？」ときく中学生さえいた。

ボン発ロイター――西独で開催中のＥＥＣ定例会議は、緊急議題として、日本の産業壊滅後のヨーロッパおよび世界各国の市場問題をとりあげた。日本の供給がとだえたあと、さしずめ空白になった市場をEECが埋めてやることは、国際道義上の問題だというのが会議の趨勢《すうせい》だった。なお、日本対EEC諸国の為替決済問題、投資分処理問題については、後日の討議にゆずられた。

4 日本応答なし

四日間の戦闘で二十万人のアパッチが死んだが、こうして八十万近いアパッチ、それに数倍する準アパッチが人間の中から補充された。四日間で二十万!——敵の損害は陸上部隊約八万だから、こちらは向こうの倍以上の損害をこうむったといえる。戦闘密度ということからいえば、すさまじく激烈な戦いだった。四日間、つまり九十六時間というもの、全国的に瞬時の息ぬきもなく戦闘につぐ戦闘だったのである。十八個師団は、完全に分散釘《くぎ》づけされ、その地域で各個撃破されていった。

この四日間の戦闘の間に、多くの大阪以東のアパッチが死んだ。そしてまた、酋長《しゅうちょう》たちもたくさん戦死した。——気違い牛酋長も死んだ。関東地区の三平酋長は、優勢な敵を相手に、大奮戦して、一塵《いちじん》の鉄粉となってとびちった。あの愛すべきスカタンも死に、与太郎も死んだ。彼らはすべてのアパッチのように、あの勇壮な笑い声をたてながら死んでいったのだろう。——片目のゴンさんは彼の指揮する船とともに沈んで行方不明になり、すわり馬酋長は、右腕を失った。——板金屋で鉄板をたたいて、傷口をふさいで、溶接したものの、溶接屋の小僧がへたで、タック溶接をやらずにベタづけしたので、戦闘中ひずみがきて溶接がはずれてしまい、出血多量で瀕死《ひんし》の状態だった。あの一世の山師野田某が、日本脱出のまぎわに、軍につかまって惨殺されたというしらせも風のたよりに聞いた。秘密警察の手におちた村田部長、東京地区で戦闘に参加したはずの浦上——いずれも行方不明だった。

そしてまた——私の最愛の友であり相棒でもあるダイモンジャが、喉《のど》に流れ弾をくらって、頭を吹きとばされたときは、私もまた度を失った。しらせを聞いて駆けつけたとき、野戦溶接工が、ガス溶接機をふりまわしながら、あの彼特有の大頭を、なんとか胴体に溶接しようと苦心しているところだった。——早くやれば、たとえ首はうしろ前でも、なんとか命をとりとめたかもしれない。しかし、ああ！　なんと運の悪いことか、そのときバーナーがパチッ、パチッといっては火が消えだした。——アセチレンが切れたのだった。急場に間に合うボンベもなく、私は早くもさびの浮き出したダイモンジャの大きな首をかかえて、くりかえして叫ぶばかりだった。

「ダイモンジャ！　ダイモンジャ！　死ぬやつがあるか！」

だが、四日目を境に、敵の攻撃力は目だって弱まってきた。投降者がどっと増え、白旗をかかげる長蛇の列がアパッチ陣営へ向かって、あとからあとから続いた。——一分間に何十発うつかを訓練してきた近代陸軍は、補給が続かなくなると、がっくり戦闘力がおちてしまう。投降者は、すぐさま食鉄を強制され、アパッチ後方にまわされた。

もっとも強い残存兵士だった関東、中部両師団が合流し、決戦を挑もうと準備しているとき、政府要人は軍用輸送機五機に乏しいガソリンを詰めこんで、国外へ向けて脱出した。——安保条約はすでに切れていたので、海外の軍事援助はなく、外交交渉で援助を求めるにはあまりに急で時間がなかったが、友好国というので海外から原子力空母が一隻、小笠原《おがさわら》付近までむかえにくる手はずになっていた。ところが、それが気の毒なことに——台風シーズンの九月のこととて、マリアナ沖に発生して関東地方へ向かっていた大型台風の余波に見まわれ、空母は予定時間までに目的地に達することができずにひきかえし、五機の輸送機のうち三機は台風にもまれて墜落した。二機はいちかばちかでハワイへ向かったが、一機はガソリンが切れて消息をたち、もう一機は、海中に墜落して、付近を航行中の船舶に助けられたものの、乗員三十五名のうち、生存者はわずか五名しかいなかった。——日本政府はこのとき、実質的にほろんだのである。

そして——。

最後にして最大の決戦が、あの演習場でおなじみの富士の裾野《すその》で行なわれた。三台の重砲と若干の軽火器以外、例によって徒手空拳《としゅくうけん》、トマホークや弓矢しか持たないアパッチの大軍、対するは関東、東北、中部各師団の残存兵力を糾合した、よりぬきの精鋭三万二千、——それにあらゆる近代火器と重戦車七十台、中型戦車三十七台、自走砲二十五台、陸軍直協機八機（おそろしく燃料を食うジェット機で編成されていた空軍は、燃料切れで実質的に壊滅していた)、ヘリコプター二台、重砲八十五門、それに、――ついにこのときにいたって、陸上歩兵の最終兵器、原爆砲と、核弾頭付きのミサイルが登場した。

決戦の火蓋《ひぶた》は、まず原子砲の砲撃から始まった。あっと思ったとき、裾野に展開しようとしていたアパッチ集団の上に、すさまじいオレンジ色のキノコ雲が立ちのぼった。二キロ離れて、中間司令部にいた私たちも、その爆風ではじきとばされた。二千人のアパッチが散開しかけていた地点には、砂煙と一瞬にして燃えあがった樹木の炎が、爆風に吹きはらわれて地上をなめ、あとには、どろどろにとけた砂まじりの溶鉄が、落下点周辺半径一キロぐらいの輪をつくって、ブツブツと煮えたぎっていた。輪の中央は、真っ赤にやけた穴ぼこだった。――それも爆発十分後に、高所から現場を望見したときの様子である。

そのときまで、こちら側では、決戦作戦として「鉄のスクラム戦法」というのが準備されていた。五十人横隊スクラムをくんだ腕をがっちり溶接してしまい、そのまま一種の人海ではない、アパッチ海戦術でおしていこうというのである。だが、思いがけぬ原子砲の出現で、その戦法はただちに変更され、ふたたび散開作戦がとられた。原子雲は、アパッチ陣営近くに、さらに二発、三発と立ちのぼった。

「ちくしょう!」と興奮したアパッチの戦闘隊長の一人がどなった。「あのキノコ大砲ぶんどったる! 決死隊や、だれかおらんか?」

「待て！」と大酋長は制した。

「後退や、うんと散らばって、横手へまわれ」

合図といっしょに、アパッチは大急ぎで後退しはじめた。おもだった一隊は大迂回《うかい》して、富士山麓《さんろく》にのぼった。——原子砲に続いて、陸対陸核弾頭ミサイルが、無気味な白銀の姿を中天に舞わせた。しかし、それが落下した地点には、すでにアパッチは人っ子一人いなかった。

——結局、原子砲三発、核ミサイル三発で、核兵器はおしまいだった。

しかし、狭い地域に集中された核爆発という点では、ものすごい量だった。

六個の核爆発によって生じた死の灰の量は、いったい何キューリーあったろう。瞬時にアパッチ軍が受けた中性子線、ガンマ線など、殺人的な放射線の量は、いったい総量何レム、何レントゲンあったろう？　もし生身の人間なら、たちどころに死ぬだけの照射を受けていながら、そこは鉄人アパッチで、べつになんということもなく多少血圧が上がった程度でぴんしゃんしていた。この死の灰は、原子野戦装備の重歩兵たちのほうに、かえって大きな影響をおよぼし、この富士決戦に参加した陸軍側兵士の負傷者に一人の生存者がなかったのも、そのためかと思われる。

そのうち重砲がうちだした。裾野の丘という丘を掘り返し、木という木を根こそぎにせんばかりの勢いだった。——重戦車隊もくりだしてきた。偵察爆撃をかねた高翼単葉の陸軍直接協同機が、蚊トンボのようにブンブンととびまわった。重砲射撃が弱りだしたとき富士山麓に鸚鵡《おうむ》の鳴き声の合図が一声、たかだかと鳴りわたり、四方八方から、アパッチの大集団が敵陣に殺到した。

第一、第二、第三師団混成の、この最後の陸軍の壊滅は、あたかもアメリカ西部史の、カスター将軍全滅のそれに匹敵するだろう。十三時間の死闘の末、敵陣はついに、最後の銃声もとだえた。——すでに真夜中を過ぎ、東の空の下が白みはじめたころ、血と硝煙と、黒煙をあげる戦車の原野いっぱいの堆積《たいせき》の上に夜露がしっとりとおりはじめていた。——アパッチの死者総数八万二千、負傷者五万一千……これですべての戦闘は終わった。アパッチたちは、さすがに勝ちどきもあげず、たなびくもやの中に、明けがたの日光を浴びて、塑像のようにたちはだかっていた。

三日後、海軍の艦艇が、三々五々、外国の港に入港し、入国保護を求めたというしらせがはいってきた。——あのすさまじい大アパッチ戦争の、これが幕切れだった。

「ハロー、日本本土のハムのかた、どなたかこたえてください」寂として声もなくなった焼け跡の中の半分こわれたアマチュア短波通信器が、かすかにピーピー鳴っていた。

「こちら奄美大島《あまみおおしま》のアマチュアハムJA6LY、日本本土のハムのかたCQコーリング中……ハロー、日本のハムのかた、どなたか生存者はありませんか？　ハロー、JA3GE、JA5DS、応答してください。こちら奄美大島。JA6LY……ハロー、本土との通信がたえております。CQ、CQ、CQコーリング、こちらJA6LY、CQコーリング、アンド・スタンディング・バイ……」

アメリカ第八艦隊所属哨戒《しょうかい》艇XV-7〝ピーピングトム〟報告——七日一〇三〇偵

察ニヨレバ、日本本土内ニオケル戦闘ハ完全ニ終結シタ模様。日本軍ハアパッチ攻撃ニヨリ全滅セシモノトミラレル。――日本各都市ハ完全ニ焦土ト化シ、クリカエシヨビカケタルモ、日本本土応答ナシ……。

＊　＊　＊

私たち――大酋長直属のアパッチたちは、あのアパッチ族発祥の地、大阪城の東の、かつての追放地の西のはずれに立っていた。

追放地はすでに柵《さく》もなく、あの追放門のベトンもくずれ、瓦礫《がれき》の上にさらに瓦礫が重なり、もとアパッチの住居あとも、影も形もなかった。――ただ赤く焼けた煉瓦《れんが》の山にうずもれて、赤さびた戦車の砲塔がのぞいているのが、ちょうど一年前、この地で行なわれた、最初のアパッチ対人間の戦闘のあとをものがたっていた。

一年！　あれからわずか、一年しかたっていないのだろうか？

その一年の間に、総勢わずか数百名のアパッチ族は、あの廃墟《はいきょ》を出て、日本全国へひろがり、今では一千万になろうとしている。そして――アパッチがあの柵の外へ出ていくとともに、廃墟もまた柵を破って、日本全土へと進軍を開始したのだ。

今、上町《うえまち》の高台から見おろす大阪の街は、一年前に比べてなんとかわりはててしまったことだろう。――あの天守閣はすでになく、放送局の建物もなく、大阪城は昭和以後の構築物をすべて失って、昔ながらの――大坂夏の陣直後の姿をしのばせる、石垣だけが残っている。そして、木造建築物をすべて失って、一面の焼け野原にぽつん、ぽつんとビルの建つ大阪の街は――あの大空襲のあと、終戦直後の大阪の光景に寸分ちがわなかった。

焼け跡は、まだところどころ、ぶすぶすといぶっていた。大阪港の界隈《かいわい》では、ここ何日も燃えつづけている重油や古タイヤの黒煙が、北のほうへ、低くたなびいていた。その煙に半ばおおわれて、血のような夕陽が、廃墟となった大阪の街を、赤黒く染めあげていた。――廃墟の上を、夕もやがおおいはじめたのかと思うと、それは廃墟そのものからたちこめる白煙だった。

それらの光景は、何か心を安らげるものがあった。アパッチは、廃墟の中から生まれ、廃墟とともに生き、廃墟とともにひろがった。廃墟こそはアパッチの故郷であり、蜜《みつ》と乳の流れる約束の地、可能性の土地である。

――だが、そのとき……。

だれやらが大阪城のこぼれた石垣の上で吹き出した鋼管笛《スチールパイプ》の音が、濠《ほり》の水を越え、夕陽に染められた瓦礫の山をわたって、じょうじょうと流れてきた。鳩笛《オカリナ》にも似たその響きは、突如私の耳を刺しつらぬき、喉《のど》から胸へとしのびよって、心臓をしめつけた。――その曲の名はなんであったか――いや、昔おぼえていたのに、どうしても思い出せない。しかし、それを聞いたとたん、かつて私がまだ人間であったころ、慣れ親しんでいたもの、愛していたものが、突然廃墟の向こうから立ちのぼってくるような気がした。

そうだ。黄昏《たそがれ》とともに、この高台の下に輝きだした街の灯や、ヘッドライトの明かりや、赤や青のネオン、大手前の坂をゴーゴーとくだっていく市電の響き――それらのものは、すべて消え去ってしまった。通天閣《つうてんかく》（アパッチに食われてしまった）にともる灯の下にかすむ盛り場の明かり、赤白の点滅する航空標識――そして人々の顔に、あのつかれたやさしさを浮かべるウインドーの明かりも、一切合財消えうせた。――宵闇せまる御堂筋《みどうすじ》の銀杏《いちょう》や鈴懸《すずかけ》の木にむらがり、やかましく鳴きたてていた浪花雀たちは、どこへ行ってしまったのか？

人々の生活――パチンコ屋や食べ物屋や、家庭の団欒《だんらん》や、テレビや、バーや、ダンスや、もろもろのたのしみは――私たちがほろぼしてしまったのだ。私たちがそのすべてのたのしげな幻を、ただ一面の、のっぺりした、砂漠のような廃墟にかえしてしまったのだ。

――なぜだか知らないが、膝《ひざ》の力が抜けて、私は石ころの上にがっくり膝をついてしまった。腰もふらついて前に両手をついた四つんばいのかっこうになって、夕陽に顔を照らされながら、私は突然、泣きだしてしまった。――けっして泣かないアパッチたちは、奇異な目つきで、そんな私を眺めた。

「日本は……日本はほんまに、ええ国やった……」私は涙にむせびながら、とぎれとぎれに言った。「大阪かて、ええ街やった――うすよごれて、やさしゅうて……ちまちまとしとって……追放地は、なんぼがらくたの焼け野原でも、その外に、そういう世界があると思うと、――その世界の音を聞くと、心がなごんだものやのに――アパッチは、人間の隣りにおると思えば、アパッチであることもがまんできたのに……おれは――おれはもう、なんや、アパッチであることに耐えられんみたいな気になった……」

「たいがいにさらせ！」怒声がして、がんと横腹を蹴《け》られて、私はひっくりかえった。

「なんじゃキイコ、アパッチのくせして、人間みたいにめそめそ泣きさらして――よう恥ずかしゅうないな、おまえ、これほどアパッチといっしょにおって、まだ人っ気が残っとるんか？　コークスでヤキいれたろか？」

「おけ！」と大酋長《だいしゅうちょう》の太い声がした。「キイコのこと、ほっといたれ……」

ふたたび私は四つんばいに起き上がった。――そのとき頭の上で、大酋長が嘆息まじりにつぶやくのが聞こえた。

「ほんまに、日本てええ国やったなア――わいかて好きやった……ちっこうて、かわいいて、やさしいて――ずっと昔、飛田《とびた》で買うた初見世の女郎みたいやった……」

「その日本を、こんなにしてもうて、――いったいこれからどないするつもりです？」と私は大酋長をふりかえって言った。

「わいらに、こんなことさせたのはだれや？」大酋長は自分に言いきかせるように言った。「こんなわいらをつくり出してしもうたんはだれや？――あのきれいな、たのしい国から、わいらをしめだして、こんなもんにつくりかえてしもたのは……」

それも日本だろうか？　と私は考えた。――日本が生み、日本がまねいたものだろうか？

「キイコ、立て……」と大酋長は、かつてきいたことのないようなやさしい声で言った。「さあ、よう見てみ。日本はもうないんやで――これはアパッチの国や。これからアパッチが国づくりを始めんならんのやで」

アパッチの国――それはどんなものになるのだろうか？　私は立ち上がれず、その目はなおも失われた古い「文化」の幻影をさがしもとめていた。約束の地――廃墟、あるいは沃土《よくど》。一望ただ食物ばかりの――「文化」も何もないところに、いったいどんな喜びが約束されているのか？――今、この地の寸土からも、「文化」の痕跡《こんせき》の消えうせたあと、私がこの先、この廃墟のみの世界でアパッチたることに耐えうるだろうか？――

私はまたもや涙があふれるのを感じた。

ふとふりあおいだとき、私は自分のかたわらに、最後の落日を浴びて、傲然《ごうぜん》と腕を組んでつったつ、一人の独裁者の姿を見た。夕陽に赤く、廃墟と同じ色に染めあげられた大酋長二毛次郎は、あたかも廃墟そのものの化身のように見えた。

高台の下から上げ潮のようにひたひたと押しよせてくる夕闇の中を、あの大戦闘ですっかりぼけて、白痴同然になってしまったヘソ老人の歌う歌が、かぼそく、まのぬけた調子でわたっていった。

梅田ちょいと出りゃ天満橋……

エピローグ

今さらいうまでもないが、これは私記であり、私自身の体験記と覚え書きであって、正史に対してなんら寄与するものではない。くわしく、かつ正確な歴史を知りたいかたは、『アパッチ開国誌』ならびに『大アパッチ戦記』を参照されたい。——私自身としては、むしろ、目下執筆中の『日本滅亡史』のほうに、ご期待ねがいたいと思う。これは私が——いささかも回顧、復古的見地からでなく——ほろびさった日本という、古い、すぐれた国の、文化、伝統、政治情勢、風習などを、できるだけくわしく研究し、公にするつもりのものである。けだし、ほろびさった別種族の文明であっても、それがまるきりわれわれアパッチ族の役にたたないと頭から決めてかかるのは暴挙というべきであり、たとえ生命形態がちがっても、すぐれた知的な種族のものであれば、そこにかならず共通し、継承しうるものが含まれているはずである。進化段階を彼らよりさらに一段高くのぼりつめたからといって、自己の全面的絶対優越のみ過信し、他を顧みないのは、かえって多くの損失や曲折をまねくであろう。われわれは、いずれ「文化」を持たねばならない。——いうまでもなく、目下われわれは、それを創造中であるが——しかし、それを比較すべきものを持たなければ、いかにしてそれが、過去よりすぐれ、独自なものであることを証明しうるか？——われわれは、一部の反動的復古主義者や、また一部に現われた人間への逆行現象を気にするあまり、過去を恐れてはならない。それに蓋《ふた》をし、現代の優越のみを誇示するのは、はなはだ妥当性を欠くのではないか？——われわれはアパッチ族の知性を信頼すべきである。そしてこれはまた、大酋長の意見でもある。

論議は別として、大アパッチ戦争直後の歴史の中に、二、三書きそえておかねばならぬことがある。

日本滅亡後、海外在留日本人の間に日本再建運動が起こり、亡命政府要人を中心に、日本亡命政府ができた。亡命政府は、その後、沖縄に本部を置き、のち、これが正式に国連で承認され、日本となった。——だから現在、日本とは周辺島嶼《とうしょ》を含む沖縄本島をさすことになっている。——これに対して、アパッチ国は、国連に承認も求めず、三年間にわたって各国との外交交渉もなく、この間、完全に閉鎖自給自足態勢をとった。その理由は分明でないが、これが初代大酋長の方針であった。鎖国中、たびたび外国の襲来があったと伝えられるのは、みんながみんな、亡命政府に力をかして本土反攻をねらったものではなく、そのうちの三〇パーセントは、われわれアパッチ族に生物学的興味を持ち、また、われわれと相前後して、世界各国に出現した同じような「無機代謝人種」の対策について、示唆を求めに来たのであって、大酋長情報部の言うように、すべて「アパッチの敵」や「スパイ」であったとは言い得ないようである。——もっとも、建国当初の方針は徹底的国内充実であったから、外部との遮断のために、ある程度嘘をつくのもやむを得ないことだったかもしれない。

　国内純アパッチは、大アパッチ戦争終了直後で二百万、準アパッチ、プソイド・アパッチ（石炭男《コール・マン》ｅｔｃ．）をあわせると、総数九百二十万だった。それが三年間で四千万をこえるという超スピードで、アパッチ化が普及した。ためにアパッチ新紀三年には、食用鉄の需要が年間銑鉄換算九千万トンに達しようとし、これはかつての全国鋼鉄生産高の倍近くなり、この前後にかなり深刻な食糧不足が起こった。——しかし、野田某やダイモンジャの研究していた食用鉄再生法、すなわち炭素添加法が実用化し、排泄《はいせつ》鉄からまた食糧ができるようになってきて、この問題は解決した。すなわち、食用鉄→排泄（アパッチ鋼《スチール》）→建設用材→スクラップ化→炭素添加→食用鉄の循環サイクルができ、ここに完全な自給自足体系ができることになった。ただし、このサイクルを保持するためには、かなりな量のスクラップ常備が必要であり、国内鉄鉱増産運動が大規模にすすめられた。——このことは、すでに正史にもくわしい。

　とくに、私がここで記録しておきたいのは、大酋長没後、第一次集団指導制が確立され、大酋長に対する激しい批判がまきおこった経過である。

　あれは——正史にはなんと書かれようとも私は真実を知っている——大酋長自身が演出したことである。私はこの間の秘密を知るただ一人の生存者である。

大酋長は、新紀十五年前後から、自己があまり神格化したことが、大建設段階に大きな弊害をもよおす事実に気づき、集団指導制へのきりかえを考えていた。――しかし、彼の考えによれば、そのまま彼が集団指導を号令すれば、大酋長の指導という残滓《ざんし》がいつまでも残ることになる。これはむしろ、彼自身が悪役になり、批判の標的となって、独裁制を下からくつがえすようにしなければ、革新的エネルギーを完全にくみつくせないと考えた。

そこで彼の、残酷ともいえる粛清が始まったのである。

彼の没後――といっても、彼の死骸《しがい》のように見えたのは、じつは鉄製の像で、彼は死んでいなかった。――周知のごとく、二毛次郎大批判の嵐がまきおこり、多くの彼の像が破壊された。――しかし、喚声をあげて像をひきずりたおしている群衆の中に、今は群衆の一人になった二毛次郎その人が、大はしゃぎで音頭をとっていたことを、知る人は少ない。

かくて今、アパッチ新紀は五十年をむかえ、アパッチ文明は、海外との交流を再開して、新しい次元に突入しようとしている。――アパッチ文明の未来ははたしてどうなるだろうか？　アパッチのような、無機代謝形態の人類が、ひ弱で、やさしいこれまでの人類を否定し、征服し、鋼鉄の人、アパッチこそが、明日の最高等人類になるであろうか？　アパッチ型人類は、ホモ・サピエンスの、さらに進化した形態といえるであろうか？

あるいはしかり、あるいはしからざらんというよりしかたがないだろう。――進化といい、高等といい、いかなる基準をもってあらわされるかが問題である。その時代を全面的に支配する生物が、かならずしも、もっともすぐれ、もっとも高等な生物であるとは言い得ないことは、われわれのよく知るところである。――それはアパッチ出現まで単一支配種族として地球上に君臨しつづけた現代人類においても、言いうることだ。

しかしながら、私としては、アパッチが、現代人類に対立する形で出てきながら、現代人類の文明を全面的に継承し、それを克服することによって、あすの最高等人類になりうると信じている。そのエネルギーは、十分アパッチの中にひそんでいるのだ。――だから、人間文明との再接触によるアパッチ族の人間的なものへの退化を恐れてはなるまい。アパッチ族は、人間から進化したのであり、この自然の歯車は、けっして逆にまわせないということについて、もっと指導者は自信を持つことである。

私は、アパッチの民衆の間に一時深くしみこんでいたあの諺《ことわざ》を、人間時代への回顧としてではなく、もっと前向きに解釈したいと思う。「今は鉄の時代だが、やがて青銅の時代が来て、それから黄金時代がやってくる。――そして最後にまた、人間の時代が来る」というあの諺も、復古教徒の教条として神経をとがらさず、アパッチ文明がさらにゆたかに、さらに普遍なものになっていきアパッチこそが未来の新しい超人類になるという意味にとることもできるのではないだろうか。

その点、私は、あの原始アパッチの最後の生きのこりの一人として、現指導者のだれよりも強く、アパッチの未来を信じているものである。

新紀五十年大式典の嘉日に

木田福一記

アパッチ史料編纂《へんさん》部後記

これは、新紀五十年に、復古主義者、人間主義者として粛清された、伝記作者木田福一の手記である。——周知のごとく、彼は原始アパッチの最長命の生きのこりとして、その名は記録がのこっており、いちばん多く、人間的残滓をのこしていたものとして、むしろ軽蔑《けいべつ》の対象とされていた。——しかし、新紀百年を前後して起こった史記再評価の運動の中で、アパッチ族成立から大アパッチ戦争にいたる時代の直接体験者として、彼の名とその手記は、あらためて脚光を浴びることになった。

史料編纂部は、初代独裁者二毛次郎の最近の名誉回復承認にともなって、長らく秘密書類の間にうずもれていた木田福一の手記を、専門家の間に限定して、全面復刻することに決め、教育省の承認も得た。――ここに、巷間《こうかん》流布するごとき、検閲を経た概略版でなく、一字一句をも脱落せしめぬ、完全な木田手記を公刊することができたことは、初期アパッチ史研究に大いなる進歩をもたらすであろうと確信するものである。

しかもなお、――若い研究者に、若干の忠告、ないし示唆を付け加えておきたい。この手記は、一読理解できるように、多くの人間的弱さ、人間的感情の罠《わな》に満ちている。感傷的であり、自己中心的であり、ときに分裂的にさえ見える叙述は、ひとえに制作者の性格によるものである。――現在残っている、裁判所の解剖資料によれば、作者木田福一は、心臓部と大脳の一部が、まだ完全に鉄化していなかったと明確に指摘している。――彼は人間よりアパッチへの、過渡的人物であり、ついに完全にアパッチ化しなかったものの一人である。――この点、読者は、とくに彼の感情的主観的叙述のくだりに心して読まれたい。

なお、彼の記述した史実には若干の誤りがあり、数字関係には多くの誇張や錯誤がある。その点は資料局出版の正史より、別注をつけ、数字年代の正確を期してある。

史料編纂部「木田手記」発刊小委員会

解説

小《こ》松《まつ》 実《さね》盛《もり》

『日本アパッチ族』は、東京オリンピックが開催された一九六四年三月に発表された、小《こ》松左京《まつさきょう》初の長編小説です。

同年八月発表の『復活の日』と同様に、書き下ろし作品であり、出版元である光文社の大々的な宣伝展開、初のコミック化、また映画化も企画された、小松左京にとってエポックメイキング的な作品でした。

そして、『日本アパッチ族』こそが、代表作となる『日本沈没』が生まれるきっかけとなったのです。

食べ物のない処刑場同然の追放地に追いやられた人々が、瓦礫《がれき》の中の鉄を食べることで強靭《きょうじん》な新人類に生まれ変わり、その生存をかけ人類との空前絶後の戦いを繰り広げる、SF的醍醐《だいご》味《み》満載で、まさにSF作家小松左京の初長編に相応《ふさわ》しい物語ですが、実は、本人は、「けっして本格的なSFではない」と言い続けました。

『日本アパッチ族』を巡る、数あるエピソードの中からごく一部をセレクトし、紹介いたします。

なお、ストーリーの核心に触れる部分もあるので、本編読後にお読みいただくことをお勧めします。

誕生秘話

『日本アパッチ族』は、一九六四年の出版ですが、そのスタートは六年前に遡《さかのぼ》ります。

一九五八年に結婚した小松左京は、西宮《にしのみや》の六畳一間のアパートを借り、ささやかな新婚生活を営んでいました。

大学を卒業したものの、就職に失敗し、様々な職業を経たのちに、父親が経営する町工場を手伝うことになったのですが、その工場も経営が傾きつつあり、立て直しに奔走する日々でした。

どんなに頑張っても状況は好転せず、疲弊《ひへい》しきっては、やけ酒をあおり、いつも帰りは深夜になっていました。

新妻は、毎晩、独りでラジオを聞きながら待っていましたが、ある日小松左京が帰宅してふと気づくと、その大事なラジオが部屋から消えていました。ついにラジオまで質草になったかと、不憫《ふびん》でたまらず、そこで「ラジオドラマのような面白い物語を妻のために書こう」と決意しました。

毎晩、原稿用紙に数枚の物語を書き、それをテーブルの上に残して工場に出勤する。こうして、『日本アパッチ族』の原型はスタートしました。

妻は面白がって原稿を読み、近所の奥さんにも見せて回っていましたが、「鉄を食べるなんて、気色悪い」と評判は今一つでした。

しかし、妻は続きを読みたがり、その求めに応じ、後に自身の初長編『日本アパッチ族』となる物語を書き続けました。

ただ、きっかけとなった、ラジオの質入れはされておらず、故障で修理に出していただけでした。小松左京が、この事実を知るのは何十年も経ってからだったようです。

蛇足ですが、小松家はちょうどこの頃、（鉄ではなく）野菜しか食べない猫を飼っており、それが近所の八百屋さんやご近所の奥さんの買い物かごから、野菜を盗むなどしていたので、周りからは不思議な新婚さんと見られていたのではないかと思います。

アパッチとは

『日本アパッチ族』の舞台は、大阪砲兵工廠《こうしょう》跡の架空の追放地です。

今でこそ、大阪城を中心に緑と水の豊かな大公園となり、周辺には大阪城ホールや瀟《しょう》洒《しゃ》なホテル、煌《きら》びやかな高層ビルが建ち並ぶ、関西を代表する拓《ひら》けたエリアですが、この物語が書かれた一九五〇年代は、全く様相が違っていました。

戦前戦中に渡り、当時アジア最大の軍需工場であり、「東洋一の兵器工場」と称された大阪砲兵工廠が威容を誇り、戦車、大砲、そして莫大《ばくだい》な数の各種砲弾を、日夜生産し続けていました。

何度も空襲されながらも、太平洋戦争末期まで稼働していた大阪砲兵工廠ですが、終戦前日にあたる昭和二〇年八月一四日の大阪大空襲により、文字通り瓦礫の山と化しました。

東洋一の兵器工場にとどめを刺すべく、米軍は一トン爆弾を七百発も投下したといわれ、工場で働く人にとどまらず、周辺地域からも多くの犠牲が出ました。終戦間近の大混乱により、正確な犠牲者の数は未《いま》だ不明です。

物語の中の追放地の荒涼たる風景は、SFとしての空想世界ではなく、当時の大阪城周辺のリアルなスケッチだったのです。

そして、追放地ではないものの、戦後も暫《しばら》くの間、一般市民が立ち入ることのない、廃墟《はいきょ》の姿をとどめていました（この風景が姿を消すのは、一九六〇年代の後半以降、再開発計画により新たな街づくりが進められてからになります）。

戦争は終わっていたのに、大阪の中心地が、まるで銀河の中心に存在するという、巨大なブラックホールのように、長い間、廃墟のまま放置され、悲惨な戦争のモニュメントとして周囲を威圧し続けていたのです。

時あたかも、朝鮮戦争特需から続く、高度経済成長時代。大阪砲兵工廠の骸《むくろ》ともいえる、何万トンものスクラップは、新たな生産の原料として、価値が高まっていきました。

一九五八年、これを何とかお金にしようとする人々と、国有財産であるからあくまでも阻止しようとする警察の間で、大きな騒ぎが起きました。

デビュー前の小松左京

厳しい監視の目をかいくぐり、神出鬼没に鉄を運び出す一団を、西部劇のアパッチになぞらえ警察が名付け、新聞が大々的に報じたことから、この名称で知られるようになりました。

小松左京は、この新聞記事を読み、たった一人の読者である新妻を喜ばせるためだけに、物語を紡いでいったのです。

『復活の日』及び『日本沈没』との関係

小松が、妻のために書いた物語は一九六四年三月に初の長編小説『日本アパッチ族』として光文社から出版されました。

小松左京は、早川書房の空想科学小説コンテストに応募したのをきっかけに、一九六二年にSF作家としてデビュー。数々のSF中短編を発表し、デビュー直後の『地には平和を』と『お茶漬の味』は、直木賞の候補となりました。

小松左京の初の長編作である『日本アパッチ族』は、SF要素満載の作品ですが、本人は決して本格的SFと認識しておらず、『復活の日』こそが、自身初の本格SF長編であると語っていました。

そもそも、『日本アパッチ族』を書き始めた頃は、SFという言葉も知らず、SFを書くぞという意識もなかったというのが、その理由の一つです（何しろ、妻に楽しんでもらうために、大阪弁の漫才口調で、日本滅亡も大笑いしてしまうような小説ができないかと考えた結果、思いついた作品だったのですから）。

もう一つの理由は、『日本沈没』と並ぶ代表作である『復活の日』にあります。

小松左京の才能を高く評価し、デビュー以来ずっとバックアップし続けてきた、早川書房「SFマガジン」の福島正実《ふくしままさみ》編集長が黎明《れいめい》期の日本SFを次なるステージに進ませるためにと企画した、日本長編SFシリーズの先陣を切る作品の依頼を受け、誕生したのが『復活の日』です。

先述のように『日本アパッチ族』は、一九六四年三月出版ですが、『復活の日』は八月に出版されました。小松左京を代表する長編二作は、半年に満たないインターバルで世に出たことになります（実は、『復活の日』の執筆開始と、『日本アパッチ族』の大幅な修正作業は同時並行して行われていたのです）。

福島編集長は、小松左京の初のSF長編は、当然、早川書房から出るものと思っていたので、かなり立腹されており、小松左京は本当に恐縮していました。
このため、『復活の日』こそ、自身の初の本格SF長編であるとし、晩年にいたるまで、その主張を曲げることはありませんでした。

福島さんからすれば、『SFマガジン』からデビューさせた新人で、目をかけてやっているのに裏切られた、という思いだったようだ。その気持ちはわからなくはないし、実際『SFマガジン』にも福島さんにも感謝している。だからこそ、書き下ろし長編を引き受けたし、僕は僕なりに『復活の日』には期するところがあった。
何よりも、僕としては『日本アパッチ族』は福島さん好みではないだろうと思っていた。あの頃の『SFマガジン』のしゃれたハイカラなタッチとも全然違ったし、早川から書き下ろしSFと銘打って出すからには、こちらも本格的なものを書かなければいけない。『日本アパッチ族』は手遊びのようなもので、それを早川から出すのは僕も不本意だった。

『SF魂』（新潮社）より

さて、『日本アパッチ族』を出版した光文社は、十万部は売れると踏み、新聞広告などを大々的に打ち、デビュー間もないSF作家の作品としては破格の展開をしましたが、七万五千部という結果に終わりました。

次回作で挽回《ばんかい》し、光文社の恩にむくいようと書いたのが、代表作となる『日本沈没』です。

一九七三年に出版された『日本沈没』は、大ベストセラーとなり、光文社は上下で三八五万部を売り切りました（その後、様々な出版社からリリースされ、二〇二一年八月現在、総発行部数は四七〇万部を超えています）。

初のコミック化の漫画脚色は、やなせたかし先生

小松左京の原作は、さいとう・たかを先生や一色登希彦《いしきときひこ》先生による『日本沈没』、石《いし》ノ森章太郎《もりしょうたろう》先生の『くだんのはは』、松本零士《まつもとれいじ》先生の『模型の時代』、モンキー・パンチ先生の『時間エージェント』など様々な形でコミック化されていますが、初のコミック化作品は『日本アパッチ族』でした。

漫画脚色（当時のクレジットでは、こうなっています）は、「アンパンマン」のやなせたかし先生で、「週刊漫画ＴＩＭＥＳ」の一九六四年五月一日号に掲載されました。

週刊誌掲載のために、ごく限られたページ数でありながら、長編である『日本アパッチ族』のイメージを巧みに伝え、なおかつ、不思議なことに、原作では枚数が多いとの理由で泣く泣く割愛せざるを得なかったヒロインを巡るエピソードも、なぜか挿入されています。

先ほど、『復活の日』の執筆と、『日本アパッチ族』の修正が同時進行だったとお話し

しましたが、その修正作業とは、ヒロインを巡るエピソードの全面カットにあったのです。

（やなせたかし先生が漫画脚色した『日本アパッチ族』は、『小松左京原作コミック集』（小学館）に収録されています）

幻の映画化企画は岡本喜八《おかもときはち》監督

『日本アパッチ族』は東宝で映画化が検討されており、実現していれば小松左京の初の映像化作品になったはずでした。

監督には「独立愚連隊」や「日本のいちばん長い日」、「大誘拐」の岡本喜八、出演にはクレージーキャッツが予定されていたとのことです。

山田信夫《やまだのぶお》さんによる脚本は、「シナリオ」一九六四年一一月号に掲載されています。岡本喜八監督の対談集『しどろもどろ』（筑摩《ちくま》書房）によると、「日本アパッチ族」は岡本監督が会社に企画を提出していたのですが、諸般の事情で没ということになったそうです。

岡本喜八監督は、映画「日本アパッチ族」を観たお客さんが、その帰りにカレーを食べる時に、カレーよりもスプーンに食欲がわくような作品にしたいといった主旨のことを語っていました。

一方、小松左京自身も、『日本アパッチ族』の原点として食い気があったことを、次のように述べています。

あまりに酷い状況で、ついに鉄を食う新人類に進化するというのは、自分の飢餓体験が根っこにある。中学で焼け跡の片付けをやらされた時、友人が安物の土煉瓦《れんが》を見て、「なんかパンみたいや。食って食えんことはないやろう」と言った。僕はその時、クズ鉄を見てウナギを連想し、「こんなにたくさんあるんだから、これが食えたらなあ」と思った。そういうあさましいイマジネーションがそのまま大きくなったわけだ。

『小松左京自伝』（日本経済新聞出版社）より

岡本監督と東宝特撮による劇場版「日本アパッチ族」、本当に観てみたかったです。

没後のラジオドラマ化で三つの大賞を受賞

小松左京が亡くなった二〇一一年に、『日本アパッチ族』は、「鉄になる日」というタイトルのもと毎日放送ラジオでドラマ化され、関西ローカルで放送されました。

制作当時、本作は絶版状態だったので、スタッフは古本屋でみつけた表紙の擦り切れた角川文庫『日本アパッチ族』から脚本をおこし、現代風のアレンジを加え、凝りに凝った効果音を駆使し、ユーモアにあふれながらも迫力満点な作品に仕上げました。

「鉄になる日」は、文化庁芸術祭大賞（ラジオ部門）、第四九回ギャラクシー賞ラジオ部門大賞、ABU（アジア太平洋放送連合）大賞を受賞し、これがきっかけで、十年以上絶版となっていた『日本アパッチ族』もハルキ文庫から復刊されることになりました。

妻のラジオドラマ代わりにと、出版のあてもなく書き始めた物語が、亡くなった直後にラジオドラマでよみがえり、多くの権威ある賞で大賞を受賞したというのも、何か不思議な縁を感じます。

開高健《かいこうたけし》先生と高橋和巳《たかはしかずみ》先生

一九五八年のくず鉄窃盗団と警官の騒動をきっかけに、小松左京が、『日本アパッチ族』を書き始めた頃、関西を代表する、もう一人の作家が、この事件をモチーフに物語を綴《つづ》っていました。この前年に『裸の王様』で芥川《あくたがわ》賞を受賞していた開高健先生です。

小松左京のようなSF的な設定ではなく、現実のくず鉄窃盗団をモデルにした開高先生の物語は『日本三文オペラ』のタイトルで、文芸雑誌「文學界」の一九五九年一月号から六月号まで連載されました。エネルギッシュでユーモアに溢《あふ》れながらも、読後には、華やかなサーカスや活気溢れる夏祭りのあとのような寂寥《せきりょう》感もある、素晴らしい作品です。

小松左京は開高先生との出会いに関して、次のように述べています。

いや、開高のことも『日本三文オペラ』も全然知らなくてね。そのころ大阪に『VI

KING』って同人雑誌があって、主宰者の富士正晴さんが「開高健て知ってるか。『日本アパッチ族』と同じような題材で書いてるぞ」と言うんで、コンタクトを取ったんだ。

『小松左京自伝』（日本経済新聞出版社）より

二人はすぐに意気投合し、開高先生が亡くなるまで交流は続きました。

小松左京は、様々な作品を世に出し、SF界での反響は大きかったものの、文壇での評価は高くないことを残念に思っていました。そんな中で、純文学系の作家である開高先生が、自分の作品を高く評価してくれたことに、とても感謝していました。

さて、原型版ともいえる新婚当初の『日本アパッチ族』執筆時には、開高先生の『日本三文オペラ』の存在を知らなかった小松左京ですが、光文社の依頼で改めて『日本アパッチ族』を書く頃には、当然、『日本三文オペラ』を読んでいました。

どうやら、この完成版『日本アパッチ族』は、『日本三文オペラ』の影響を受けているようです。本人は、一切語っていませんが、アパッチ族の食鉄メカニズムの分析やストーリー案を記した創作メモの一部に、〝開高健のパロディ〟といった内容の興味深い走り書きが残されていることが、没後判明したからです（タイトルまでは書かれてないので、開高先生の別作品の可能性もないとは言えませんが）。

中国文学の研究家で、『悲の器』『捨子物語』などの小説でも知られる高橋和巳先生は、京都大学で同人活動を通じて知り合って以来、創作活動における盟友であるだけでなく、掛け替えのない大親友でした。

そんな高橋先生の代表作『邪宗門』は、明治維新後、急激な近代化で追いつめられる貧しき人々と、その受け皿として肥大化する新興宗教が、戦前戦中の大弾圧を経てついに国家と全面対立するという、高橋先生の歴史に対する深い洞察と悲哀に満ちた感性により描かれた、壮大なサーガのような物語です。

小松左京も、高橋先生のあまたある作品の中で、最も優れた作品であると賞賛しています。

この作品を読み、どうしても気になったことがあった小松左京は、ある日、高橋先生に直接尋ねることにしました。

『悲の器』は高橋の愚痴みたいなものだったんだけど、『邪宗門』は小説としてよくまとまってるんだ。「『日本アパッチ族』のやり方をぱくったな」って言ったら、「ばれたか」と言って舌を出して笑ってたのを覚えてる。すごく明るい顔だったよ。

『小松左京自伝』（日本経済新聞出版社）より

まるで、隠れんぼうをして、巧妙に隠れた友達を見つけた瞬間のようで、高橋先生も

『日本アパッチ族』創作メモ

小松左京もいかにも楽しげに感じられます。

小松左京にとって、開高健先生も高橋和巳先生も特別な存在であり、次のような想いを残しています。

> これだけは言っておくわ。高橋和巳と開高健な。美の体系が生き残る理由とか、宇宙における人間の存在根拠の話をすると、彼らの目の輝きがぱっと変わるんだ。「それ大事だけど、君はどう思う」「うん。僕も考えるから、一緒に考えろよ」って言ってるうちに、二人とも死んでしまった。そういう問題を一番共有できたのは開高で、高橋は問題はわかるけど、宇宙が救われるより自分が救われる方が大事だというところがあった。
>
> 『小松左京自伝』（日本経済新聞出版社）

より

宇宙における人間の存在根拠を追究することは、小松左京にとってライフワークでした。

この想いに真に共感していたのが、高橋先生と開高先生だったのです。

それを踏まえると、開高先生の『日本三文オペラ』、小松左京の『日本アパッチ族』、高橋先生の『邪宗門』が、物語の根底において一本の線で繋《つな》がれているというのは、興味深く感じます。

おわりに

『日本アパッチ族』は、今から六〇年近く前の一九六四年に書かれた作品です。原型版は、一九五八年に、工場倒産が迫る危機的な状態のなか、睡眠時間を削りながら書かれました。

妻のために書いたとしていますが、実は、自身のやりきれない気持ちを救うためでもあったのでは、と推察しています。

小松左京は、旧制中学二年、一四歳の時に終戦を経験しました。爆撃が続く戦争末期、本土決戦が叫ばれる中、自分も動員され、戦場で悲惨な最期を迎えることを覚悟していました。

左：小松左京　右：高橋和巳

何とか、戦争を生き抜いたものの、戦後の混乱期には、戦時下と異なる悲惨を目の当たりにし、自らも、幾度となくおそろしい体験をしたのです。

世の中は次第に復興し、景気もよくなる中、就職に失敗し、家庭を持つために実家の工場で働いたものの、世の中の景気と逆行するように倒産の危機に直面していました。

それは、戦争は終わったにもかかわらず、大阪の中心で、周りの発展に逆らうように廃《はい》墟《きょ》の姿をさらし続けていた大阪砲兵工廠《こうしょう》跡を彷彿《ほうふつ》とさせます。

戦後復興から取り残され、良い仕事に恵まれることのない、『日本三文オペラ』で描かれた人々。失業したことで、社会から追放され、鉄を食うことでしか生きることの出来なかった『日本アパッチ族』の新人類。明治以降の近代化に翻弄《ほんろう》され、その弱さゆえにすがった信仰とともに滅ぼされてしまう『邪宗門』の信者たち。

いずれも、人としての当たり前の生活を願いながら、この世界での行き場を無くし、追いつめられた人々でした。

今、世界的な格差社会が広がるなか、これらの物語が投げかける命題は、より重みを増していると思えてなりません。

『日本アパッチ族』の主人公・木田福一《きだふくいち》の問いかけは、現在の我々に向けられているかのようです。


「その日本を、こんなにしてもうて、――いったいこれからどないするつもりです?」と私は大酋長をふりかえって言った。

「わいらに、こんなことさせたのはだれや?」大酋長は自分に言いきかせるように言った。「こんなわいらをつくり出してしもうたんはだれや?――あのきれいな、たのしい国から、わいらをしめだして、こんなもんにつくりかえてしもたのは……」

それも日本だろうか? と私は考えた。――日本が生み、日本がまねいたものだろうか?

『日本アパッチ族』より

本書は、一九七一年九月に刊行された角川文庫を改版したものです。

本文中には、屑《ルンペン》、気違い、酋長、つんぼ桟敷、スラム、野蛮人アパッチ、聾（つんぼ）、白痴といった現代の人権擁護の見地に照らして、不適切と思われる語句や表現があります。本作の「アパッチ」は架空の人々ですが、執筆当時の誤解や偏見が反映されていると考えられます。ただ、著者が故人であること、作品自体の文学性、当時の時代背景や社会通念も考慮し、原文のままとしました。（編集部）

日本《にほん》アパッチ族《ぞく》

小松左京《こまつさきょう》

昭和46年 9月30日　初版発行
令和3年 9月25日　改版初版発行
令和6年 10月30日　改版3版発行

発行者●山下直久

発行●株式会社KADOKAWA
〒102-8177　東京都千代田区富士見2-13-3
電話　0570-002-301（ナビダイヤル）

角川文庫 22830

印刷所●株式会社KADOKAWA
製本所●株式会社KADOKAWA

表紙画●和田三造

ISBN 978-4-04-111943-3　C0193

◆◇◇